风起江南

陆春祥／主编

轻舟已过

陆立群 著

文匯出版社

图书在版编目（CIP）数据

轻舟已过／陆立群著. —上海：文汇出版社，
2024.11. --ISBN 978-7-5496-4372-1

Ⅰ . I267

中国国家版本馆 CIP 数据核字第 2024UQ3904 号

轻舟已过

著　　者／陆立群
责任编辑／邱奕霖
装帧设计／书香力扬

出版发行／**文匯**出版社
　　　　　上海市威海路 755 号
　　　　　（邮政编码 200041）
经　　销／全国新华书店
印刷装订／四川科德彩色数码科技有限公司
版　　次／2024 年 11 月第 1 版
印　　次／2025 年 1 月第 1 次印刷
开　　本／880×1230　1/32
字　　数／317 千
印　　张／13.125

ISBN 978-7-5496-4372-1
定　　价／58.00 元

风起江南系列第三季总序

我们将整个世界视为自己的花园

陆春祥

1

这里是富春江畔、寨基山下的富春庄，地图上却没有。进大门，过照壁转弯，上三个台阶，两边各一个小花岛，以罗汉松为主人翁，佛甲草镶岛边，杂以月季、杜鹃、丁香、朱顶红、六月雪等，边上，就是一面数十平方米的手模铜墙。

墙上方主标题为：我们将整个世界视为自己的花园。

小说家、诗人、散文家、报告文学作家、文学评论家，这些作家，有的已入耄耋，有的则刚过不惑，手模有大有小，按得有浅有深。经常有参观者这样对我说：看这位作家的手模，手指关节硬，粗大有力，应该是工人或者农民出身；看那位作家的手模，手指细小，浅纹单薄，应该是个没有劳动过的知识分子。我往往惊叹：谁说不是呢，手模不就是作家的人生吗？五十五位作家的铜手模，在正午的阳光下，会发出耀眼的光芒，看模糊了，再看，那些手模，竟然纷繁如灿烂的花朵一样。

所有的优秀写作者，不都是将整个世界视为自己的花园吗？

话说回来，既然是花园了，那还不得草木茂盛？

现在的富春庄，建筑面积一千多平方米，花园也有一千多平方米。植物是花园的主角。它们就像挤挤挨挨的人群，只是默默无语罢了。除前面提到的一些外，还有山茶花、红花继木、榔榆、海棠、红梅、鸡爪槭、枸骨、竹子、青艾、芍药、六道木、菖蒲等。比如我住的 A 幢旁边计有海桐、枸骨等灌木，月季、杜鹃，墙角的溲疏、绣球花、萱草，一棵大杨梅树，萼距花、菊花、迷迭香、南天竹、石竹、黄金菊、水鬼蕉、朱蕉等，林林总总，竟然有百余种。如果有时间，真的很想写一本《富春庄植物志》，在我眼中，它们都是山野的孩子。

春夏季节，草木们似乎都在比赛，赛它们的各种身姿。那些花们，熬过秋冬，在春天争艳的劲头，绝对超过小姑娘们春天赛美时与别人的暗中较劲。而四季常青的雪松、冬青、枸骨们，则显得极为冷静，它们就如村中那些见惯世面的长者，默默地看着身边的幼者，时而会抚须微笑一下。时光慢慢入秋，前院后院那些鸡爪槭，我叫它们枫树，则逐渐显现出无限的秋意，细碎的红，犹如撑开一把把大伞，那些春季里曾开出过傲慢花朵的低矮植物，此时都被完全遮蔽。其实，鸡爪槭春天绽放出铜钱般的细叶，也令我无限欢喜。

无论是花的热烈、浓香，抑或是树的成熟、伟岸，草木们其实都寂然无声。有时经过树下，一片叶子会轻轻搭上你的肩头，那也是悄无声息的。不过，在我眼中，每一种植物，都有蓬勃与盎然的生命，它们既是我的陪伴者，也是我的观察对象。我知道，它们都有独特的生命演化史，也有自己的生存与交流语言，虽非常隐晦，或许人类根本观察不到，我却认为那一定是意味深长的。

淳熙十一年秋，退休后的陆游在家乡山阴满地跑，那些与他相视而笑的植物，不少被他收入诗囊中。比如《剑南诗稿》卷十六的《山园草木四绝句》，紫薇（钟鼓楼前官样花，谁令流落到天涯），黄蜀葵（开时闲淡敛时愁），拒霜（木芙蓉，何事独蒙青女力，墙头催放数苞红），蓼花（数枝红蓼醉清秋）。一路行，一路观，借植物既抒感情，也言志向，信手拈来。

今日清晨，我经过小门边，忽然发现，围墙上的月季太张扬了，花朵怒放，铺天盖地，想霸占周围的一切领地。我立即戴上手套，收拾它一下。我只是想让被遮盖的绣球花们，呼吸顺畅一些。我希望庄里的植物们，与天与地与伙伴，都能默契，共生共长。

2

我们将整个世界视为自己的花园。

这个标题中有三个关键词。

"我们"是主角，是观察的人，是写文章的人，但仅仅是我们吗？

"我们"还是"他们""你们"。"他们""你们"，是没写文章的绝大多数，是阅读者，是倾听者，是家人，是朋友，"他们"

"你们"构成了这个社会的主体,而"我们",只是极少数的表达者。

"我们"还是"它们"。"它们",是动物,天上飞的,地上跑的,水中游的,有脊椎的,无脊椎的,形形色色;是植物,有种子的,无种子的,种子有果皮包被的,无果皮包被的,有茎叶的,无茎叶的,一片子叶的,两片子叶的,有根的,无根的,琳琅满目。"它们"以自己的方式交流、对话、思考,"我们"观察"它们","它们"也同样与"我们"对视。"我们"与"它们"同属一个星球,同享一个太阳,共照一个月亮,"我们"与"它们",其实在同一现场。1789年,英国博物学家吉尔伯特·怀特在《塞尔彭自然史》中这样说:鸟类的语言非常古老,而且就像其他古老的说话方式一样,也非常隐晦。言辞不多,却意味深长。

"整个世界",是重要的辅助,是"我们"的观察对象。世界之大,无奇不有,写作者要寻找的就是这个"奇"字。"奇"乃不一样,奇特,奇异,怪异。奇人、奇事、奇景,总能让"我们"兴奋,激动,灵感爆发。

这个世界说大也大,说小也小,千变万化,"奇"也复杂。那些表面的"奇",一般人也能观察到,但优秀的探索者,往往能将十几层的掩盖掀翻,从而发现自己独特的"奇"。不奇处生奇,无奇处有奇,方是好奇、佳奇。

"自己的花园"。有花就会有园,你的,我的,他的,关键是"自己的"。一般的写作者,很难形成自己的花园,东一榔头西一棒,学样,跟风,别人家的花长得好,自己也去弄一盆,结果,东一盆,西一盆，南一盆，北一盆，表面看是花团锦簇，细细瞧却良莠不齐。其实，植物的每一种生动，都有着各自别样的原因，个中甘苦，只有种植人自己知道。

契诃夫说：世界上有大狗小狗，它们都用上帝赋予自己的声音叫唤。那么，"我们"面对"整个世界"，就照着自己的内心写吧，脚踏实地地写，旁若无人地写，"春种一粒粟，秋收万颗子"，直到"自己的花园"鲜花怒放。

3

风再起江南，这个系列的第三季，又朵朵花开。

这数十位"我们"，皆将整个世界视为自己的花园。

"我们"，是王楚健、桑洛、林娜、陆咏梅、郑凌红、陆立群、陈羽茜、张梓蘅、张林忠、黄新亮、金坤发、金凤琴。

王楚健的《墨庄问素》，肆意行走，勉力挖掘，与山水互为知音，赋予草木与风景精魂和魅力，并与深厚的人文精神相交融，写人，写事，写物，均古今勾连，字里行间蕴聚了灵性与内涵，文章蓬勃生动，气象万千。

桑洛的《一院子的时光》《总有一缕阳光温暖你》，他一直在追逐着光，他的足迹遍及浙江大地、中国大地，甚至世界大地。人满世界飘，内心却沉静，文字也随之简洁，句式简短，散散的，疏疏的，干净朴素，思维随时跃动毫无拘束，行走时不断碰撞出的火花也不时闪现，思想的芦苇，时而摇曳。

　　林娜的《醉瑞安》，是一个游子的近乡情怯，亦是一个游子的乡愁总爆发。故乡的人事，故乡的风物，故乡的山水路桥，故乡的角角落落，故乡的任何一处，都会将她的激情点燃，继而汹涌澎湃。故乡即旷野，她在旷野上矫健奔跑。

　　陆咏梅的《今夜月色朦胧》，在深夜，细数家乡的菜园子，一页一页翻寻，一帧一帧浏览，幸而，已镌刻在心灵的图籍上。漂泊异乡的游子，能做的，就是翻寻昨日残存的记忆，刻下一个历史的模子，留给孩子。然后，修筑心灵的东篱，让童年的骊歌落下。

　　郑凌红的《红尘味道》，食物的讲义经久不散，不同的食物，就像人生的一面面镜子。青蛳的气质，可以作为清廉的美食代言人。它在岁月的历练与淘洗中，成了家乡味道的外溢，糅合了岁月和人间烟火的智慧，构成与天下食客人生轨迹交融的一部分。

　　陆立群的《轻舟已过》，在一路的冥想中，走过了孩提、少年、青年、中年，所失与所得，都交还给了时间。记忆与现实，皆需要用脚步去抵达。人生的意义，是各自按审美织就的波斯地毯，季节会带来新的风景。只有那些剩余的梧桐，有着最深的记忆，时而繁盛，时而萧索。

　　陈羽茜的《壹见》，读小说，读诗歌，读散文，观影剧，看评论，作者博览群书，徜徉在文学的海洋中，肆意吸吮，天上地下，古今中外，人事物事，林林总总，就如一只辛勤的蜜蜂，繁采百花，进而酿出属于自己的蜜。大地上的炊烟，弥漫着经久不息的诗情。

　　张梓蘅的《无夏之年》，多棱镜般的世界，驳杂的人生，眼花缭乱的影像，羞涩的行走，温暖的过往，少年用她纯净而清澈的双眼观察社会、人生及她所遇到的一切，她在阅读中寻找自己的快乐，她在表达中呈现稚嫩里的成熟，优美与识见如旭日般升起。

张林忠的《杭州唯有金农好》，作者横跨书法、评论、作家三界，对"扬州八怪"核心人物金农做了多角度、全方位的探索。金农的人生、学问、艺术根基，寻求仕途的渴望，终无所遇，他却在另一个王国里创造了自己的辉煌。一个立体的金农，栩栩如生地伫立在我们眼前。

黄新亮的《心中的放马洲》，故乡的风物与山水，一物一事，一草一木，皆让作者心心念念。领悟百味人生，玩赏沿途风景，畅游浩繁书海，呈现质朴的表达，流露真挚的感情。在大地上不断寻找，于细微处探微求知，白云悠悠，满山青翠，富春江正碧波荡漾，春正好！

金坤发的《会站立的水》，在不经意的小小遭遇里，水并不单是谦虚的化身，还充满着神奇与积极向上的进取精神。只有当它融入另一种生命，它才能让万物苏醒，让垂危的生命出现转机。它在每个生命背后都默默地站立与护佑，世界因此处处万紫千红，生机勃勃。

金凤琴的《唱给春风听》，酸甜苦辣，喜怒忧恐，像极了音乐中的七个音阶，生活中的零零碎碎、丝丝缕缕，其实可以谱成一首首声情悦耳的小曲。所有过往，皆为序章，时光，情愫，心态，温馨的，忧伤的，细细的，淡淡的，一曲一曲，都悠悠地唱给春风听。

4

　　画作永远没有风景精彩，无论多么优秀的作家，都做不到百分百还原繁杂多姿的生活，写作就是一场漫长的修行。我们将整个世界视为自己的花园，梅花三万树，园中春深九里花。

癸卯腊月十八
富春庄

　　（序者为中国散文学会副会长、浙江省散文学会会长、鲁迅文学奖得主）

目 录
Contents

▽
▽
▽

第四卷　如镜新磨

We are still masters of our fate. We are still captains of our souls.

——Winston Churchill

我们依然是命运的主人。我们依然是我们灵魂的主宰。

——温斯顿·丘吉尔

小　隐

　　一到小隐，感觉整个人就静下来了。

　　鸟儿婉转地歌唱，风轻轻地摇着槭树的叶子，百日菊寂寞地在岩壁开放。

　　红枫比上一次深色许多，金钱松的叶子也已部分发黄，几盆灵芝随意地摆在石阶上。

　　两只小狗在打闹，一见来客，开始狂吠。蜻蜓在花丛中寻找落脚点，或许累了，人来也不惊。

　　一大片云，从西飘向东，渐渐匀散。再抬头，无数小云，各奔东西。

　　天色很好，秋意正佳。在下一众访客来临之前，我们独占了天光与周遭。

　　想起上午的茅镬，千年金钱松已被圈围，新的石阶没有了过去的感觉。唯有那一堵石墙，斑驳处，藏有多少回味与珍重。

　　若你相信一见钟情，最好不要再去拜访那些面目全非的故友。对于新客，第一眼便是美好。

虎　屿

　　清晨的时候，有些凉意了。秋老虎，只是强弩之末。桂花点点，落在虎屿的石阶上。青翠葱茏之处，有些黄叶飘落。心情总是随着季节轮换，在秋天，思念与回忆，跟着凉风到来。欲与谁说，谁又像自己这般，眷念春的青涩、夏的热腾，步履至处，是远方，还是曾经？

　　一切皆幻象。太多人事堆砌，难免心意沉浮。从店里往虎屿走，不算寂静。新江路车来车往，大塘河树影婆娑。沿途的店铺，几乎可以历数，过往的行人，却很少面熟。省却了招呼，在喧闹之地，感受到一份清净。独处或为了更好的群居。远方的梦，偃旗息鼓之时，这一段旅程，便开始循环往复。

　　过三棵树，文昌阁窗檐已渐明晰。吊桥下，水流因为机器的旋转，浑浊一片。南岸的垂柳，掩盖了小径，夜色渐浓，凝作一团。北门开着，不过很少有进出的人，装饰的功能更多些。南首的木槿已经谢了，北边的梅花还没有开。一对灯笼，打量着我。连接北门的店铺，门可罗雀。或许，在这里做生意，只是为了赚一份心情吧。

　　往东拾级而上，台阶因为植被的原因，很少有干的时候。一份湿意，也是一份诗意。铁兄说过的野猫，我在北门的楼上遇见过两只，行动敏捷，你追我赶。文昌阁下的石碑上，记录浒山筑城的由来。汤和是少数未被朱元璋迫害的开国功臣。王立群说，麻雀没有变成凤凰，何尝不是一种解脱？急流勇退，或许不仅适合于政治吧。

　　虎屿很小，文昌阁下去，就直抵小山前路。街市繁华，一眼望见。虎屿又很大，你置身其中，全然不知此处为闹市中心。里面树荫遮天，绿意幽然。周围霓虹闪烁，人声鼎沸。虎屿或像一个人，她的外在与内在，有天壤之别。她喜欢怎样的自己，又如何把一切都平衡得那么自然？

　　对我而言，虎屿是一个时间的坐标，秋天却只是路过。

夜读峙山

傍晚是一个人最疲惫的时候，尤其是这些天。一个人走到鲤子湖，沿途是蔷薇、杜鹃、金樱子在争奇斗艳。天色渐渐暗下来，西边的落日被云彩裹挟，透出昏黄的光晕。待走到观景平台，天色已完全暗下来。风开始变凉，从西到东，灯火璀璨。白金后面的前应路像一条玉带，蜿蜒通向远方。

下了观景台，突然想起某年此处怀想过的一位故人。悠思起时，黑暗中的林木，总像某些人的背影。因为无法识别，所以尽可想象。这几年，几曾有今日之暇，成果又有几多？不禁感觉林中凉意袭人。那些亢奋的情绪，或像白日用尽了的光亮，此刻变得黯淡。记得往年总在此处碰见熟人，而今天目光暗似天光，即使熟悉也应擦肩而去了。

下去往南，一个女孩戴着口罩，蹦跳着跟随母亲。此时身上略有暖意，脚步也渐渐快起来。路过围墙的圆形拱门，才想起今年失之交臂的桃花，以及去年 3 月 24 日靠在石桥上读海子诗歌的情景。今年的 3 月 26 日，与陆老师、铁兄一起聚餐，畅谈鲁迅、余光中与红楼梦。其间，静之讲到了海子。生活总是两个极致，"喂马劈柴，周游世界"，或者就是"关心粮食与蔬菜"。海子有多矛盾，我们也有多矛盾，人生也有多矛盾。

继续走，到了城楼。小时候春游必到之处。港胞姚云龙赞助十万港币的时候，我们已经懂事。十万港币，是我们人生的终极梦想，当我们拥有的时候，却失去了梦想。与外在的一切较量，有多少人认为自己是个赢家？那么，与时间的较量呢？美好的回忆，就是每一个当下。谁说短视的人一定不幸福呢？

过了城门，一对恋人在此会合。男的说："幸好我走了这边，否则就遇不上你了。"恋人容不得一刻失散，可以想象黑暗世界里一对黑色的眼睛寻找另一对黑色眼睛时迸出的光亮。一个孩子叫道："我要走旁边的斜边。"35 年前，那个上下都要走道旁斜边的孩子回来了，只不过他的脚步不再轻盈，眼神不再清澈如水。

记得妹妹和父亲在这个上山前的牌坊下拍过一张照，爸爸骑在马上，年轻英俊，妹妹穿着绿色的毛线衣，梳着两角辫子，坐在他前面。今天妹妹的女儿也是这个年纪，只不过她的说话与穿着，还有她的脾气，与当年的妹妹已不能同日而语了。

有一个人在城门前拍过一张照片，这张照片几经辗转到了另一个人手上。很多年以后，这两个人分别跟我讲了关于这张照片的一些故事。有些对上了，有些没有。那张照片我也见过，那两个人后来再没有遇见。无论时空怎么转变，那份羞涩永远不会改变。

傍晚是一个人最疲惫的时候，最好的方法，就是以累攻累。哪里没有黑暗，哪里也没有光明。

岩 头

　　故地重游，第一感觉是物是人非。两年前是风和日丽的晴天，今天途中下起暴雨。酷热之后第一场急雨，令人感觉清爽。一路过来，远山在云雾缭绕之中，雾之上，是渐深的云影，像有层次的水墨画一般。雨势大，于是溪流湍急。水从巨大的石床流过，到下游入河。一只黑色的水鸟停栖在露出水面的石块上。五六只白色的大鹅在溪岸讨论着今天的雨势。三四棵巨大的枫杨，盘踞于溪流左侧，上面写着树龄145岁。物是人非，是因为上次是群游，此次是独行。我的朋友们，已零落各处，再聚或许茫然。唯有那一张张照片，让我在景物之中重新寻找他们的定位。再度回忆那些温馨的片段，即使雨天，仍然不感伤悲。

　　岩头是蒋氏妻毛福梅故里，亦是蒋氏师毛思诚故里。毛思诚授课的小院，中间有一长方的天井，整个建筑面积不大，保存完好。故居里那位中年妇女，是两年前那位，我认出是她，她断认不出是我。已近黄昏，她拨弄她的手机，抬头看了我一眼。没有早先那次的热情。毛思诚这样形容蒋氏，当时授课时，蒋氏年龄也较大了，虽然读书，但更有好动一面。同学几人没有不被他作弄过的。但玩的时候玩，读书时还是认真的。后来蒋氏发达，邀毛思诚去南京做官，师生情分还算不错。从毛思诚故居出来，往北走不多久，过桥，穿过几条小巷到毛福梅故居。故居里面已经上锁,让我的记忆也尘封了。记得上次,看过经历后,颇有感触。如今只有马头墙依旧,向永恒的时间,追问着什么?

沿着溪流向南,到广济桥。桥是光绪初年建造,与那几棵枫杨年龄相当。桥栏上的石狮怒目圆睁,对所有人保持警惕。桥南是山,依山是一条石径。石径旁山体上书着"石泉"两字。河道里,有一突出的石块,呈三角形,仿似人工雕琢一般。沿河远眺,群山起伏,却尽在一片雾气之中。云雾之上,偶有亮光闪现。这偶然的光亮,瞬间又被遮挡了。

蒋氏当年或许也曾这样踱步。那时枫杨还小,没有遮住半个溪面。若是初秋的雨天,他一定也会看见一只水鸟伫立石上。他对着遇见的熟人,不知会以何种方式致意?他大权独揽时,这边的乡民又如何评价他?毛福梅家的马头墙,他是否也曾驻足观望这天空之外的天空、云海之外的云海?他是否能想到他未来搅动了多少的风云?

两年不算长,但足够回味。那是好当家之旅的首站。在当初就餐的小饭店,独自品味当时的热闹。向着茫茫的云雾,初心若隐若现。枕溪而眠,多少潮气浸侵残梦,人在水上,水在石上,石下是那些不可追溯的过往。

姑　苏

姑苏之行，业已结束。

心中挥不去的是 2001 年的寒山寺，此行未获重游。其实，就算重游也复活不了当初的印象。"月落乌啼霜满天"还未到季节。喧闹的夜晚对"江枫渔火对愁眠"构成天然的敌意。但寒山寺毕竟是寒山寺，当她的钟声在每个孤寂的黑夜响起，无论行至何处，出发或者回归，都会催人愁眠。相对于《枫桥夜泊》，张继另一首传世之作《宿白马寺》却鲜有人知，同是描写羁旅愁绪，一隐一显，迥别。"白马驮经事已空，断碑残刹见遗踪。萧萧茅屋秋风起，一夜雨声羁思浓。"

当紫薇花落，叶子也要无可奈何地转黄转红。那时愁眠之味才得十分。

寒山寺没有去，到底是不是个遗憾，不得而知。狮子林却是一个惊喜。2001 年，我们去的是拙政园。当大巴停下来在拙政园门口吃饭时，我其实已经做好了游园的准备。重游未必不好，任由记忆在时光里散作云沫。车头一转，去虎丘。剑池依旧，从上望下，我分明看见 19 年前的自己——一条过江之鲫，夹在人流之中。他是否看到我？即使看到，也断然认不出了。而我不然，手握着他的相片。蝴蝶花纹的黑色短袖，配一条喇叭裤，19 年前的他一脸迷茫。那时正值失业，从江西归来，又匆忙赶赴姑苏。说是旅行，其实不过是排遣内心的荒凉与寂寞。"夜半钟声到客船"，当所有人兴尽而返，酣然入梦，我却独坐浓浓的夜，几乎把这 7 个字念穿。

阊门一带，是红尘一二等风流富贵之地，也只有这样的地方，才能孕育林黛玉极致风韵，万端聪慧。不过姑苏最终还是被勾践攻破，伍子胥充满仇恨的眼睛终于得以见证三千越甲地来吞吴，如此气动山河，天摇地动。他开心了，还是失望了？还是开心之后又失望了？无论是虎丘塔，还是玄妙观，都是宋时的遗存，在经过一千多年风吹雨打、战火洗礼之后，供游人在历史与现实之间自由穿越。14.2 平方公里老城中园林却多达 100 多座，座座都是中式建筑的精髓，从这些精巧的园林中出来走进浑厚的历史的人物数不胜数。单单一座狮子林，已经让我不虚此行。

那夜，峰哥鼾声如雷。拖拉机一辆接一辆驶过，刚去关窗，却发现窗原来就没有开。饭桌上的豪情壮语，还飘浮在姑苏城清凉的夜里。我到底还是没有睡稳。若说此行还有什么亮点，那个把《红楼梦》顺手拈来的导游应该算一个吧。她就像这座城市一样包容，把所有坏脾气坏心情的游人伺候得像苏州菜那样香甜可口。

苏州之美，人文多于自然，领会多于视觉。

剡　溪

光阴之逆旅，百代之过客。寄居在时光的客栈，地点取代房间的号码。投宿时，不免触景生情。相同的景或许不再有相同的情，喜一草之春生，悲万木之秋殒。春秋之间，是相逢的热烈与别后的悲凉。

我们仨，在武岭门下走过。门还是那个门。我们仨，望着剡溪清如许。剡溪还是清如许。再远一点是岩头，曾经在长廊听雨，山气氤氲，云雾尽处总有思念飘浮。更远一点的另一条剡溪，是上虞，是嵊州，"湖月照我影，送我至剡溪"，那是李白的浪漫。今夜，灯火璀璨，故地重游，思念之末，心中一地鸡毛。友情的宅院，画檐缀蛛网，案几落尘埃，朱门上挂一把黑铁时代的锁，锈迹斑斑。

喜欢在文昌阁下的水泥桥上驻足，想起那日听到这是蒋为宋所修，当时水泥是稀罕物。今夜，我们习以为常的光怪陆离的灯束，不知会被李白如何吟诵？清风之中，我的朋友，是否会想起那些年喝过的酒，听过的故事？而在一切是非尘埃落定之时，"忽思剡溪去，水石远清妙"，回到我们相识的最初。

在剡南桥下，几位伶人打扮的人在我面前经过，见我拍照，竟然调皮地手舞足蹈。远处传来，越剧的唱腔。我原来是不爱好的，今天听来，却异常受用。试想，另一条剡溪上游的嵊州，是越剧的产地。歌声穿山越岭，顺流而下，将剡溪两岸的人物风华尽收其中，我辈岂有不折服之理？

户枢不蠹，流水不腐。很多人都无法跳出那个小小的自我，所以经常有惯性的思考与判断。友谊的持久，一定不是一个人的功劳，而是双方努力的结果。当你觉得最有道理的时候，一定已经大错特错。

每一次，不是我游剡溪，而是剡溪一次次流经我。

四明山

　　重阳节，第二次带父母去四明山。路线设计过，依次是四明湖—茅镬—鹿亭中饭—小隐—大元基。四明湖的池衫，尚未黄去，没有那种秋味。但父母置身于湖山之间，依然感到一种畅快。到茅镬的时候，两边路上停满车辆。新近做了一个门，门口有卖烤薯的，卖炒栗子的，等等。进门两边是两棵五百年的枫香，夹道欢迎。再下去，是新造的卫生间，与一堵砖墙，上书"茅镬"两个大字。再进去，过去的老石阶已经重新修整，没有了岁月的痕迹，令人失望。遍地银杏叶的日子尚未到来，而茅镬已经人流如织了。千年金钱松已经被圈围认养，再无遗世独立之感。最奇怪的是，竟然建了一个平台，平台直视，不过是斑驳的松皮，以及翠竹的中段，或许只是作为休息而并非观景。平台旁一棵柿树结满果实，正是此时四明特色。道路边那堵石墙保持原貌，石墙往下的路径很少有人再去，陡增山野之趣。回来，见宿营地边有不锈钢四字"四明茅镬"，真是大煞风景。后边水库，今年蓄水甚少，平湖如镜，只投得半片云影。一棵小银杏，可能是根基未深，处于光照之地，此刻已是黄叶斐然，弥补了此次茅镬之行些许遗憾。
　　从茅镬到鹿亭，要半小时左右。途经白鹿村，我提议要不要去上次去过的玻璃塔台转转。父母皆说不用了。父亲又讲起白鹿的一个朋友，与他同龄，说是在哈尔滨三中校办厂做模具师傅，八十年代曾在我家住宿。上次他也讲过，这个地点符号就是那个朋友。上次也没有去寻，此次连车都没有停。我们在岔路跑错，误上了观景平台，恰好一览白鹿全貌。玻璃塔台在中间的小山上，想起在那边望去，下面是溪流与山谷，远处就是莽莽苍苍的群山。曾经与何人登临过，亦像父亲的朋友一样不可寻、不再寻，而记忆的跨度会远得让你难以相信。

　　鹿亭的午饭，每一个菜都是好的。不枉我们走那么远的路。尤其是那碗店家自己种的青菜，带着甜味，如有幸造访，一定要去尝尝。两斤重的高山水库鲫鱼，也是必点的。饭后，到了小隐，父母不愿再走。大元基之行留待下次。小隐秋色渐露，金钱松下端的枝叶已经发黄。我们来得早，是第一班客人。小刘与大姐闲淡地扫着落叶。父母很喜欢这个地方，当夜住下。我和小胖，饭后走四明山道，原路而返。

　　返程中，小胖给我讲马有才，让我下载抖音给他点赞。在路过可以俯瞰四明湖夜景的平台，我不忍打断他，就没有让他停车。匆匆地瞥了一眼窗外，灯火荧荧，瞬间一个弯道，便是黢黑一片。我突然记起了父亲说的那个名字……

无梦到徽州

初站，丰乐溪的枫杨尚未吐芽，绿野仙踪只在导游的口中。水面清浅宽广，中有沙洲，远处群山浓淡相叠，与天色相映。过桥后，纵横交错的枝条，倒映水中，形成对称，倍添萧疏之感。村路一侧沿溪，一侧是民居的白墙，众人行走在石板之上，寻觅那些自然与历史的遗迹。我总是喜欢走在最前面，冷不丁穿进一条小巷，捕捉油菜花田外一簇民居；或进入某一处民宿，拍摄里面门上古老的纹饰；或走到溪的另一侧，抬头望着枝条密布的天空。想起青秀山那位羞涩活泼的实习生讲的，你来的不是季节，叶子花刚谢，很多花还没有开，五月份来就好了。五月份，或许我见到很多的花开，但天真烂漫的她是否还在？即便还在，她的言语应对中是否还保持着现在的纯真？大概率我不会再来丰乐溪，绿野仙踪留给他人欣赏，二月的冷风，与遒劲的枝条，正是我此刻所需，我们跟随的都是时间的脚步。

屯溪老街，在非周末的初春，游人寥寥。天色似乎也不太欢迎我们。虽然石板路，马头墙，还是当时的模样，除了老字号给人一种安慰，其他商铺里售卖的你在任何地方都能买到。街的功能在紧跟时代，紧跟时代便意味着抛弃历史。朋友们或多或少，都喜欢进店铺里，买些小吃或者纪念品回去，在讨价还价中尽情发挥自己的商业头脑，享受购得心仪物件的欣喜。我只是无来由地走，东西南北，前后左右，徽商的兴起与没落，个人与老街的三次相遇，遐思迩想，如脚步一刻不停。

登新安游船之前，在渡口看到对面的小岛，已是十点，犹觉晨光熹微。岛上屋舍俨然，绿树掩映。登船时候，徐徐靠近，看见晾晒的衣物，才确信尚有人居住。真是世外桃源。此刻静谧如此，若夜晚，群山俱寂，江水沉眠，就中安居之人，无丝毫纷扰，必心无杂尘，安然酣睡。自广西三日五次泛舟，对移步异景，深有体会，新安江莫不如是。只是一层的旅客，只能在舱内取景，美景在前不能带走，颇感遗憾。个人觉得九姓渔家的捕鱼活动，不太自然，不如舍弃。当然另一个角度，解决就业，或许是他们的考量。沿途三个景点中，十六抬大轿，雕工精湛，气势不凡。朋友说，古代人的阶级制度与不计成本的花费，让我们得以欣赏如此精美绝伦的艺术作品，这又是一种双向思维带来的不同思考。千年樟树，是我见过树干最粗的树，环抱有 9.2 米，亲临其下，才能感受她宏伟气势。至于九砂村，看见那些挂在墙外的假玉米，令我非常失望。古祠堂里的咖啡书店，创造一些微不足道的商业价值，却大大破坏了九砂村的文化内涵。何不移至别处？从民居之中长出的一棵大树，与远山、道路、江面、行人，构成了一幅元曲宋画。回程徐徐，一只鸬鹚划水而过，咕咕的叫声好像在说，宁做闲淡的饥饿者，也不愿在九姓渔家饱暖无忧。

卖花渔村，不止一次上中央台，声名远播，此时正逢梅花季，游人如潮。很远地方大巴车就不让进，走了一公里多，到排队地方，队伍的长龙成了另一道风景。排队一小时，走进去也是一小时，我们选择了步行。中间遇到村民的小三轮，坐了一段。然后上阶梯登山，到卖花渔村牌坊下行。山野之中，红梅白梅粉梅竞相开放，为灰蒙的山色增添妖娆。不知行了多少路，到了村口，回程的人排满了长队。我们几乎是挤着进村的。群里已经有朋友发了很多从观景台拍的美照，而我们尚迷失于人流之中。家家户户都是盆景，此刻梅花为胜。树干呈弯曲状向上，对称生出小枝，上面缀着梅花，此为龙梅。初见惊绽，见多不迷。山上站满了人，拍民居与梅花相映，民居门口站满了人拍里面的盆景。卖花渔村的村民，或许也被如潮的游人恼怒了，态度都不太友好。只有一户，还是很客气地说，拍吧拍吧，不要损坏我的盆景就好。他有一株红梅，爷爷幼时种下，下肢粗壮，造型古朴有力，开满梅花。既有男性的阳刚之气，又具女性的阴柔之美。他说，这棵树已经长到头了，不会大了。我不懂苗木，但我想，人也一样，可能某一刻就不成长不发展了，而自己意识不到。不过，只要保持健康与优美的姿态，生活就永远充满诗意与希望。

　　翻山越岭，涉水行舟，古街彳亍，徽州之行已近尾声。一生痴绝处，无梦到徽州。会长的随性发挥，陆总的二十年陈茶，小闫与老潘的美照，赵校长的自责，WEIWEI 寻得的美食……是不可复制的风景。三年疫情失去的，在两次壮游中已寻回一半，另一半或许也已在路上了。

夜游四明湖

从集约部落到开元酒店，约有 2.5 公里的距离。出发时，天色尚亮，待行至浣水桥，暮色苍茫。党校背后的路正在修整，车辆驶过，扬起一阵尘土。途中，一片红云从山凹探出，跟随我俩。道旁芦苇，如夜行军的长矛，整齐划一，直插云天。浣水桥已经点亮桥灯，两排并列，确有长虹卧波之势。晚霞谈不上绚烂，不过因为空旷，也蔚为可观。开元酒店已经灯火通明，灯光在水中荡漾。远处群山之中，亦有一处灯火明亮，不知是何所在？

两个人前后走着，不着边际漫谈。从近况，延展至回忆。18 岁的少年，一头长发，在大明湖畔，在千佛山顶。想起，奔赴长清时与他在济南的会面；也想起，在成都与他长途电话的夜谈。时光如水，青春老去，我们都变得圆润，变得俗不可耐。他与万梓良的那张合影，让我羡慕了很久。一切在如水的夜里重回，在四明湖畔，天涯梦，是醒来，还是重启？暮色中，激情剩余几多，还是我们已经把自己交付，把谋生看作了人生？

我问他，余生是否有梦？原谅我的唐突。这无关现状，也无关金钱。他说，待孩子考上高中。梦也是有关责任。细数所得所失，往往茫然若失。梦尽管虚无，没有梦，又何以支撑浮生？真实自我的发掘，自我价值的实现，仅凭雄心与气力是远远不够的。

又回到"朋友"的命题上。很多朋友，其实就是认识。侧重点与方向不同的人，无法称之为朋友。我们细数了这几十年认识的朋友，有太多感动，亦有太多失落。有些人，因为借了钱而了无音信；有些人，只是在有求时联系你；有些人，嘴巴上对你情深似海；有些人，了解后了无趣味。自己如何定位？茫茫夜色中的我俩，也曾有过分歧，有过红脸，但我们始终心有彼此，关心对方的身体与发展，适当时给予鼓励与帮扶。

回去的路，往往比出发时要快。他说，这是因为熟悉了。如果我们做一些更远的探寻，是不是余生更加安稳？暮色渐渐沉入湖底，竹尖上孤星闪耀，扬尘的道路上空无一人。前方，小饭店的老板娘，在亲切地招呼我俩。

龙泉山

　　初去一个地方，无非是慕名，或者偶然。再去，便是喜爱与回忆。龙泉山就是这样一个地方。前面姚江奔流，山中寂静清幽，人文古迹众多。加之二三十年多次携友登临，每每可寻时间的坐标，想起那时畅谈或沉思，便觉此山与此生已密不可分。然每往，旧日情景恍惚处，总有新意涌现。或因世事磨砺，或因心之领悟，斯山之前，永是虔诚的求学少年，季节轮回，出发回归。

　　初识王阳明，在秋雨散文。"汝未看此花时，此花与汝心同归于寂。汝来看此花时，则此花颜色一时明白起来。"初识，觉得不以为然。后来，读到"破山中贼易，破心中贼难"，已是中年，常常以此为诫。待到，"此心光明，亦复何言"，感觉此心晦涩，掺杂太多思虑，还有很长的路要走。心学，简而言之，在于体悟，结合阳明先生多舛而知足的一生，反复琢磨上面三句，终有所获。

　　南山饭店在龙山与姚江之间，已有三十多年历史。记得严兄初次带我去，也已二十年光景。格局大致未变，菜肴只是微调。坐靠南的小桌，隔着玻璃，看绿树遮天，姚江日夜不息，颇有望江楼之思。无论服务员接续而来，那份恰到好处的待客之道，一直传承。点一份杨梅山鸡，一份木瓜炖燕窝，绝对不会让你失望。即便一扎西瓜汁，你也觉得，实心实意，不掺水分。

　　博物馆在山之西北，新近摆设了井头山遗址出土的陶器，她把余姚的人类文明推到了八千年前。原先陈设书法的地方，如今放置巍星路出土的瓷器与青铜器，我只能猜测，这不是一个古代博物馆，就是一位大收藏家的府邸。楼上布置有一些旧时的生活场景，"卖下饭了"，循环播放，浓浓乡音，估计要把归来的游子唤得心碎。行走一遍，你不是融于历史，也成为历史。

　　疫情以来，天涯难期。横向不能发展，纵向亦可求索。秋雨先生迷惘于乡关何处，大可不必，余慈皆可备注。那年在阳明讲学处墙头，拍到一只松鼠急身而过，她是否从五百年前穿越而来，不得而知。

金轮牌坊

　　谢志强老师写的微型小说合集《黑蝴蝶》中，有一篇《汤圆之夜》。讲道光四年（1824）通济桥上有一个卖汤圆的韩如山，一日卖完汤圆收摊，发现摊脚有一布袋，打开一看，里面有银子若干，这可是他卖一辈子汤圆也赚不到的钱。于是脑海中浮现，那个中年人的模样，他匆匆赶来，神色凝重，在摊边立着吃完一碗汤圆，又匆匆去了。韩如山等到半夜，还未见他到来，于是收摊回家。孕妻张氏还未睡，问及晚回的原因，道丢失银两的人一定焦急，嘱咐如山返回通济桥，一定要等到那个人。如山应诺，让张氏先睡，不必等他回来。通济桥上，如山点燃灯笼，106 阶石梯，晃动隐隐光亮。那人在破晓时分赶来，见如山等着他，扑通一声跪倒在地。原来其弟因为抗税（地荒之年），被官府抓走，他自筹了银两，又借了一些，去疏通关系。没料到了关系人那里，才发现银两丢了。韩如山的孙子韩培森后来考入翰林院，记录了这个故事，1993 年收入余姚县志，今人才得以知道这个故事。韩家每年祭祀祖先，就摆一碗汤圆，以不忘先祖美德。

　　也许这样的故事，我们都听过很多，但这篇小说吸引我的不仅是贫寒之士不为金钱所动的仁义之行。是谢老师中间穿插了 1984 年，他为孕妻上通济桥买馄饨的事。那时单位分配了十多平方米房子，就在通济桥北。妻子怀孕后，他夜夜前往通济桥买馄饨给妻子补充营养。因为汤圆适合现食，不宜打包。1984 年，那份对孕妻的爱感动了我。那时他不知道韩如山的故事。前两年，他看到一本关于余姚古人故事的书，于是通济桥买馄饨的记忆便不断涌来。一座桥，几百年间，多少人来来往往，中间有多少韩如山，多少谢志强，人类文明的薪火相传，不仅是人物，也需要实物。我也有几次在通济桥上行走的经历，下次踏上或许会有不同感想。

2022 年，关于金轮牌坊的拆与不拆，引起了很多人的讨论。1996 年，我从这里出发，去往武汉。每次回来，总提前跟司机说，到金轮牌坊下。看到牌坊，便知道家到了，便知道有一份温暖的等待。父亲骑着摩托车送我，5 块钱的摩的载我回家，在牌坊下穿过，恍如昨日。三十余年，多少人从这里出发，踏上求学谋生之路，多少人又从这里告老还乡。这已经不是一个企业的标志，而是这里生活过的人的集体记忆。望着此起彼伏的高楼，这座小小的牌坊，总能给予我来自时光的慰藉。至于交通，我觉得关键还是疏导与驾驶人员的素养。拆很简单，也很粗暴。

人到中年，慢慢有传承的意味。喜欢一些老物件，老建筑。金轮牌坊或许无法与通济桥相提并论，但一样有她历史与文化的价值。对于生活于此的人，有血有肉有感情的人，她不仅是回忆，也是未来。她若存在，后代了解过去时，便有迹可循。

解放中街

从绿城慈园往东走，穿过百货大楼旧址，到三北市场，又看见已经落叶的梧桐，在冬日诉说时间的荒凉。曾几何时，解放街是浒城繁华之处，如今除了热闹，更多是记忆的叹息。

在慈园后面，买过一些光碟，有游戏，也有影片，那时好像5元一张。游戏与电影都已忘记，但如果再让我看见，一定会认出来。记忆不会消失，只是在忙碌的生活中，被置于某处，一旦有合适的触点，便会泉涌而出。

再往东点，是一家卖手表与游戏机的店铺。我瞒着母亲，买了一个游戏机，我记得是130元。母亲知道后，责令我退回，然后给我换了一个手表。我失落失望，手表戴在手上，没有告诉我时间，而是告诉我金属过敏。直到现在，我连皮带头，也必须是皮质的。皮肤的敏感，也带动心的敏感，过多的心绪，让自己的生活有了太多约束。

百货大楼，是那时城市的最高点。它的后面是电影院与游戏房，还有砂锅夜宵。它的前面，曾经有过一个叫紫丁香的歌舞厅。在交谊舞盛行的年代，我们还太过年轻，不知道舞蹈可以传情达意。只是流连于台球与电影，若写上"少儿不宜"，更会趋之若鹜。

邮局门口，经常有卖邮票的人摆着地摊。我时常纠结于买邮票，还是到路对面去吃小笼包。小笼包另一个对面，到九几年的样子，开了一家肯德基。那时吃肯德基，绝对时尚与富贵。我爱上了土豆泥，以为薯条就是番薯条。

继续往东，三北市场的桥头，曾经有一家叫"非主流"的服装店。店里的牛仔裤，不是破洞的，就是绣着花。四周起伏的"买到就是赚到"，让我想起那时，站在街上的年轻人喊的"走私货，要不要"。这些声音，还是那么年轻，只是方式变了，传统已日渐式微。

儿子说，银泰到了。在一路冥想中，走过了孩提、少年、青年、中年，所失与所得，都交还给了时间。只有那些剩余的梧桐，有着最深的记忆，时而繁盛，时而萧索。

四明人家

　　路的尽头，还是路，只不过要换一种方式走下去。每一步下去，都感觉到凉意，不多久，便看见一屋舍在台阶的右边，左边是一位给茄子浇水的大妈，她的身后是隐藏于石崖下的六七间房屋。房屋两层，靠近南边的地方已经拆掉。屋前檐下，坐着另一位大妈，剥着毛豆。往更南处走去，是另一间屋舍，屋舍周围都是竹林。沿着路径走去，有一堵石墙，是早些年房屋的遗迹。石墙旁边，有一个蓄水的方形石池，一米见方。上面散落着细细的竹叶，远看有点混沌，近看竹叶下面甚为清澈。再往深处，是茂密的竹林，竹尖弯曲，簇拥蔽日。一阵风吹来，片片竹花，随风飘舞，幽境之幽，仿若隔世。

　　沿原路折返，过前面屋舍，有一黄白相间的小狗，冲我而吠。应是不见生人许久。大妈还在剥豆，与之攀谈。说孩子们，一个去了宁波，一个在余姚城里落户，另一个在慈溪教书。这边共四户人家，她与浇水的大妈为妯娌。左边一户人家有一人居住，后面一户，亦是一年迈老者居住。村子修路，到上面便停止了。一因再往下修，成本巨大。二因只有四户人家，况居住者都已年迈，没有大的意义。我打量她，约莫六十岁的年纪，没料想，她说她已经古稀。浇水的大妈，更是曾孙已经十一岁了。看来淡泊宁静，勤劳耕作，才是养生的良方。四户人家，唯有她俩的房子挨在一起，我不懂风水，亦感觉此处甚佳。背靠石崖，前面是这竹林中唯一的耕地，种些茄子、南瓜等蔬菜。周围就是竹林，密密深深，寂静清雅。我没有往前面再去探寻，只一眼望去，一片青郁。

除了通了电，这边的生活，应是与百年前无异。我庆幸路没有再往下修，让这里保持她原来的样子。想象孩子们回来的时候，一家人在星空底下吃饭，聊些过往。也想象孩子们带老人去外面旅行，老人们满足的笑容。生活，从来就是质朴的，一旦浮华，便不能咀嚼真实的味道。我要走了，老大妈在给番薯浇水，我问番薯何时可以熟，她说八九月份。"到时给你来买点。""你来拿些就好了。"这一次偶然的探寻，让我心中充满暖意。

这个地方在哪里呢？在四明山的深处，在我们渴望停留的地方。如果你无法摆脱一切的困扰，或者你就是喜欢置身于这样的场景，在八九月份来这边，番薯就要熟了。

西　坡

　　庙山西坡，此刻还是阴凉之地。独走，或是冥想。流水声，诵经声，老人语声，偶尔掺杂几声鸟声。固定的都类似，偶尔的却有不同。

　　樟树朝西站成一个姿势，正好遮住了路。清水池的荷花，占据南北两端，竞相开放。水面被微风吹皱，仿佛树影在里面晃动。几尾红鲤游过，惊动我的绮思。而白鹭，是不常来的客人，更多时候，遇见就是幸运。

　　岸边低矮的柳树上，知了已寻不见。六道木开着白色的小花，缠绕着步行的石阶。南岸的广玉兰，远离群体的那棵折服于今夏的高温。流水中，樟树叶完成了一轮轮的更替。她是懂得适应季节的，一年中永远是这样的风景。

　　绣线菊的初夏，与栀子花的春末远了，白色蔷薇的山坡，已混入一片绿荫之中。蜂群与蝴蝶，也在季节里告退。晨跑的朋友与我完美错过。自然与人，都讲出场顺序，唯一的区别是，人是因为思想的进步与退步，决定她的季节。

　　春天，我在毛姆的书中冥想，去了大溪地的海滩。关于人生的意义，是各自按审美织就的波斯地毯。夏天，我在木心的眼中，看见一个个有志青年，熟门熟路地堕落了，终于活成了心中不堪的样子。初秋，跟随苏东坡行遍了大半个中国，在三封信中，咀嚼了他伟大的人文主义。一本好书，就像西坡这里的空气，每一口都价值连城。

人到中年，不必担心自己能否融入。只需与相识的人，谈共同的话题。若没有，也是散场的时候。季节会带来新的风景，这个不必担心。

过　年

　　成年人对于过年，只是长了一岁年纪。手上的事暂时停顿下来，但心还挂念着。一边在过年，一边想着几号值班，想着节后有哪些迫切的事要做。孩子就不一样，她们等着过年，盼着过年，过年可以放假，可以拿压岁钱，可以穿新衣服。可以和弟弟妹妹、哥哥姐姐一起玩烟花，看春晚。时代在变，孩子的愉悦还是没有变，自己也能从中感受过年的那份滋味了。

　　我七八岁的时候，还没有妹妹。有一年，过年家里没钱，妈妈从大妈那里借了 20 元。有没有还，我就不知道了。大妈和妈妈坐在她们房子的后门口，大妈打着草帽，妈妈跟她聊天，我就在后面看水箱里有没有蚊子的幼虫。那天阳光很好，妈妈也没有说钱的事情，但这个时候来，大妈已经猜到了几分。她拿出两张十元给妈妈，说不要给大爹知道。我们回了家，爸爸用这个钱买了豆腐，买了一点肉。我们在高平屋的里间，炸油豆腐。一家三口，围在一起，过了一个快乐的新年。往后日子，过年时，我总能看到油炸豆腐在锅里翻滚，香气浓郁，这一丝温暖的感觉，永远不能忘怀。

　　后来，家里经济稍有改善。过年时，爸爸总会买很多鞭炮。我最喜欢那一种叫"啄木鸟"的。它手指般粗细，带着啄木鸟的图案，有一根长长的线。我把它埋在土里，看它炸出一个小坑；把它放在废弃扫把的竹孔里，看它如何炸裂；又把它点燃后，扔进河里，看它发出闷咚一声，在水里形成一个圆形的光晕。爸爸的朋友总会在过完年后来我家打麻将。有一次一个叔叔，打了大半夜才胡了一次，突然站起来对我说："立群，快去放炮仗。"我们都被他逗乐了。那些年，好像一直这样，日子就这样静静延续，一下子就很遥远了。我现在的年纪已超过那时叔叔的好多了。

即使到今天，家里过年还是父母在张罗。拜菩萨、祭祀祖先，都有一套流程。车神在过年前，已经拜好了。父母老了，很多东西，顾此失彼。不过，有些我留意不到。孩子们很开心，儿子对奕奕的要求总是很耐心，奕奕有好吃的首先想到的也是哥哥。她们时而吃菜，时而玩篮球，时而看电视。天还没黑，就吵着要放烟花。爸爸买了很多海鲜，其实家里人都不喜欢吃蚶子、咸蟹之类的。他总是说："过年嘛，这个总要买的，你们不吃，祖宗大人也要吃的。"

海月寺已经第三年没有在除夕开门了。记得第一年在海月寺值班，下雪，来了很多人，尤其在临近十二点的时候，车流拥堵到了高峰。那时寺内的广场还是石子路面。第二年修成了水泥地面，牌坊前增加岗哨，让车辆停在庙山东路。说也奇怪，不知是调控得当，还是内部改为水泥路面后，变得更加宽广，往后好像一直没有那么多人来。也许大家在那年拥堵后，采用了错峰进香，一部分人已经提前或者正月初一过来了，不得而知。疫情以来，进香的年俗，也停顿了，不知道后续，人们会不会因为习惯的养成，而忘记了。

初一的早上，妈妈已经烧好了豆茶。虎年真的到了。很多的得失总是不能由人，满桌的剩菜，与油里翻滚的油炸豆腐，哪一样，更让人感觉幸福呢？

这座城

　　有时，我想如果没有离开过这座城，那些无所适从的感觉会不会少一点？灯火亮起时，能否确定哪一条路回家最近，或者哪一条路才会通向快乐的所在？自从有车以来，城市的记忆更加模糊，往往形成经典不变的路线。除此之外，一片空白。

　　如果没有离开过这座城，是不是会以为栲栳山就是最高峰？秋天的云雾，是峨眉的云海；冬天积雪的顶峰，是央迈勇神山。这样也不错，可以忘却在峨眉的茫然，以及在亚丁的生无可恋。

　　如果没有离开过这座城，是否会以为上林湖是最大湖？泛舟游历时，会不会有快要到达鼋头渚时，烟波浩渺的太湖给予你的那一阵风？大塘河是不是你的黄浦江？那一张与母亲的合影，浑浊的江水，流走了多少青春与繁华。

　　峙山望下去，这城是不是你的城？你不知道这里的最高楼，却知道欧洲的法赫塔。望不见年轻的明月湖，却望见八百里洞庭。岳阳楼与文昌阁，孰轻孰重？范仲淹与汤和，又有什么可比性？

　　游历的起点，是黄鹤飞走的矶头。二十几年后，再一次感受到那边的气息，阴郁而沉重。记忆与现实，都需要用脚步去抵达。二十几年，有多少路踏着虚步，有多少次与自我追逐？一身微汗里，出离的即将回归，出发的又将启程。

　　如果我没有离开过这座城，那么她将离开我。

小 院

　　遥远的梦想偃旗息鼓，我爱上了平淡的生活。无人问津，亦不自寻烦恼。清晨起来，第一件事，是给绑在红豆杉上的铁皮石斛喷水。红豆杉原本种在房屋前面，那是十五六年前，父亲从村民开过来的卡车上拿下，当晚种下，长势良好，七八年前又移栽到房屋西侧，如今已经有两层楼高。别人家都是隔日种下，长势远远不如我家两棵。

　　铁皮石斛是根叔送我的，那日去他家，他拿出在冰箱里已经抽芽的几根石斛，说是从云南带来。当时，我刚从寿仙谷回来，参观过灵芝与铁皮石斛的生长基地，产生了浓厚的兴趣。于是拿来，在红豆杉的枝节处，用小刀剜了几个小口，把石斛插入，然后绑定。经我精心照料，现在枝蔓丛生。试想不久，便可以吃石斛花炒鸡蛋了。

　　南边红豆杉移掉后，种了两棵大的罗汉松，中间一棵小的，是当日买的时候送的。几年光景，又有挡住前门之势，只是院子太小，不知该移到何处。今年前面种了两株丝瓜，两株茄子，两株辣椒。丝瓜把铁制围栏缠了个遍，然后又绕到罗汉松的上面。茄子与辣椒在罗汉松下方，没有阳光哺育，渐渐萎靡。西侧红豆杉底下，种了两株南瓜，一前一后，朝两个方向寻找阳光。前面路途太远，还在赶路。后面找到围栏，迅速缠绕，把原先一株丝瓜的领地迅速侵占。可怜的丝瓜，上面的叶子黄了，主茎还不如一支细筷粗。反观前面两株丝瓜，主茎如大拇指粗，根块如鹅掌大小。今年已经采摘了五六根，用作清炒，或者炒鸡蛋。现在上面还有很多结着，日日看它长大一点，心中甚喜。后院还有一棵枇杷树，底下有一株芋艿，一株金橘。枇杷长得高，每年都果实累累，金橘的个头小，口味不好。或是因为后边光照时间短的缘故。

年岁渐长，开始恋家。庭院虽小，种植颇乱，却也日日给人一种新的气象。工作归来，偶尔赏析，亦觉生命之奇妙。"倚南窗以寄傲，审容膝之易安。园日涉已成趣，门虽设而常关。"也许单纯的隐士生活，并非想象的美好，但纷杂的世事之余，有一方宁静的小院，多么美好！

世上之人，亦如园中之草木。有人逐光而进，有人背光而靡。即使同种，因为前后而栽，长势天壤之别。草木无言，谁进谁退，一目了然。草木无奈，因地因人，人之无奈，奈何谁？

四　明

　　这次去枕溪山房，去的时候走的低速，从城东路上去，过陆埠裘岙，经鹿亭中村，到童蛟水库。回来走龙观，从洞桥上高速。正值雨后，山色空蒙，绿意葱茏。在狮子岩稍做停留，飞瀑高悬，硕大的水滴，从岩顶洒落，让我们以为又下起了急雨。中村水势如虹，沿溪的走道已被淹没。三棵巨大的枫杨，皆在水中。白云桥绿树掩映，桥面石板清水磨洗，百年如新。沿路东去，只见溪面愈加开阔，云雾缠绕远山。水库大坝高耸，下面则平湖如镜，水质清澈。枕溪山房在路的另一侧，林木成荫，是八九十年代的建筑风格。如果从路而尽，断不会知此间豁然，有如此庞大的栖息之所。

　　我记得茅镬也属于章水。第一次去时，还属鄞州。这次原本以为是走一条新路，去往新的所在，未料与中村如此之近。回来走龙观，亦是我去过之处。很多的遗落，其实是科技发达的缘故。因为你把坐标导航，一路傻傻跟着走，如果把地图铺开，你才会兼顾前后左右。不过四明山中，经常有这样的迂回，走着走着，一个熟悉的地方就出现眼前。朋友说，人生就是绕来绕去，此话不虚。

　　从地理坐标来看，梁辉、鹿亭、大岚、梁弄等，是我的小四明。这一块，我去得最多。梁辉水库上去，走冠佩村的茭湖古道，到茭湖。古道没有西风瘦马，只有翠竹樱花。中间溪上大石，曾留下斑斑花痕。茭湖的金钱松高耸入云，离我第一次见，又长了 20 余岁。白鹿原先只有一个临崖的玻璃平台，然后又建了一个大的。从上面望去，远山莽莽，深谷令人寒栗。中村近年成了一个热点，廊桥卧溪，枫杨弄姿。而我最喜欢的还是丹湫谷，若择四月出行，谷底住一宿。清晨起来，沿着谷底往上走，此间有怪石、清潭、青山、雾岚。谷底观天，上溯而行，便觉山水包裹，天地之契合。

小隐天色微明，鸡声起伏。鄞江水汽弥漫，凌霄花带着水珠。四明的一天往往这样开始。古道蜿蜒而上，中村涉水而行，这往往是上午的安排。在鹿亭吃过中饭，走狮子岩玻璃栈道，或在上南黄寻一户遗世独立的人家，这是午后的节目。茅镬的银杏，现在不足以看。因为车来车往，圈养的古树，失去了她的活力。修复的石屋，没有了岁月的味道。只有四明湖的残阳，半湖瑟瑟半湖红，亘古不变，却永远散发新意。

至于溪口、覆卮山、贵门，那是大四明的范畴了。一日来回，有些仓促。有时驻足，望着云雾缭绕的群山，我总有一种感觉，山后是不是另外一个季节，是不是曾经见过的风景？当我以为，已经将四明熟谙于心，意识便浅薄如晨雾，瞬间消散。何必在乎熟谙与浅薄呢？身在此山中，白驹过隙间，留下一些美好的光影片段，难道不是一种美吗？

土豆芸豆炖排骨

　　昨日，母亲做了一碗土豆烧排骨。排骨上的肉柔软细腻，土豆比较生硬。这是我第一次见母亲这样烧。这道菜令我想起，2001年在青岛工贸宾馆对面吃的土豆芸豆炖排骨，那份滋味犹在嘴边。工贸宾馆附近营口路的排骨米饭，满满一大碗米饭，一块大排骨，排骨中放些鲁迅笔下的胶东大白菜，只要七块钱。那时道路，那时店铺，有着旧时光的温暖。再远一点，洮南路的岛城第一汤，来一碗羊杂汤，配一个火烧，也是一顿滋润的正餐。那时时光悠闲，你漫步于小巷街尾，看那些人流，一天就这样踟蹰而过，也不会觉得可惜。更远一点，闽江路的微山湖鱼馆，麒麟大酒店前的锅贴鱼，那是需要发兴过去的。那是城市的东部，是新城。就如时间节点上的未来，未来可期，我的个性却总是怀念过往。

　　也许对于城市的记忆，一直在改变。由原先的那些人事、风景坐标，最后回到美食。物流发达，食材流通方便。如果今日买到芸豆，母亲应该做一锅土豆芸豆炖排骨。那些年，我一直在外，从来不记得家里。游历大半个中国后，我还是喜欢胶东。大汉豪迈，女嫚爽朗，在那种环境的我，也会个性转移。疫情以来，犹念回澜阁外的那片海，小青岛梦中若隐若现。

　　映波以为我没有吃过花椒，在工贸宾馆对面的饭店点了一碗干煸芸豆，骗我说上面的花椒很好吃。我吃了很多，然后看他惊诧的表情。其实，我在四川已经待过半年。捉弄人不得其果，有种反被捉弄的感觉。当然这些都是无心的。在异乡，你每天可以见到新的事物，引发你的思考。平安厂里的小宋说："你在家不吃馒头呀?"这是那些没有出去过的人她们的一种认知。

　　生活纷乱，因为我们总是深陷当下。也许很多人会觉得，别人发疫情，你怎么不发，搞得好像不识人间烟火。其实，如果上面晚上八点开会，我们基层九点后也必须开会。我们总要找些游离于现实的一些事情，安抚我们焦躁的情绪。

　　今天发生的一切，有多少值得未来铭记与回味呢?

火烧鸟

　　爱去一家店——火烧鸟，喜欢它的食材，喜欢它别具匠心的装点。喜欢墙上的仕女图，好像从唐朝走来。

　　喜欢这样下雨的黑夜，接孩子的途中，在这里点单、小坐。来一瓶三得利的乌龙茶，看着"浅醉一生"四个字，仿佛那些喝醉的时光重现。

　　喜欢小孙，亲切的招呼。"今天，我们这里有新鲜的金枪鱼。""菜够了，不够可以再点。"喜欢她的推荐，她对胃口与味觉的把握总是恰到好处。

　　今天，没有点孩子最喜欢的蟹黄包，点了烤银鳕鱼。不能在惯性中，失去对美味的追求。

　　喜欢宗次郎，故乡的原风景，阿朱和乔峰，在塞外放马牧羊。喜欢木村好夫，柳濑小镇，情人在富士山下，依依惜别。

　　喜欢忙碌之后，来上一杯清酒，把自己烦躁的心情清洗干净，和着今夜的细雨，忘记前生今世。

　　喜欢灯笼下自己的身影，喜欢各色瓷盘折射的光彩，喜欢服务员浅浅的微笑……

　　这个城市，这个雨夜，有这样一家店，她装点你的寂寞，安慰你的味蕾，在无常的世界，带给你生命一种饱和的温度。

空 地

海月寺长梯东边，有一块空地。前面靠墙，种着大豆。此时正开着花。后面是开山后的石壁，有些突兀在空地之上。石壁下是杂草与一些树木及掉落的枝条。一片狼藉。我突然想，这里整理一下，弄个小公园真不错。

但是转念一想，原始的感觉不好吗？即使公园，在走的也只是那几个人。有几个还是外村迁进来的。本村的基本没有来公园散步的习惯。况且秋天的时候，最东沿三棵银杏落叶的时候，整块空地高低不平地铺满金色的叶子，因为没人来扫，美好的景致可以持续很久。

当下，在城郊，一切整齐得当的地方，这样一块地方，没有修葺，也没有整理。开过山后，就是这样。然后修庙，周围沧海桑田，她却依然保持我们童年的模样。多少人沿梯而上，却从未有人驻足观望。

我站在那里，停了一下。念起念落。也许我们改造世界的脚步，太过匆忙了。这样的地方，她那样质朴，那样原始，我却感觉她好美，美过一切修饰过的东西。

小隐（二）

大隐隐于市，小隐隐于山。

山间住久了，小刘回复微信的速度，可以说是赶着牛车来的。我问："我定的半只鸡买了吗？"她说："现杀。""那另外半只怎么办？""自然有它的归处。"突然间，觉得自己真的多虑了。

小胖要吃螺蛳，大岚没有夜市。怎么办？发现餐厅前面两个养鱼的水池（石头垒起，大概一米见方），里面有螺蛳。赤膊上阵，一下工夫，就摸了三五十个。原生态、纯天然。朋友说："小胖带来了生趣。"

餐厅前的樱花，竟然开了三五朵。不知是弄乱了季节，还是本来就是两季。相对春天的洁白一片，三五朵更显得楚楚动人。夕阳余晖下，黄昏的风，带着寒意，真委屈她们娇弱的身躯了。

大红袍泡淡了，随即泡上普洱。小胖一边泡，一边拍着视频，发在微信群里，惹得一众朋友都欲赶来。但也仅仅是突然闪过的一念而已。一念起，荒野山林之趣；万念灭，无非茶米油盐，身不由己。

浮游纪胜

Chapter
02

▼

第二卷

轻舟已过 QING ZHOU YI GUO

慈云寺

　　女诗人爱菲儿近日在缅甸出家了。谈及出家的理由，她说是人到中年，所有事物对自己失去了吸引力，所以想停下来静一静，看看自己的内心。诗人的内心总比常人敏感，当她看不到自己内心的时候，一定是世事纷扰，挥之不去，挣扎无果，本能地想避开喧嚣，去赴一次疗愈之旅。

　　个人与世界，是两个圆圈。不交织难免封闭，交织多了，小圆圈投入大圆圈，淹没自我。个体与其他个体亦是。欣赏或喜欢一个人，不必处处苟同。人心易变，你努力做到她喜欢的样子，她已经有了不同的追求。答案在茫茫的风里，不问答案最为明智。古人云，"修身齐家治国平天下"，修身放在第一位。打铁还需自身硬，与其努力求他人认同，不如默默耕耘，春华秋实，硕果累累，自然有人问津。

　　慈云寺对面是万寿宫，佛教与道教，隔着一条窄窄的路。信仰从不吆喝，看个人喜欢。慈云寺旁，是一家咖啡馆。庭院很大，古色古香，进门放着一块牌子："在这里，把自己想成一幅画、一首歌、一首诗，在这里，遇见最美好的自己。"最美好的自己是什么样的呢？19 岁在黄鹤楼的留影，初为人父时的欢喜样子，还是 43 岁此刻的自己呢？

穿过没有阳光的午后，躲过熙攘的人群，把无数叫卖声丢在砖墙之外。慈云寺中，独自品味一方天井的况味。时光缓缓流淌，天色阴沉，更显初冬的肃穆。人人涌向热闹的街市，对一个游历很久的人来说，我知道，那里没有我要买的东西。

青岩古镇

"去青岩古镇，没有吃乳猪蹄，那等于没有去。"

"难道吃了乳猪蹄，就没有遗憾了？下次我还要去的。"

在迎祥寺，我许了一个愿，如果愿望实现，下次来还愿。不知为何，后门没有开，我们回到正门出来。旁边是一条上坡的小路，路旁是一棵高大的梓树。梓树下面，朝右是通向一户民居的石阶，很有原始的风貌。左边前面一点，是一座古亭，有些残破，却更显古意。再上去，看见一棵柿树。果实累累压枝头，色彩红艳缀秋末。引得游人驻足拍摄。再过去，小路与街道交合，古镇的西门城楼，便矗立眼前。街市上，无非是姜糖、猪蹄等小吃。我们绕至四川会馆，偌大的馆中，只有一男一女在品茶。青砖黑瓦，天色阴沉，旁有高大的树木，只剩枝干，在空中勾勒出中国画的意境。

这只是在青岩的一小段路程。万寿宫与慈云寺，古建筑花板上的浮雕，工艺甚为精美。到四川会馆到了一个高潮，雕着八仙过海。人物栩栩如生，具有动态美。一进北门时，云游的夫妻艺人，在雕满龙纹的青墙前，设摊表演。男声悠扬，妻子不停地给他拍照摄影。而后，两人琴瑟和鸣，共奏一曲。游人在挂满红灯笼的青石古道上，欣赏鼓掌。有些店铺前面，有机械的儿童在舂粉，做得很像，初看以为是真人。里面的女店员，也似被机械带动，画着一样的妆容，机械地剪着什么。我说："里面那个也是假人吧？"另一个店员回答："是的，你去捏一下，就知道了。"说完扑哧一笑。在慈云寺后门的石巷，游人席地而坐，在狭小的空间，拍出个人与天地的感觉。我没有吃乳猪蹄，难道真的等于没有来青岩吗？

　　也许日日在青岩谋生的人，已将眼前的风景当作日常。而我们游客，成为她们的风景。无论是磨得光滑锃亮的青石板，还是香火缭绕的寺庙，都见证着青岩人气的鼎沸。而四川会馆前面，那棵高大的不知名的树，挂满了须须，有些须下缀着即将凋零的阔叶，北门城墙边那棵金黄的银杏，仿佛见证了轮回的沧桑。

　　如果下次来青岩，我会吃乳猪蹄吗？应该不会。不是所有遗憾都为了成全，有时浅进浅出，是为了不留遗憾。

大　堰

"大堰，我只在开油菜花的时候去过。"朋友说。

大堰开油菜花的时候，我也去过。那是和徐哥、李峰一起。徐哥在油菜花地的一棵树下留影。李峰坐在秋千上向我挥手。那是一个阳光明媚的下午。远处的村庄，以山为背景，一些高低不等的树错落其中，即使生在平原的人，也会油然而生一种乡愁的滋味。今天三人都在自己的城市，干着各自的营生，时光隔远了彼此的距离，不知哪一天才能重逢？

大堰开油菜花的时候，我也没有留意油菜花。只是看着他俩，在南方的土地上欢喜地奔走跳跃。冬天的清晨，大堰失去了那明亮的黄色，我才得以看清溪流与大地的脉络。远山蒙雾，衰草遮溪，镇亭桥横卧。这样的冬日，游人几乎绝迹。而我却喜欢这样的况味，一缕寒风让人清醒，盛衰兴亡，人世沧桑，清晰可循。爱油菜花者众，不过趋势而为，爱衰草者稀，唯愿自己不随流俗。

记得夏日公园漫步，遇一树问花木工，不知。后来碰到告诉我，是蜡梅。蜡梅开时，人人争相拍照，不开时，花木工亦不知。蜡梅才不管你们知不知，每年冬季自管开放。试想，蜡梅若有情绪，夏日你不知，冬日我不放，那么是不是太过狭隘？而人是有情绪的，会不会这样自暴自弃呢？

　　"若不是我现在有些落魄，人们才不会这样看我?"问题是，你活着是对自己负责，与他人何干? 若是你留恋盛放的时候，就必须要承受一段长长的世人未知或者遗弃的岁月，来汲取养分。若以利交，断不会在你落寞的时候与你说上只字片语。若以情交，你落不落魄，并不重要，而是你的行为方式，是否对自己负责，是否符合发展?

　　在油菜花谢与蜡梅花开的空当，在荒村野外的溪流旁，总有些心绪，弥漫在远山的晨雾中。这一年，难得有踏实的觉，是不是自己太在乎别人的理解，而陷入意识的迷雾。

　　朋友，下次来大堰，在没有油菜花的日子，好吗?

黄果树

去往黄果树的途中，导游阿红在车上给我们描述黄果树瀑布四季的变化。她说，黄果树瀑布就是一个女人，三四月份的时候，水量最小，宛如青涩少女，含苞待放；九月份的时候，水量最大，犹如青壮年的妇女，饱满圆润，激情澎湃；十一二月的时候，水量减少，便似老年妇女，内心平静，独坐一角。阿红才22岁，讲起这些来，毫不羞涩，估计一年中要重复讲述几百遍，故事的暗喻在她看来已经波澜不惊了。她，态度很好，有与年龄不相称的成熟，不知道是不是阅过了黄果树四季的变化，而将一生了然于心了。

车子在雾气弥漫的山间穿行，贵阳真的是名副其实。待到了安顺，天光开始明亮，不知是地域的变化，还是时间的推移，阳光依然未见，远处山体上巨大的"黄果树"三字映入眼帘。快要到了，朋友们从遐思中回归。阿红说，你看这一片路边的房屋，原来是少数民族的一个聚集区，现在马上要拆了。这边的乡民，即将告别祖辈生活的地方，去往繁华热闹的贵阳。对于长居山间的人，他们对于清新的空气、自然生长的作物、云雾缭绕的群山没有了感觉。出行的不易、物资的匮乏、医疗教育的落后，是他们思考的问题。怪不得阿红说："金圈银圈，不如墙上画个圈。"山民急切地渴望外面的世界，而游客千里跋涉，只为一睹此间的山川与风貌。

　　下车，徒步。车中所见的红花如叶引起我的兴趣。在初冬的山间，灰蒙一片，绿意也在云雾中失去明艳。而树尖的红色，犹如一盏红火，为灰沉沉的世界，点燃了激情与希望。我不知其名，直到走到高老庄附近，一池清水之畔，有几枝低垂。查阅得知其名曰"一品红"。真是好名字，似花非花，似叶非叶，仔细一看，还是花。避开花季，独自点缀初冬灰暗的时光。其貌一品，其行一品。导游名字中亦有"红"字，似乎冥冥中契合，心情低沉之时，总有红色的希望给予你温暖的指引。

　　罗老师说，瀑布怎么变小了？她来的时候，是九月份。初来便如此，依然让我觉得震撼。虽然没有大龙湫一泓直坠的勇猛，也没有尼亚加拉让你身处其中的博大，但这样的黄果树恰恰是最好的。她如东方贵妇，庄重典雅，高贵大方。她不在乎水量补给的多少，让每一个阶段的自己尽可能地完美。

　　游人争相在瀑布前拍照，阿牛哥身穿少数民族的服饰，与风景相得益彰。我从索桥绕过去，到了瀑布的侧面。轰隆的水声，与内心起伏暗合。一年中所有的不快，随急流而去。所有旅行，都是疗愈。我要在心里画一个圈。

游　兴

　　半夜，被柳宗元惊醒。永州八记中，购得一块四百钱的山水。主人嫌其不是田地，无甚出产。宗元思此处山水若置于京城，售万金，亦群起竞之。着笔山水，实为讽喻当朝权贵，不识英才。或许，权臣看出了柳宗元的用意，将他一贬再贬，贬到了柳州。未见柳州八记著世，是其进取之心蔫矣，不再乐山悦水，借此抒情；或当时道路阻塞，未识广西绝美风景，不得而知。

　　自入桂以来，三日皆做水上漂。第一夜，邕江夜游，城市之美，灯火之璨。第二日，黑水河之游，歪打正着，青秀之色，激流之壮。明仕泛舟，岸上诸峰形态各异，移步异景，各赋形象。第三日，雨花石景区，从霞客古渡上船，游左江第一弯。两岸木棉花开，分外妖娆，为烟雨中的水墨山水，增添色彩。德天瀑布，乃故地重游。谁校对时间，谁就突然老去。而景区面貌的大变，觉物非人更非，往日不可追。坐竹排于归春江中，与对岸越南游船相迎，挥手致意。三日五次泛舟，船行水中，人在画中。德天瀑布此时水流不多，然亦如仙境。近处闻万马嘶鸣，气势恢宏。

　　行程既在规划之内，又有意外之喜。住是固定的，美食却是随遇而安。老崇左的晚宴，竹篾上的斑鱼，百香果内的排骨，正应了那句"从来无所求，所得皆惊喜"。行是规划的，遇见的人却是缘分使然。无论是黑水河那个急切而实诚的老张，还是雨花石景区那个洞识人性又乐观爽朗的农姐，她们是山水之外的美景。一如黑水河之行压轴的壮美激流，穿过一线天后的半壁江山。龙宫附近的烧鹅肠粉，透着小户人家安居乐业的幸福滋味。

那晚，在明仕的新农村饭店门口露天就餐。朋友点燃一支烟，说吃喝嫖赌抽，就嫖赌不来。不赌是谨慎，不嫖是责任。回来路上，另一位朋友，在路上放声高歌。我笑着说，若在慈溪，认识的人听到，一定以为你疯了。或许，他压抑已久，要借助这次远行，释放内心的抑郁，为生命重新注入活力。

宗元，终不能去追渊明。永州之兴若留至柳州，或许，历史与大地将留下他更浓的印迹。那么，你我之兴呢？

长假漫行

　　喜欢这样一个故事，有一个人初来慈溪，问当地人，慈溪这个地方怎么样？当地人反问，你来的地方怎么样？他说，那地方挺好。当地人说，这里跟你来的地方一样。另一个人也从家乡过来，问同一个人，慈溪怎么样？当地人反问，你来的地方怎么样？他回答，那个地方糟透了。当地人说，这个地方也一样。

　　记得从湖州回来那天中午，逛完奥特莱斯，搜索吃饭的地方。1.9 公里之外，是湖州老鲜。停车进场，平姐拿出朋友赠送的河蟹，让厨房加工。待我们找到大厅八号，发现窗外就是烟波浩渺的南太湖。几位夫人，争相出去拍照留念。惠风和畅，水波不兴。几位游客在半岛的树下流连忘返。远处湖面点缀着数十艘渔船，再远处白云下依稀是一座小岛。众人莫不感到三九月的秋光明媚，气候宜人。回来坐定，蟹螯已上，一人一只。徐徐解开捆绑的草绳，一股蟹香透鼻而来。横向扳开，金黄色的汁液流将下来。虽然没有饮酒，亦有"一手执蟹螯，一边望太湖，极目烟渺处，便足了一生"之感兴。

　　今日樊登读书的寄语："你发挥能量的能力，与你的放松能力成正比。"东坡先生："试问岭南应不好，却道，吾心安处是吾乡。"寓娘的清歌，随风如雪，让炎海变得清凉。身处何地，都有快乐可以找寻，若没有一颗向善之心，若不曾心安，你得到了世上的一切，亦会无所适从。

　　整个长假，有海岛之行，有湖州之旅，也有余华意识流的漫行。有新朋初遇，有旧友重逢，也有旅途中偶然的惊鸿一瞥。感觉活在自己的世界久了，反而不认得自己。喜欢蚂蚁岛这样的小岛，从西到东，几十分钟，便是另外的世界。也喜欢望不到头的太湖，烟波尽处，又是多少的潮起浪涌。也许一切起落，都在自己的内心。

又见敦煌

　　大巴停下，只见一片空旷的水泥地，与一排排逐渐升高的玻璃墙。导游去取票了，我们不知这个演出在哪里，各自发挥自己的想象。九点左右的敦煌，阳光灿烂。不多时，看人流在玻璃墙那边排队，依次下楼梯，进入地下。沿着蓝色的甬道，不知折了几回，里面漆黑一片，我们随着人群移动。工作人员招呼着向前方空间走。突然，前方打亮一盏灯，一位穿着白衬衣的女子，讲解演出的情况，大致是："我们的演出，不设座位，大家根据工作人员的引导，进入每一个演出空间。"这边语音刚落，灯光转移，一位同样着装的青年男士，在我旁边的高台，开始讲一些关于敦煌的故事。如此往复数次，明灭之间，人流涌动。

　　待报幕完毕，工作人员引导我们向后走去，灯光打亮，我们才发现，中间方形 T 台上铺黄沙，两旁穿着古装的人物，观众则在沙路与人物之间，两侧流动。一位青年学者从沙路走来，手执书卷，报人物的名字，报到名字时，原来如泥塑的人物，执礼回应。待报齐后，一位衣衫褴褛的老者首先出现在沙路上。他无数次问，这是敦煌吗？这是敦煌吗？……当听到观众肯定的答案，他说他是张骞，他终于回来了。然后，刚才报到的人物，依次出场。配以激扬的音乐，历史人物身着自己时代的服饰，大步流星，让在台下的观众感到历史与艺术的双重魅力。

　　随后我们随着人流进入第一个情景剧场，一首深沉的合唱歌曲之后，舞台上再现了 1907 年 5 月 29 日，王道士把 29 箱经书以 200 两银子卖给英国人斯坦因的情景。面对青年学者的质问，王道士既悔恨又无助。这里通过年龄对比，舞台艺术效果的呈现，让观众回到了那个时代。愚昧、无知、落后，无奈之余，感觉痛心。灯光转换中，王道士迅速移到中间地带，他痛哭流涕，祈愿流失的一切可以回来。菩萨慈悲，一一原谅了他与那些搬运的工人。然后舞台上高低错落展现了壁画上内容，或作飞天状，或反弹琵琶，或舞影翩翩，色彩艳丽，让人目不暇接。尤其是转到另一侧后，一位飞天，在几十个赤膊青年中间，瑰姿艳丽，体态轻盈，队列人物高低起伏，飘移其上，展现出古典的韵味与青春的美好。

　　灯火熄灭，随着引导，走入一间密室。中间是一位容貌艳丽的女子，身后拖着长长的裙摆，一位侍从端立身后。待人群安静后，女子缓缓走出。只见中间玻璃下，两位女子合被而睡，其中一位缓缓起来，读出一封信来。大意是，夫君三年不归，孤儿寡母，日子艰难。相思已尽，悔不当初。这个节目，源于 1907 年斯坦因在玉门关一处烽隧中捡到的八封信中的一封。粟特女子米薇随着丈夫来到敦煌，丈夫经商，返回粟特后，三年未归。她写信求助家人朋友无果，写了最后这封绝笔似的求救，期待丈夫能够收到，回到她们身边。但是这封信，被信使遗落在烽隧。她后来怎么样了？无从得知。1700 年前的情绪，因为文字，激起了无数人内心的波澜。玻璃下的故事讲完，头顶纱帘后，几位洞窟中记载有名字的唐朝女子，移步换影。面对如今壁画中斑驳的容颜，她们泣不成声，再三请求人们的保护。青春一去不回，她们尚留下名字与倩影，我们呢？生之意义，或许就在当下吧。

最后，我们来到一个有座位的大舞台。巨大的屏幕展现时代背景，舞台有多部升降机，随着剧情，升降起落。张仪潮收复沙州（敦煌），遣十队人马去长安报捷，只剩悟真法师一队顺利抵达，觐见唐宣宗。这里表演中安排了十队人马全军覆没，悟真应该是十一队，报捷也成了丝绸之路的重新贯通。朝代逐步更替，淹没于黄沙之中。一瞬间，一千年，我也在涌动的人流中，感觉生命的渺小，与时间的虚幻。剧末，字幕打出，我们今天的出现，也成为敦煌历史的一部分，诚不欺人。粟特女子也好，相夫公主也罢，平凡富贵，我们都是历史的一部分。

来敦煌，《又见敦煌》必须要看。这是欣赏莫高窟提前的培训，让我们先一步了解她的历史。表演精彩，美轮美奂，沉浸式的体验，让你置身于敦煌千年的演变，以史为鉴，从而更好地演绎自己的人生。

桐木关

去桐木村的路，与上次去龙川的路是同一条。过龙川，到华南第一漂，再过青龙瀑布景点。路上有检查岗，不报备的车辆不能通过。到桐木村，徐姐说，怎么猴子都不见了？三年前，她来此处，溪边猴子有数百只，旁边游客喂食。看不到这样的场景，她有点遗憾。我们并未抱着这样的希冀，看见大山深处，绿树掩映，溪流淙淙，已大呼过瘾。

桐木村面积 210 平方公里，闽赣交界，是正山小种的发源地。因动植物品种丰富、罕有，外国人不得入内。徐姐朋友家，世代做茶。我们坐定后，泡了一杯正山小种的老茶。上午喝了水仙、肉桂，长途跋涉后，喝上一口正山小种，柔和爽口，还带点甜味。在产地喝茶，与城市茶肆中完全不同。一是先入为主的正宗观念，二是没有任何炫目的装饰与茶艺，心无旁骛，只有口中滋味。想正是正山小种，几百年前，漂洋过海，成为英国的国饮。而后贸易逆差扩大，英国人用茶种在印度、锡兰，开始大范围种植。再后来，引发鸦片战争，一部中国近代史跃然眼前。

心仪的猴子没有看到，徐姐提议我们去桐木关一走。驱车上路，看见路边停着十多辆车子，两只猴子端坐在树枝上，警惕地扫视着众人。徐姐兴奋地喊着，猴子！猴子！时间关系，我们一驰而过。

沿途有几个茶厂，一些民宿。桐木关，位于公路最高处。关隘由江西管理，我们与管理人员沟通后，车子过横杆掉头，回到福建地界。人可以走过去，一些游人在标有黄岗山的石碑前拍照留念。江西这侧，碧空万里，群山连绵，一条公路自此蜿蜒而下。

　　回去路上，遇见三只猴子，一大二小，车速太快，来不及拍照。不过，见到了，也弥补了徐姐的遗憾。回来后，没有同行的赵哥说，他几个月前去桐木村，在溪边洗好黄桃，十几只猴子蜂拥而上，吓得他赶紧把黄桃丢掉。看他绘声绘色，一惊一乍，仿佛那个人是我，也算经历了这样的场景。

楠溪尚有梦

来温州，有三惊。

车上四小时，与领导 **M** 前后座，他突然问我，"无梦到徽州"什么意思？我一顿，怎么他突然会问这个问题？我们又不是去徽州。然后马上想到，原来他看过我那篇"无梦到徽州"。有点诚惶诚恐，有点受宠若惊。"无梦到徽州"，我说大意就是徽州太美了，不做梦也会时刻想到。他笑着说，我的答案与你相反，古时有一个徽州人，请他的文人朋友写一首关于徽州的诗，他的朋友不堪其扰，也没有去过，便写下"一生痴绝处，无梦到徽州"，意思就是做梦也不想去徽州。我笑笑，他也笑笑，一切没有对错，他看过"无梦到徽州"是我的荣幸。此为第一惊。

天色荫翳，到镬炉村时，只见远处浓云稠密，间隙处露出一些光亮。群山环抱，周围植被翠绿。村口几幢三四层的集建房，外面围着白色的铁栅栏。夜晚开灯时，灯光沿着栅栏的线条，形成起伏的山峦。一座白色咖啡厅耸立在路的另一端，与灰白的天空相映成趣。村委会一楼为展厅，案板上写着镬炉的历史与如今新农村改造的情况。一块巨大的曲面屏，引得大家啧啧称奇。上下有两米多高，长度七八米。曲面屏由旁边的显示屏控制，我们点击收看了镬炉村改造的影片。秀美的山色，与安居乐业的群众，相得益彰。我用无人机飞了一会，感觉村子也就村口比较显眼。随着大家的脚步，我看到文化礼堂是一座古建筑，中间有巨大的广场，墙壁上是村民微笑的照片，以及一些好人好事。这样的布局，甚为新颖。到村的另一边，一幢白色的建筑里一个巨大的游泳池吸引了我。然而门关着，未得入内。另一侧是一块草场，摆放着几张带伞的餐桌。后面是一幢咖啡馆，可以沿着外面的楼梯上行到屋顶平台。平台上又是餐桌与遮阳伞的组合。这样的天色下拍来，让我想起苏兹达里的小克里姆林宫。那日，我看见小克里姆林宫外，草地上那棵唯一的大树下，一把长椅上坐着一对老年夫妻。背景也是今日这样的天色，积雨云一片挨着一片，绿草如茵，天气不冷不热。我喜欢这样天色，山雨欲来风满楼，仿佛唯有人与人相互依存才可以温暖一切，抵挡一切。沿着路继续走，楠溪江就在眼前，风吹芦苇，白鹭点水，一座中式的咖啡厅像古时的客栈，立在灵秀的山水之间，立在我行进的路上。遇到这样的风景，怎能不惊！

晚上，我们入住乐清三榆开元酒店。吃饭在附近菜场边的海鲜馆。来温州的第三餐正餐，我们终于吃到了正宗的温州菜。关于美食，游人之述备矣。然而，晚上兄弟们喝酒的气氛，那是相当友好与热烈。首先，没有人杠酒，喝就是一样地喝。其次，不喝酒的 H，今天竟然独领风骚，不停穿梭于两桌之间。我们认识几十年，今天见他喝得最多一次。高潮部分，L 哥领唱"咱当兵的人"，当过兵的，没有当过兵的，在他引领下狂歌痛饮。好久没有这样肆意放纵了。腼腆的 C，也喝得酒酣耳热。最年轻的 S，杨梅酒一杯接着一杯，始终彬彬有礼，始终周到细致。两年前，也是这帮兄弟，两年后，基层的苦，基层的难，在今晚相濡以沫，释放殆尽。

这次出来，带了《海边的卡夫卡》，清晨读了几章。书中说，"没有人不孤独，孤独有千万种"。楠溪江上这样一个小岛，城市霓虹中等待过人行道的我，有多少相似？楠溪尚有梦，江流入我心。

乌　镇

　　有些事物，如果看不惯，只是自己境界不够，或者事物所处的环境让你感觉格格不入。比如在太平古城，我看见那些穿着汉服的女子，便觉得不搭，在水乡乌镇就感觉是完美的契合。遇见多了，愈觉得，不是谁都可以优雅地老去，年轻时，不摆弄一下，没有美好的记忆，何以承受岁月的荒凉？我也明白了，有些同龄人冷漠的原因，没有炽热的青春，很难在人到中年时让她们保持温度。丹青老师说，看见你这张青春的脸，我愿意把拥有的一切与你交换。

　　上一次来乌镇，什么时候，和谁一起来，也已忘记。只记得是一个晴天。这次，在江南的梅雨季节，乌镇的美，才真正入我的心。湿漉漉的石板路，雨水洗过的绿植，岸上木芙蓉，水中荷花，青春的美，不惧风雨。十八岁的王希孟，宋徽宗随便点化一下，就可以画成千里江山图。小餐馆向水面开了一扇窗，窗前摆着碧冬茄，下面有船摇过，垂柳接着河面，沿河的木板半干半湿，仿佛也拥有着生命。从小巷越往里面走，越繁华热闹。虽然人流络绎不绝，我并不感到嘈杂，或许是一心想着木心，也或许是低沉的云，清绿的水，吸附了人间的杂音。

　　"另一个鲁迅"讲座，在 14 点开始。正下着滂沱大雨。走进乌镇大剧院，前排一些位置已经坐满。丹青老师，准时出现在我们面前。看上去，比电视上还要年轻一些。在提问环节中，我才知晓，有些人不远万里赶来，从巴西、法国、新疆，等等。丹青老师的魅力可见一斑。其实我对鲁迅也不甚了解，木心的书倒是看了一些。从这次讲座，了解到鲁迅不仅是文学家，也是一位收藏家，他收藏了6000多片拓片，4000多幅欧洲版画。作家中喜欢美术的也很多，但像鲁迅这样具有专业水准，又有那么多收藏的只有一个。这或许对他的写作深有裨益。丹青老师说，一个好的收藏家，不是要很有钱、具有非凡的鉴赏力，而是要有范围。提问环节中，一位业余女画家提出让丹青老师看看她的画作，并提出意见。他幽默地回答："我最怕遇见画家，你是让我说你好，还是不好？你在画画中感受到快乐吗？如果快乐就继续画下去。"一如我对他的了解，永远不要为了追求功利去做自己喜欢的事。

　　问答各式各样，他都一一化解。没有大家的架势，时时感到他的真诚与谦逊。结束后，大家蜂拥上去要求签名，我默默地离开了。出门时，雨已经停了。行经一座桥的时候，一位古装的美女，执着团扇，正在呈现她青春最美的姿态。

徒　劳

太平古城，刚刚兴建，还有很多设施需要完善。登上城楼往内看，灯火璀璨，横卧在江中的廊桥、亭阁、沿岸的彩灯，倒映水中，让风景有了成倍的增长。游人络绎不绝，几乎无人戴上口罩，很多事情终将过去，过去时，毫无踪迹可寻。虽说是古城，夜晚走来，却没有一处古迹，只是复古建筑。游人中，那些年轻的身着汉服、波斯风、民族风服饰的女孩，格外引人注目，她们在千篇一律的店肆、街道、仿古建筑之间穿行，仿佛成了古城的精灵。她们在追求什么，让最美的样子，留在一次旅行之中？我又在追求什么？远方除了远方别无所有。

过来的途中，看了一会儿书。《雪国》中的驹子姑娘，也是这样的年纪。她的未婚夫去了东京，在那里结识了叶子，两个人相爱了。这次叶子陪生病的未婚夫回到了家乡。在东京看病的时候，驹子靠做艺妓赚来的钱替他看病。川端康成笔下的女子，大概都是那样温婉、善良、肤白如雪，又有一头乌黑的头发。她们说话的声音、动作，颇具优雅与美感。驹子是这个偏远乡村温泉中弹三弦琴最好的女子。盲人按摩师，很远就能识别她的弹奏。患着绝症的未婚夫，还有他的女友，面对美丽的驹子，岛村想到了"徒劳"这个词。只有经历了很多世事、内心倍受煎熬还没有觉悟的人，才想到的词。

　　旅行，也许就是岛村所说的"徒劳"。走很远的路，到一个陌生的地方，或许一无所获。在太平古城的城楼，撞响似曾相识的钟，这样的镜头，不同地方重复很多次。但听到钟声的受众不一样。即便是你自己，因为时间的变换，境遇的变化，那份心情也没有雷同的地方。三声钟响，穿过夜空，击碎三年的禁锢。朋友与我走到古城的尽头，他开了一天的车，一点也不疲惫。他说，我要走到每一个角落，哪怕是一个厕所我也不放过。对于自己执着的事，没有徒劳一说。

　　远方除了远方别无所有。因此，也没有了自己。无论在人迹寥寥的黑水河，还是人潮汹涌的古城，作为看客，目之所遇便是风景。

胜　坑

　　胜坑，有一处半塌的房子，房子规整地断成一截面，一张完好的木床悬在二楼之上。雕花精美，气势不凡，大致约有百年之上。岁月风雨，朱漆不再，与周围颜色黝黑无二。若周志文见到，亦可写一篇文章。写百年前，一对小夫妻结缘，父母从当地最好木匠处订制木床一张，用上等木料，费数日乃成。而后洞房花烛，金榜题名，出仕游历，子孙繁衍，最后终老此床。无疑这样一张空悬的床，不仅是一个人的一生，更是家族传承的一个重要元素，而此刻，她悬于残屋之中，无人记挂。

　　"穷居而野处，升高而望远，坐茂树以终日，濯清泉以自洁。"胜坑风光，不免令人忆起韩愈的词句。沿溪而行，房屋位于两侧。有两三家已经营业的民宿，两三家正在兴建，其余一半荒废颓败，一半亦有人住。我走进一间已经倒塌的房子，柱毁墙倾，土灶剩了一半。中间，烧汤滚水的铝瓮，一半裸露。那些烧柴火的日子，突然跳出记忆，令人感怀。我想此刻的胜坑，就是最完美的胜坑，混合民居、民宿、残屋，说静不静，说闹不闹，原始古朴，生活气息扑面而来。

　　"利泽施于人，名声昭于时。"此大丈夫也，不可幸而得之。"伺候于公卿之门，奔走于形势之途，足将进而趑趄，口将言而嗫嚅。"

此又非丈夫所为。胜坑若人，只是人可以选择，胜坑不能。让我们见惯了规整，留一些残败的景致；让我们见惯了粉脂涂抹，留一些自然清新。

　　"采于山，美可茹；钓于水，鲜可食。起居无时，惟适之安。"沿溪上行，一只蜻蜓落于水草之上。她什么也不想，却比我高明很多。

净土庵

　　长假接近尾声，今天值班。出去了几趟，认识了几个新朋友。最有感触的是，虾峙岛那座清静的庵堂，还有见缤长老的一番话。庵堂不大，进去是一个小广场，东西（应该）是廊房，广场后，是两进神殿。神殿内，素雅清静，一尘不染。前后神殿，落差大概四五米的样子，中间有隙，有一长方水池，大概一平方米的样子。池中有缸，没于水面之下，有萍浮于水面。水里有鱼，已越三代，来客不惊，悠闲自在。上有蛛网结于屋檐。下面的神殿，供人上香；上面的神殿，脱鞋而入，两侧是坐禅的禅垫。广场周边有石条，石条上有盆栽花木。还有一棵石榴，植于广场东侧，正是秋实累累。见缤长老招呼我们于东侧廊房坐定，奉柑橘普洱。当家师父，是广东人，十多岁出家，如今已二十余年。她剥开球状柑橘干皮，茶香四溢。我们杯子的底座，是铁质莲花，犹为此茶增加禅味。茶座前面，壁上挂着"自在观"三字，前面，横卧一把古筝，古筝前，是一张大的案几，供人题字作画。

　　待到宾主坐定，先啖一口红茶，温润入口，山路的疲劳一消而散。长老自云，台湾人士，来大陆已经六年有余，来净土庵，也有三年。净土庵，历史不久，大概四十余年。原是虾峙岛，庵庙一体，僧尼一处，后来因多有不便，不利修行，而辟此处为庵堂。前俯大海，背靠青山，于人居远，幽深清静，而为始者所钟。近来，因物资运输多有不便，欲辟路求通达。我默然，凡事有利有弊，路通则人众，一方清静不存矣。长老曰：仁者见仁，智者见智。一切安排都是最好的安排。言谈近一小时，深感长老慧心通达，佛道精深。烦恼皆自求，清静心中来。留下联系方式，下次相约禅修。长老送我们行至门口，见墙上"问佛"两字，深感"世间疑虑不足惧，就怕自己吓自己。迷障遮眼难分明，一入禅门自然清"。出门，右首碧波荡漾，左边青草翠竹（规划中），同行无不感醍醐灌顶，莫大欢喜。

喧哗久了，必向往清静之地；孤独久了，也渴望交汇融合。此为人生业障。如见缤长老者，一生欢喜，除生存之外，别无他念，自然心境澄澈。相逢是缘，与佛结缘，是内心的一种需求。海天茫茫，人于世上，有多渺小。你在哪里，都是你该出现的地方，既然如此，让我们珍惜每一次相见，因为，下一次，可遇不可求。

悟言一室

Chapter
03
▼
第三卷

轻舟已过 QING ZHOU YI GUO

初心人 静秋有想 给旅中作 心中随清 雨中 朋友主之者 无观为始 旁之朋章 鱼论终 以为三 与朋唠 搭友 七界 知夕 立味 安春 山昌 雅野 喝院 停茶 公一 出园 时光 酸奶 两不相欠 梦与现实 后半夜读 攀云中 余光中

攀 云

　　吉劭居说儒家是粮食铺，国人都需要，没有忠义礼信，无以支撑个人的风骨与社会的架构。佛家是百货店，里面的东西，都要用到，那是信仰与安慰。道家则是药店，人不可能不生病，上善若水，以柔克刚，及吾无身，吾有何患。这是超脱，也是经世之道。三者相辅相成，缺一不可，一味沉迷一家，难免走火入魔。三者又依次推进，没有坚守过，就想超脱，如同没有练过正楷，就直接上草书，那一定不伦不类。

　　生活就是艺术。余光中在评论刘国松的艺术创作过程中，也用了相似的笔调。他讲了三种流派，一种是固守中式，传统的在新时期难免有些过时；一种是崇洋媚外，一味追求西方，毕竟文化根基不同，难以大成；一种是中西结合，从固守到学习，到融合，刘国松就是这类的画家。当然本身的基础和悟性一样重要，否则就会不中不洋，贻笑大方。

　　艺术就是生活。我们设定目标，安排计划，这些都不可缺少。但成功与否，还需要取决机遇与变故。每个人都很努力，为什么成功者寥寥？心无旁骛者，只要方向正确，一定有所成；左顾右盼者，即使拥有很好的资源，也会将其荒废。那些将感情放在第一位的，最终一定被所谓的感情所伤；而追求利益的，往往在有所成就后，开始学会付出，修补创业时的心无旁骛，重新建立感情与信任。

人生就是不断的出走与回归。出走是为了得到新的滋养，回归是为了内心的安宁。两者和谐统一，缺少哪一项，都不完整。儒佛道，都在我们的体内，遇见什么事，正确运用，事半功倍。从有法到无法，从无为到有为，一切慢慢体会。

昨天稻读讨论人生的意义，我还是喜欢《瓦尔登湖》里的一个故事。一个人终其一生在做一个黄金手杖，做到周围的人都老了，都死了，他还是几十年前的模样。恒心让人青春永驻。意义不是手杖本身，而是不断打磨的过程。

纪录片《攀云》讲述了五位中国女子攀登珠峰的故事。影片开始出现了一段话："当你时刻面临死亡的时候，生命的价值观会不断变化。"她们在珠峰大本营遭遇了地震引发的雪崩，九死一生。凌桑感慨道："我还活着，我做对了什么，上帝对我如此眷顾，活着真好。"那一次雪崩带走了珠峰大本营十五条生命。生命在自己面前消逝，而自己与死亡擦肩，这一刻除了幸存者的感恩，是不是对生命意义有了更大范围的思考？在随后几年中，五人中有四人陆续登顶珠峰，另一位也从事着与登山相关的教学与辅导，这次经历影响了她们人生的走向。

王小波的《沉默的大多数》里有这样一段话："是我要做，而不是我必须做——这是一种本质的区别。"做自己爱做的事才是"有"，做自己也不知为什么要做的事则是"无"。对五位攀登珠峰的女士来说，登珠峰则是"有"。这个"有"，就是自己存在的意义。所有约定俗成，都是随波逐流，流去的不仅是青春岁月，更是理想与激情。

胡适先生说过一个喝酒的事，因为没有事情，就去喝酒，然后与邻座的吵架，后来赔礼道歉，赔礼的过程中又赌博输钱。回过头一想，我为什么会做这样的事？这就是所谓的"无"。不要去做自己也不知道为什么要做的事，更不要做违心的事。如果这种"无"的事情做多了，就没有精力追逐自己的理想，就会淹没在俗世的洪流中，难以突出属于自己的一抹亮色。

去年四月，我和建定、老许、万波一起在亚丁登山。万波因为身体原因，中途放弃了。我们三人来回用了六个多小时，终于见到了美丽的五色海。身体到了极限，风景也到了极致。最后的一百米，我们连滚带爬，心中的信念一直支撑着我们。相对亚丁，珠峰大本营的气候要恶劣许多，高度也更高。正因为有了亚丁的经历，我对《攀云》的五位女队员，有了一种更崇高的敬意。

每个人都会陷在现实的牢笼里不可自拔，但总有人越过自己的头顶，去攀那看似不可能攀到的云。回想从五色海下来那时的心境，如冲古寺前，那支雪化后的松枝，在夕阳下熠熠生辉。既然认准一条道路，何必打听要走多久？

后半夜读余光中

　　四十岁的时候，他还在问，森罗的星空，到底哪一尊神在与他作对？六十岁的时候，童年的伙伴散落天涯，独对着灯影下孤单的自己，他终于原谅了上面无论哪一尊神。这是几十年的自问，求得的一种无解的解答。这是余光中，时光漫行者，留给我们的一些启示。

　　前两天铁兄推荐了一首诗，是一个男人为自己五十岁而作。其中有一句，"不与任何人作对，不与太多人为伍"。诗人的感悟，总是相似，智慧的语句让人百读不厌。我相信（因为我只能从自己的角度去想象）这位诗人，也时常在后半夜醒来，或对着寂寥的苍穹看繁星中哪一颗星与自己契合，或对着夜雨不断地追问，雨水的诉说，直到问题模糊，附着在某个具体的景致之中。

　　后半夜，对着后半生。时光无语，奔波中时常忘却年龄。余先生一生漫游，从江南水乡，到天府之国，到鼓浪之屿，到宝岛台湾。此岸彼岸是一样的浪涛，只是一颗心分成了两半。然后美国教学，欧洲游历，在好望角看见云层如桌布覆盖群山。风景都在文字中，阅读者无不身临其境。最喜欢他在德国的火车上，喝着甘洌的嘉世伯啤酒，看着窗外的森林、湖泊、云彩，像极了今年我从莫斯科去往圣彼得堡的情景。唯有旅行，可以让人从陈腐的地方去往新鲜的地方，让生命充满新的求知欲望。

　　这些还不够，四个假想敌，是先生的幽默风趣，对未来女婿的惴惴不安，展现了他为人父温情的一面。开你的大头会，是他对无用的烦琐的程序一种嘲讽。沙田七友，则是他与朋友们的交往，平常朴实，却又情意真挚。他循着一片蛙声，走进夜里，生活的乐趣就在于此。他总在夜雨中创作，那份灵感便不会枯竭。在台湾溽热的空气中，他找到了一种与自己相处的最佳方式。

　　这些还不够，因为我阅读他还太过肤浅。每当后半夜，我就会想起那首诗。所有的困惑，只剩下一条车辙，为明天指引方向。

梦与现实

原本等待被鸟声唤醒，却因为一个梦，在寂静中醒来。近来多梦，或许是疫情把未来迷糊了，只有不断回溯过往。回忆的梦并无花团锦簇，曲觞流水，往往是一种灰白的意境，介于明暗之间，又无法左右她的进程。待细究时，收垃圾的车声与鸟声，在窗帘的缝隙透来一丝微白，马上又要与现实交织了。

这些梦往往不长，在中年衰退的记忆里，还是无法记得端详。一般开始是先人入梦，依旧旧时模样，对如今的我，失望或指点。场景铺排来自某本书的章节，机关算尽，反误了卿卿性命。引发的叹息，往往是"为爱寻光纸上钻，不能穿透几多难"。这些梦，太多类似与沉重，却不乏警世通言。究真虽然是梦的弱点，但完全当作虚幻，又恐怕辜负了她的由来。

四海之志，常困斗室。纵横之心，归去来兮。每个人的现状，都是自我修行的结果。熟悉的地方，欣赏不到美景；固执的时候，难以分辨真假。少年不读红楼梦，读懂已是梦中人。Johnson 说，记不住章节，是你并未全情投入。如果是个梦，需要执着痴迷吗？现实哪个章节，又真正值得细品呢？

惊醒梦的是收垃圾的车声与清晨的鸟叫。豪情满怀，总急迫地想把时间用在刀刃上。也许，那些简单的朋友，没有梦的困扰，而多享受一份现实的美好。晨曦微露，残梦散去，前程熙攘。梦中人留在梦中，整理衣冠再出发。

两不相欠

　　蒋勋说，读《红楼梦》就像读一部佛经，读到了慈悲，读到了觉悟。你可以一气呵成，也可以读几十年，每一次读来，你会感觉自己也是《红楼梦》中人，有时是宝玉，有时是黛玉，有时是惜春、妙玉……

　　有时，几十年不过是在一本书里。书里有峙山公园那株不等待我们就肆意生长的树。当年，还细不过我们的手臂，如今已粗得能装下我们的身躯。我们的汗水是昨夜的雨吗？我们的激情却是不可往复的梦。人生只不过是太多的偶然相逢，只是有些你记住了，有些已经还给了岁月。若有一次重逢，挖掘的不是记忆，而是那些热血重新回流到你的体内。你，从未老去，而是在历史中活出了生命的光彩与重影。

　　时而在沅水的船上，起点与终点都是八百里的水路。走在小城湿漉的石街上，你不会遇着一个十七年前遇上的女孩。成衣人的儿子，也不知下落。一切只会稳妥地浮现在你在渡口的沉思中。同样，流走在大塘河的沿岸，夜色阑珊中，你也寻不回二十年前，她为你唱的歌。记忆有实质的存在，而一切存在，又消融在某夜的一场春雨中。

　　春雨滴沥，云色渐渐明朗起来。鸟儿从凌晨鸣叫到如今，不知疲倦。海棠的花瓣已经凝在一起，合上了昨天的阳光。我们和时光两不相欠。

酸　奶

对个人而言，冰箱里的酸奶明天是否过期，远比世界某地发生的某些大事来得重要。亚马孙丛林蝴蝶翅膀的扇动，究竟多少次形成了真正的风暴？也许担心酸奶过期的心理压力远胜于酸奶价值本身，但人就是这样，永远在担心楼下的门是否锁好。永远在担心这一次的不完成，是否会让前程蒙上阴影。

不久前，一位朋友与我交谈，谈及："为什么我那么努力，还是不能得到想要的生活？"其他人何尝不是一样。我们努力的方向对了吗？做好每一件事，真的会让未来更加美好？这个世界最公平的是时间？也许一切只是偶然。成功与努力，固然不可分开，你的圈子、你的运势，往往比努力更重要。

很多时候，我们被鸡汤毒害，忽略了生活本来的意义。解决温饱之后，开始有了欲望。这种欲望，有时超出本身的能力与宿命，让我们麻木旋转。当你觉得成功就是带一家人去夏威夷旅行的时候，那些对精神有需求的朋友，却渴望在这个春节读完某个人的著作。孰优孰劣？当你放下家人整天在外胡吃海喝的时候，有人在深夜为已经几年没有在一起吃饭的父母哭泣。人的不快乐在于处此思彼（这个词，别的地方没见过，算我造的）。那么前面那位朋友，你现在享受的幸福，正是他人渴望的，是不是因为他人的羡慕，改变了你对当下的看法呢？

　　科军批评我，说我太过于陷入自我的世界。理想主义与现实主义，必须要有一个选择。我喜欢这样的意见，朋友能看清你所处的旋涡，真正的朋友能让你悬崖勒马。那些希望年味浓一点与淡一点的朋友，对立地享受属于彼此的快乐，除了欣赏，我还能说什么呢？

　　当我最脆弱的时候，也最坚强。朋友，让那些不合口味的酸奶过期吧。

时　光

　　二十多岁的时候，时间过得慢，一天像一年似的。住在异乡的小旅馆里，醒来的时光总是很漫长。尤其是下雪的时候，等待朋友来接自己吃午饭，这过程好像卧龙先生从南阳出山，到白帝托孤。那时正是 26 岁，方鸿渐刚巧也是这个年纪从海外归来，在三等舱欣赏局部的真理，然后对着家乡的莘莘学子讲述鸦片与梅毒的故事。王勃完成了《滕王阁序》，"关山难越，谁悲失路之人"，况且又是茫茫的大海。但那时的"悲"，不过儿女情长，不过情深缘浅，不过是一次次从此岸到彼岸的那些缱绻与思念。

　　四十岁的时候，时间的速度猛然拨快。近的来说，长辈仙逝，同年羽化。有些事回头转念，已隔了茫茫的山岳。昨夜看到马夏尔，上一次见他刚转会曼联，一开始就有些惊艳的表现，然而已时隔五年。索尔斯克亚的娃娃脸满是皱纹与沧桑，能将眼前的他与 1999 年逆转拜仁时那个欢快的大男孩画上等号吗？穆里尼奥去了热刺，锋芒渐渐收敛，不过成了一个为生计打拼的平常男人而已。C 罗梅西还在拼搏，姆巴佩已慢慢挤掉他们的头条。

　　时光是有形的，像水中的气泡，在流动的时候，绽开一朵朵圆晕。在日光下的溪潭，留意一下就会发现。而处在嘈杂之地，你断听不见时光的声响，也看不见她的形态。时光也有她的温度，无论是濒临北极圈的城市，还是靠近赤道的海岛，不同的落日余晖，会让你感受漂泊的暖意。时光有序也无序，隔离的时间，她仿佛停滞了。

　　时光不会带着任何的个人色彩，也不会有塑造任何人的想法。但你没有办法，你变成了你，她变成了她，回忆变成了回忆。

出　走

　　为了避免思想的固定与僵化，我总喜欢听一些与自己八竿子打不着的东西，也不管是否能听懂，一味听下去。虽然有启发的东西都是触类旁通，大体一致，但有些知识还是会让人饶有兴致，并深深被它吸引。

　　蒋勋在宋人画中，讲了中国画的一些由来与变迁。唐人画以人物为主。画幅中，以欢宴、游乐、歌舞为主。象征着大唐的辉煌与繁盛，犹如一个年轻人以自我为主，生命充满饱满的张力。宋画开始转向山水，因为北方始终有强大的敌人，感觉自己的渺小与无奈。北宋画一般适合挂在中堂，如溪山行旅图，巨大的山体，让生命感受的一种震撼与压力。这是人届中年的感觉。而南宋画，开始出现留白，把山画低了，留出一些空间，用来题诗，我想更多是为了喘口气，多一些对未来的遐想。画幅也以横卷为主，突然之间的变故，让人从"上下而求索"，而转为追求生命的宽度。这一历史时期，犹如一个民族从青年走向中年，一种心理的历练与成熟。

　　龚自珍说，要将事件与感悟录成文字。因为记忆会退化，记下来的痕迹才清晰。这没有什么其他的功利色彩，而是你可以看到自己的生命脉络。"夫功之成，非成以成之日，盖必有所因起。"失败同样有原因可寻。

　　喜欢蒋勋，是因为他对于旁观者清，做出了一个具体的举措，那就是出走。出走不同于旅行，不是简单的身体游走，而是灵魂。出走或许不需要挪步，甚至不需要阅读，静下来，望着窗外，那截枯枝伸向灰蒙蒙的天。感受内心的涌动，看清生命的脉络。

公园漫步

　　在村公园散步，除我之外，没有他人。行至河边的栏杆时，突然一条鲤鱼跃出水面，拿出手机，她已无影。只有微红的肚皮停留记忆，圆形的涟漪向四周晕开。走了几圈，一切与平素无异。茶花斜倚在步道边，光秃的银杏，散布在慈孝亭四周，与围墙外。爬上信号塔矗立的位置，海月寺内的僧众，在放生池周围，打量着水中的乌龟。以往任何时候，怕是见不到这么多和尚不是因为法事聚在一起。他们也发现了高处的我，彼此目光对视，又各自走开了。一扇门，把寺庙与我隔离，熟悉的风景一下子陌生起来。

　　继续在公园走着，那边法治长廊里文字无须赘述，倒是南天竹红色的果实让我停步。停下来，摘几个，扔向远处的目标，或是一盏路灯，或是一朵茶花，打到打不到，都无关心情。转过弯去，中秋节夜晚盛开的合欢花，已不见踪影。才想起，今天已经立春了。自海月寺除夕值班到今天，未曾休息，除了来公园，也没有别的地方可去。微信里，朋友的夫人因为操劳发热，胆战心惊之后，虚惊一场。不能生病，尤其在这节骨眼上。回望那棵银杏，上端竟有一棵小树，有着五六片绿叶，这是以往没有注意的。

　　再过去，就是一个直道。两旁是高大的樟树。行在其中，断然看不见天。枝叶缝隙漏下的点点光亮，像此刻隔绝的朋友。是按方位，还是按大小，或者亲疏远近，也许只是按一时臆测。河畔的杨柳树，有几株底部已经蛀空，上面却安然无恙。过了立春，假以几场细雨，杨柳青青之时，朋友们该可以一起踏青饮酒了。念想至此，不由心境释然。

几圈下来，天色也暗下来。突然发现西边的一颗星，最为闪亮。问朋友，皆不知。远处复地的楼宇，万家灯火，怕也是原来见不到的场景。天色暗下来，才想起这里原来是一片密林，树木杂乱生长，几无立锥之地。以往夜晚走过，感觉阴森恐怖，又怕蹿出野猫野狗，总会加快脚步。如今改作公园，也有几年了。只是那份恐惧，怕是一生也摆脱不了。

也许比起很多朋友，我还是比较幸运。毕竟有事没事，都可以来这个公园走一走。很多人，只能望着窗外空旷的马路。朋友圈有人留言，说疫情过后，想见的人一定要见，想去的地方一定要去。为什么要等到疫情来提醒呢？乐观的时候，总觉得来日方长；消极的时候，又觉得世事无常。或许是我们每个人的常态吧。

走了一个多小时，身体微微有点发热。我知道，这是幸福的热。再坚持几天，再坚持几天，但这几天也别闲着。

停一下

一天往往是这样开始的，在好当家群的早安里，在铁风默水的意境里，在海月寺的定位里。时光斗转星移，脚步天南海北，有些运动着，有些固定着，有些消失着。那些沉寂的群里，不再有斑斓的情绪，回忆的热烈，或许只在重逢中。天色微明的时候，一切从梦中醒来，世界开始忙碌起来，重复着太多重复，却惊讶那些骤然的改变。

人不能读一路的书，却发现忙碌的生活之余，自己往往会偏爱一路的书。比如《庄子》《桃花源记》《瓦尔登湖》，是现实无法释放的情绪凝结，渴望一种寄托，还是本我朝向本身就是这个面，不得而知。我时常这样感觉，作品闪光恰恰在社会层面完全背离的时候，人总是要想到另一个面，才能进步，才能更好地生活下去。

在这个追求目标的时代，雪夜访戴这样的事情，重新被推崇。陈道明的"不做无为之事，何以遣有涯之生"，让他保持年轻与睿智。这是时光与个人感悟结合的智慧。清玄"静下来，闻到一种香气"，台北车水马龙、人群熙攘，不如在台南的深山，独对满湖的星光。生命在那一刻，得到休整与升华。蒋勋说，汉字中最喜欢"停"字，一个人靠在亭边，群山连绵，夕阳西下，童年中年老年，都无关感受这份纯真的心境。叔本华最为绝对，"要么庸俗，要么孤独"，他说这句话时或已博采众长，不为生计忧患了，就像我的朋友随风一般。

我不喜欢白岩松那个关于灵魂的版本，第一次听这个故事是在电影《云上的日子》里，西班牙人奴役着南美土著印第安人，让他们运送石块，走着走着他们突然停下来，任你呵斥、鞭笞，也无动于衷。通过翻译得知，"我们走得太快了，停一下，等灵魂跟上来"。

一天像往常一样开始，希望除了天气，还有另外的惊喜。

喝　茶

　　二十岁的时候，渴的时候，就着水龙头一拧，那份快意，已然久远。那时对拿着茶杯的人嗤之以鼻，好端端喝什么茶，杯子拿着麻烦，茶水喝来又苦，真是百害无一利。一回想，自己拿茶杯也有十年。夜不寐，总不是美事，一来对身体不好，二来光阴似箭，越回溯，越发感觉内心的寂寞无助。

　　怎么拿上茶杯的？或许是三十岁后，人际交往开始频繁。什么事情，都要自己面对，沟通一有不畅，便口干舌燥，需要深啜一口，生津止渴。二来也可以在激烈的争辩中缓一缓，寻找下一句的源头。一旦拿上，便无法放手。在满洲里的国门上，摔坏一个。往后几天，由于随着大部队，没有买到茶杯，言辞便减少，一路怅然若失。三十岁拿起茶杯，从先前一年摔坏四五个，到现在几年摔坏一个，一直得意扬扬，说是心境的改良，逐渐不急不躁起来。

　　在外带个茶杯，家里就放套功夫茶具。四十岁之后，听闻绿茶伤胃，喝上老白茶与普洱。这时喝茶，不为生津止渴，也往往独自品饮。茶叶最初是朋友送的，喝得多了，自然要买了。茶的品种太多，市面上的东西又不敢相信，一般都由朋友推荐。好在自己本性随意，各种口味都能适应。也可能更多是一种精神需求，看着紫砂壶中琥珀色的茶水缓缓注入天目盏，一天的幸福时光仿佛已经提前预定。

　　未来会怎样喝茶，喝什么茶呢？从玻璃杯到紫砂壶，从绿茶到陈茶，从莽撞少年到淡定中年，天马行空的时光，化作袅袅的茶气。一杯在手，天下莫愁，讲的是茶，不是酒。那些在茶里浸泡的人，最能咀嚼生活的真味。

雅院品茶

　　雅院品茶举行了两次，我参加了两次。一次上半场，一次下半场。虽不算完全，但也窥得一番风貌。签到处，书自己的名字在茶叶上，新颖别致。上楼，陆夫人弹奏古筝，高山流水间，旁有两位美女，一位倒水，一位奉上毛巾，为净手之礼。坐定后，夫人请诸客手机静音，见每位座前置一高脚杯，上口窄，中圆凸，杯脚细长，里面是带叶的金骏眉。另有一方形木盒，上置小瓷杯及糕点。茶桌中部，第一次以梅花点缀，第二次是一枝开满花的玉兰，白中带粉，粉中带紫。室雅花香，云鬓环绕。这气场，若非亲临，无可想象。

　　诸客坐定，先放一首静心的乐曲，夫人缓缓道来："知止而后有定，定而后能静，静而后能安，安而后能虑，虑而后能得。"初见此语，在李兆基的百度介绍中，这是他推崇的座右铭。当时还有一处印象颇深，是他讲有一块钱做一块钱的生意，蚀了也不至于心神不安。陆夫人气质高雅，淡妆清新，从她口中讲来，浑然天成，不似借来，而是自己的领悟。而后，她让大家闭上眼睛，从头开始，缓缓放松自己的肢体。第二次上半场，听闻峰哥在此环节中睡着了。等到大家放松完毕，正式进入品茶环节。

　　第一泡为水仙，轻轻将合适温度的茶水注入，缓缓摇动，倒于玻璃容器，然后把盖碗中的沥水干净的茶，递给每一位，陆总说，大家闻茶时要吸气，一为更好识别气味，二为卫生。一圈下来，大家分别在品鉴卡上勾上自己认为的感觉。第二泡为肉桂，流程一致。大家觉得味道更为涩一点，回甘更强烈。秋秋老师说，更为透一点。第二次品茶的美女，则说味近拿铁。陆总解释，岩茶慢火烘焙，把咖啡因最大限度释放。大家饮茶时，要把茶停留在口中几秒钟，用啜茶的方式更佳，因为进入食道之后，好茶与坏茶没有分别了。陆夫人则强调温度与出茶的时间，她说，再好的茶，如果冲泡不对，也是减分，不能真正享受到好茶的精华。第三泡为镇店之茶，涩味霸气，回甘悠远绵长，口舌生津，半小时内唇齿留香。此为妙品，为牛栏坑核心几株茶树所产，可遇而不可求。

初饮茶时，以绿茶为主，而后饮红茶，近年饮银针，熟普。年龄渐长，味觉钝化，淡茶难以满足。岩茶味涩，又有回甘，仿佛打开一扇窗。丹霞地貌，山体以裸石为主，夹缝或过渡处，风雨带来泥土，鸟儿衔来种子，此野生岩茶之发属。其成亦是慷慨激昂的生命之歌，其味亦是饱经沧桑的淡定从容。陆总说，爱茶，弘扬茶文化，让朋友健康正确的喝茶，是其开办雅院的初衷。其茶珍稀，其人儒雅，世途多舛，这样的朋友，回味时总带着一份甘甜。

山野幽居

　　叶子是一个离异十余年的女人，独自带一个青春期的儿子。一日偷看儿子日记，发现儿子在"lu"，而且好像陷在其中，愈来愈频繁。于是隐晦地告诉前夫，希望他来规劝一下。她在去学习二胡的路上，听公交司机播放蒋勋讲红楼，也恰好听到贾瑞照风月宝鉴，于是内心更为忐忑。这个安排很自然，因为你在意什么，就会在遇见中留意什么。老公来了，两人在聊这个事情当中，叶子知晓十年前，老公与她离婚的真相。彼时，叶子正忙于工作与孩子，总是无视老公情感与生理的需求。老公工作压力越大，渴望生活温暖之际，她恰恰忽视了。于是，同样懂音乐的包老师，填补了这个空白。这里明确的叙述，是被忽视在前，而婚外情在后。中年男人在杯盘狼藉、意兴阑珊之时突然被一个年轻的女生拉到阳台看星星……这里没有任何的批判，只是自然而然地呈现了事实本来的样貌。叶子在对贾瑞这个人物看法上也有了转变，即初读时觉得他猥琐、咎由自取，到后来产生深深的同情。这难道不是每一个历经世事的中年人共同的思想转变吗？欲望本身没有错，放纵与禁锢都是错。如果父母讳莫如深，往往孩子未来会牵绊于此，找不到一种正确的方法看待情欲。

　　山野幽居，是蒋勋讲红楼的背景曲，也是俞老师这部小说集的名字与开篇。原先只读过她的散文。小说处理中，感觉平淡中见惊奇，如她秀气的外形，却藏着对生活深刻的理解。也许，我喜欢看那种意识流的小说，越看不懂越着迷。但是这一部，读来也是非常有感觉。或许是同龄人的感悟，或许是蒋勋讲红楼我也听过，也或许阳台看星星，是紧张生活的一种减压。没有高山耸峙，像走过一片油菜花地，只觉得众人欣赏这片开着的花时，自己突然留意到地上的斑斑花痕。生活总是有着光鲜的表象，与无法言喻的隐痛。当一个人不哭的时候，更能看到她坚强下的委屈。小说只是呈现一种真实的生活样态，她的意义却不仅于此。

　　昨夜遇见一位同龄的朋友，彼此很聊得来。他对生活的理解，也有一种"近来始知万事非"的感觉。人到中年，很多年轻时的梦，已经不做了。想想自己当年的认真，有多少值得？这里没有消极的意思，只是"初极狭，才通人，复行数十步，豁朗开朗"。他现在尽量把时间留给家庭与自己，早睡早起，名利不关心，唯求身心健。而我另一位朋友，为了所谓的事业牺牲了旅行与快乐，这笔债，不知何时才能算得清？

　　第一阵鸟声来之前，我已经醒了。每个人看似混杂于人群，日日纷扰，而天光微露之时，难道不是独自从山野幽居醒来？

安昌古镇

　　安昌古镇河道两边的街肆，几乎无立锥之地。上桥排队，吃饭排队，上厕所也排队。拍照片，要万分小心，不然一不留神就要被挤下河。仁昌酱园前，一个小女孩行进中，额头碰到我的手肘，我忙不迭说对不起，大人说没事，小女孩原本就不大开心，此刻更是阴云密布。待出来，在古镇入口等待孩子时，一位母亲看见汹涌的人流，嘱咐大宝抱好宠物狗，让二宝快点走路。二宝似乎不太愿意，母亲哄她，骑上自己的马，她便前脚一撑、后脚一蹦地跟了上来。在商泽遗国狭小的门口，挤满了要进去的人，如果不幸在中间，你可以看到屋顶与招牌，还有就是各种各样的发式。架上的腊鹅，中间还有让风穿过的空隙，陌生人却紧紧地拥在了一起。

　　我是将行走与读书放在同等位置的人。但这样的行走，唯一的好处，就是让孩子知道，这世界有那么多人，未来的日子会充满竞争。成年之前，我去过一次杭州，一次天津。杭州只记得玉泉，天津只记得那年发大水，餐馆的水没过了爸爸的腰身，把缠绕着他身上的钱弄湿了。然后，我们到永清县刘街乡渠头村，第一件事就是晒钱。我发烧了，在一个阳光穿过云层的午后，吃了土药，裹着被子出了一身汗。我只记得那里道路泥泞，油饼巨大。成年后，我几乎跑遍了所有的省，有的地方甚至去了 N 遍。旅行不仅是空间上的，也是时间上的，旧地重游，总让人唏嘘不已。如果记忆里，只有人群拥挤，到处排队，是不是会让孩子对未来的出行充满恐惧？不得而知。

父母对孩子的教育，不仅在于形式，不是跟风，而是言传身教，传递价值观。前些年，自己玩性太重，确实很少陪伴孩子。太小时，嫌他不会走，稍大时，嫌他哭闹，冷不丁就比我高很多。他有了自己的圈子，嫌自己老了，不懂他们年轻人的世界。我有个朋友做得很好，她说孩子倒逼着她努力，这种努力不仅是物质上的，更是意识形态。如果你叫孩子不要玩手机，你自己却放不下；你叫他努力学习，自己却没有进取心；你叫他大方，自己却锱铢必较；那么，结果可想而知。

诚如所言，孩子未来会有一大把时间去游历，无须赶在那些人潮汹涌的时候。我现在最追悔的是那时看书太少了，如今补看有点费力。活到老，学到老，当再次捧起一本书，孩子便知道，他的父亲，还是有点追求的。

立春品茶

浒城茶肆肆佰，好茶者几？懂茶者几？识茶者不为茶道而沽利
者几？茶自北，以信阳为界，之南以印度大吉岭为界。饮茶之风何
时为始？唐时饮茶捣碎研磨，煮后纱布过滤。北宋年间，中原冰寒，
迁茶向南，历长兴安吉至福鼎。茶马古道，以茶换马，路遥地远，
生茶渥变熟茶。茶之功效，消油解腻，提振精神。好茶者，一日不
饮，便觉精神萎靡。得一好茶，若人在草木间，得天地之灵，光阴
之闲，好不乐哉！

吾友同宗，嗜好不俗。酒盈地库，茶满高阁。立春相邀，雅院
品茶。车至前门，躬身相迎。中有夫人及伴，一福建友人。人物风
华，雅室物件，相得益彰。坐定第一泡，涩味于舌尖，焦香于鼻下。
问，如何？答，从未有品。其涩如岩，其香若焦。此茶冲泡七回，
亦无水味。第二泡，觉涩而回醇，更为圆润。主人取杯盖让我闻之，
觉芳香袭人，如梅似桂，妙不可言。第三泡，主人冲泡有十多回，
亦不觉味减。福建友人曰，此茶亦可煮也。其言，武夷人喝茶，嘴
唇翕动，让茶在齿间唇边往返流动。此举一为散热，使喉咙不被烫
伤。二为唇齿留香。果然，口中余味长久不散。主人言，第一泡为
普通岩茶，其为工艺焙香，香味虽浓，终不闻其骨。其二中品，涩
香俱备，总觉火候稍差。其三上品，涩香自然，经久不散，回甘无

穷。一品岩茶，入味回甘；再品岩茶，浑身发暖；三品岩茶，心率加快，可见其劲道。所置茶叶，不求沽利待售，为同好者供茶而已。夫人缓缓起身，摇晃铜铃，其声悠远，余音袅袅。旋即换作木棍似乐器，颠倒之间，发出清脆雨声，此声玄妙，如给脑部做按摩一般。其曰，茶疗。斯景斯情，不置身其中，何能感焉？

　　余亦好茶，然可谓懂茶乎？若三五好友，足浴或者宴请，何不移步雅院，泡上一盏"牛肉"，兼有雨棍钟铃之声，促膝交谈，岂不倾心？

知　味

初三前往杭州，就餐于知味观——雲麟湖馆。淡云一抹，湖光粼粼，一棵秃树，与三角的屋顶相映成景。上一次来，已是此去经年，六番寒暑。醋鱼之味久未闻也。五人坐定，点了七八小菜，醋鱼、牛肋骨、小笼包……孩子们不喜醋鱼的酸味，我一人独饕。一千不到，味美量足，大呼划算。在慈动辄三四千，不仅口味不如，环境更是相差千万里。为何如此？原先一直认为是慈溪餐饮业老板不肯用心，现在慢慢领悟到就中道理。一为底蕴，慈溪有几十年或者上百年的老店吗？一代代传承、改良，不负牌子的严格要求。二为城市的容量，上海、杭州一些特色的小众餐厅，依然爆满。小城市一些新开的餐厅，原先有自己的定位，后续进程中，因为生意惨淡，不断更改，失去了特色。三是从业人员，高端的厨师人才，当然喜欢留在大城市发展。还有就是本地消费以贵为尊，忽略了普通食材的创造价值。民以食为天，如果能够在家门口，吃到优质健康实惠的美食，不仅餐饮业兴旺可待，留住创业人才的可能性增大，本地老百姓幸福指数也会大大飙升。

不知是上了年纪，还是如今物资太过充裕，没有了饥饿的味道，我时常觉得记忆里的美食比现实中的美味。像小时候，在大爹家吃他们剔下的碎牛肉，那个香嫩，后来没有遇到过。或者是荣成德君美食的锅贴花鱼，老板怎么也不会料到 20 年后，还会有人对他的厨艺赞不绝口。乌苏里江的生吃鲤鱼，是我今生吃过最鲜美的食物，不枉凌晨起来赶飞机去追寻她。阿克苏的那盘鹿肉，刚上来时，第一块以为是羊肉，咬下去，肉汁在舌尖流动，嚼起来滑溜柔嫩。去年，在朋友家里，他采来野生的韭菜，用龙游的芝麻鸡蛋炒，上桌时清香四溢，满桌豪气的食材，都黯然失色。泰国一个僻远的小镇上，我们四个人消费了 1200 泰铢，那份鲜虾料理，时常在我脑海萦绕……也许是美食只若初相见，只有一次的经历，在时光里发酵，让人沉醉。

去旅行时，我不喜欢去大饭店，吃千篇一律的食物。弄堂拐角，乡野深处，不起眼的食肆中，往往藏着奇珍美味。吃乌苏里江鲤鱼时，周围是一群建筑工人，他们穿着工作服，毫不拘谨地喝着啤酒，吃着鲜鱼，不断打趣开着玩笑。此时，是他们最开心的时光。也许，经过长途跋涉的我，与辛勤劳作后的他们，对于食物的感受是相似的，没有体力的付出，就没有美好的食物。

七 夕

If love is durable，why should it be a day-to-day intimacy with each other?

H联系我时，我刚刚吃好饭。他说他到了，我便驱车前往。11.8公里，在18点的甬城微雨的道路上，行驶了40分钟。停车又花了五六分钟。撑一把伞，朝那霓虹灯的门头走去。里面，坐着三个人。灯光不算昏暗。店主约莫三十岁的年纪，素颜，肤色雪白，两只眼睛乌黑有神。因为等了那么久，我们开门见山。首先她讲了这款茶的定位与优点，然后我询问加盟的店面条件与首次进货的数量。H只是凝听。泡茶小妹，温杯——置茶——摇杯——闻香——过水——倒茶，武夷山熟悉的味道，在鼻下唇间回荡。店主讲解简洁易懂，讲了几款市面上知名品牌的定位、工艺，让我们对岩茶有了新的认知。因为她稍后要回上海，我们总共聊了半小时左右，觉得再无可问，便起身告辞。

回来的路，总比过去时要快。或许是时间点，或许是茶的咖啡因。回到房间，打开一本书，与张廷玉隔空相遇。以前也看过一些，但是网上的断章碎片。乾隆十三年后，张第一次受到处分，也因为年龄较大，身体记忆力下降，他想保全自己一生的名望，向乾隆告老还乡。乾隆不准，一是觉得老臣还可用，二是因为你张廷玉应该继续为我效力，而不能有这种保全的私心。张廷玉屡次请辞，乾隆见他体态一日不如一日，思前想后，觉得老臣确实为大清鞠躬尽瘁，也想成就他一个名分，以便汉人大臣更好地为他服务，于是恩准了。张回到家里，还乡之愿已偿，但死后配享太庙之事，乾隆虽未反对，也没有提及。想自己回去后，现在得势的史贻直在皇帝耳边吹吹风，这个事就悬了。于是又开始忐忑不安。第二天，在儿子搀扶下，上朝恳请皇帝同意。乾隆有些厌烦他啰唆，但下朝后还是同意了，写了一首诗给他。他接到诗后，欣喜万分。次日他本想自己来谢恩，无奈经过几天的折腾，实在起不来了，由儿子上朝代为谢恩。乾隆龙颜大怒，认为朋党与他知会，收回成命。临行又遇皇长子葬礼，初葬过后，请辞回乡，乾隆恼怒，被剥夺爵位。原本衣锦还乡，配享太庙，最后灰溜溜地走了。后来遇儿女亲家贪污，被抄家，好在一生清廉，除了皇帝所赐被收回，并无太多财产。且所写文字，除了记录三朝皇帝的恩情，无半点怨恨之情。抄家的大臣，也不免肃然起敬。郁郁寡欢五年后，溘然长逝。乾隆念其忠贞，一生兢兢业业勤勤恳恳，恢复他的爵位，配享太庙。

　　看完张的结局，已经 10 点半，洗漱就寝。刚闭上眼睛，忽然传来京剧的老生唱腔，字正腔圆，声音老到，仿佛沙场点兵。以为是哪个曲艺爱好者，不过偶尔试声，以慰长夜。没想到，滔滔不绝，一直唱到 11 点半。而后，又闻两人谈论，时有手机节拍呼应。过了这个点，我便难以入睡，又想起张廷玉，一生孜孜不倦、勤勤恳恳，为忠，还是为名？几番弄巧成拙，是不是自己太过牵求？那人语的讨论，和着窗外的蛙鸣，历史的潮汐，岩茶的余味，在那咿咿呀呀中，度过一个难忘的七夕！

搭界唠

　　前不久，把历年所写的文字，交给孟生处理，给他三天时间，整理分类编辑。他说："这怎么可能！就像一个人去打扫一座废弃十年的宫殿，你走一圈三天也不够，何况要她焕然一新。我起码得通读三遍，再花时间去整理。"这也是我把文字交给他的原因之一。另一个原因当然是他与我熟，几乎每日交流，最为了解我。这十年的尘埃心事，尽在这些文字中，我的心情如同把面粉送进烘焙房，期待一阵焦香过后，那只金灿灿的面包可以慰我味蕾。

　　近来，少有文字记录。不是生活不够精彩，而是对于精彩的定义发生了偏移。原先，那些闹哄哄的饭局，呼朋唤友，觥筹交错，珍稀食材，座中偶遇的风雅人物，最得我心。如今，习惯独处，连一起登山这样的事情，也喜欢把朋友甩得远远的。去寻觅什么，不是当初的风景，也不是无限的感怀，只想抛却一切，回归最简单的自己。朋友说："一个人的时光永远不会虚度。"当你对某人某事某物心灰意冷之时，唯有重新构建自己，才不至于热情丧失。

　　LF说我写的有些文字，他能背下来，当然不是出色，而是他的关注与抬爱。K推荐的书，我推荐给X，他说第一遍读，感觉被误导，第二遍他领会了历史人物的无奈，颠覆了原来的认知。N说，这书看了有什么好，是催人奋进，还是大彻大悟？我说，你不要太功利，没有一本书可以这样。看了这本书，或许你会改变你的思考方式，打开你的格局，从而更好地认识事物发展的规律。

W 最近学易经，虽然我没有听他逐句解释，或者大肆谈论，但我知道他学有所成。为何？原先那些焦虑没有了，双眼聚神，整个人的精神状态不一样了。他马不停蹄从这个城市赶到另一个城市，只为追随他的老师。到底是易经改变了他，还是老师改变了他，都没有关系。有所尊崇，有所敬畏，有所争取，有所放弃，这是生活该有的姿态。

《无梦到徽州》之后，真的无梦了。连续几年的"早安，朋友"，开始中断。探索人生的意义，本身就没有意义。毛姆总是从相反的角度去认证。近来看《双重人格》，自己感觉到的，也是一百多年前陀思妥耶夫斯基二十多岁时感觉到的。真的一切都在书中呀。另一个自己是比现在的这个可爱还是可憎，总要往好的地方想。

昨天，路过西门菜场，看见水果店门口，立着大把的甘蔗，足有两米高。想着高楼煮茶的朋友，他吃甘蔗，一定是切成段的。牙口慢慢不好，那种狼吞虎咽的生活姿态，需要改变了。昨天喝醉的朋友，又在群里嚷嚷了。去泰国的那个，也该回来了。铁哥那句，"搭界唠"，我终于理解出最贴切的释义——没有什么大不了。阳光已经透过窗帘，百鸟齐鸣，新的生活开始了。

与友三章

喜欢马不停蹄的日子，因为我属马。奔跑的时候，你只有目的地，那些琐碎与忧虑，掉入扬起的尘土里。而行程中遇见的人，由于同行，愿景一致，遂成为最美的风景。

去余姚晓居吃饭，很是突然。八点多，L发来一个信息，去余姚山里吃饭，我秒回一个字"好"。他来接我时，说为什么这次那么爽快，他知道我最近不愿参加饭局，而且我一般都是推辞，朋友不坚持了也就作罢，像遇到峰哥这样的主，我磨不过他，只能悻悻前往。答应那么快，并非他是圈子首富，也不是余姚山色，而是对农家菜的向往。菜果然没有令我失望，混着豆腐的鸡羹糊、土豆炖筒骨、红焖鸡，可谓三绝。饱餍美食是预想的目标，而他的一番话令我更为受益。起因是另一个朋友买了一幢房子，大家恭喜他。他说，我买不起，有L在，他也会帮我。L说："我固然可以帮你，但是一次两次可以，一年两年可以，总不能帮一辈子。借力可以，关键还是要自己发展。"这样的朋友在一起，总觉得秋光明媚，世路畅亮。

这次去温州考察，人员齐整。喝酒时，我不胜酒力，把酒递给Q，他毫不含糊，替我领受。第二次，他见我面露难色，便主动将我扎壶中酒倒入他的扎壶。认识他三十多年，虽平素相聚不多，每一次彼此都惺惺相惜，彼此关照。我欣赏他的沉稳、淡定、爽快、包容。他说，他太粗，我太细。其实他不粗，我太细确实是实话。那日中餐，他与另一个朋友 F 讨论一个事情。大概是这样，出租屋里死了一个租客，死者家属要把花圈拿到出租屋敬献。Q 说不可以，因为这不是他的家，是别人的物业，况且村里人都不同意，怕带来晦气。F 说，死者为大，当然可以过来敬献。我觉得，他们只是从不同角度考虑。另一个朋友 J 说，上面只要你没事，两张方案皆可，若事态扩大，皆会用另一种方案指责你，处罚你，让你担责。诚然，事无绝对，安稳为大。基层之难，便在于此。

回来，拗不过峰哥，虽然疲惫，还是赴席。见到久违的朋友 X。他说，我脸色有点憔悴，是不是写文章累了？说写短一点，没人会读全文。我说我写给自己看的。他说，这几年，因为孩子结婚生子，与我们这帮朋友失联了，但心中一直挂念，往昔美好时常想起。说我本周两赴温州，一次为私、一次公差。我甚为感动，难得他那么关注我。人生之中，没有比牵挂更为真实的情感。文字再长，也比不上友谊的长度。没人会看，那么他怎么知道，我的行程与经历呢？

日子就这样不紧不慢、懒洋洋地躺在床上，回味世途所遇，莫嗟壮志难酬，去欣赏最美的秋色吧！

以终为始

蒋勋讲红楼第五回，一首首判词中，交代了每个人的结局。他说，小说没有敢这么写的，先把结局写好，然后再去铺开。曹雪芹的大胆，是他觉得结局并不重要，重要的是人如何一步步走向这个结局。尼采说，人生是个桥梁，不是目的。有多少人，能够以终为始；又有多少人，明明知道不归路，却在前赴后继？

我们这个年龄，阅历到了一定程度，理解能力提升。从历史中，从生活中，一些人盖棺定论，从中发现过程之于结局的必然性。人生复杂多变，总有规律可循。如抽烟有损健康，引发疾病的概率远远高于不吸烟者。卧薪尝胆之人，大凡会东山再起；受胯下之辱之人，不就此沉沦，必成人所不能成。我讲的不仅是古代，而是生活中所遇到的人，只是基于隐私，不能在此一一表述。如果你有兴趣，不妨探寻一下自己的身边，这样的例子比比皆是。

蒙田在《论年龄》中讲，人生到 30 岁，若不能看出一些与众不同的特质，大概率成为一个随波逐流的人。成为平凡人，未必是件坏事。晴雯与袭人，最大的不同，就是晴雯觉得自己不应该是个用人，她不甘心。在阶级固化的时代，这无疑是巨大的痛苦与压力。不求上进是一种病，超出自身能力的追求更是一种病。

　　人往往羡慕他人拥有自己没有的幸福，却不知道你可能没有他们正在经历的苦难。与人交往，多一点妥协、退让是另一种方式的进取。有时，我想起已逝的朋友，他们过去的点滴，以及最终的离场，然后联想自己如今所作所为，是在营造一个什么样的结果？

论朋友

苏格拉底说，朋友呀，世上并无真正的知己。《他人的力量》里讲到四种人际关系，一种是孤独的总裁，完全靠自己，不能借助别人。第二种是不舒服的关系，总是批评你，或者忽视你。第三种看似美好的关系，敷衍、吹捧，仔细一想并不能给彼此的人生带来益处。第四种人际关系，是真诚、敢于指摘错误，富有建设性。也许前三种关系，每个人都有，但第三种危害最大。它不仅浪费你的时间，消耗你的精力，更让你处在一种自我蒙蔽的假象之中。

人与风景一样，如果不能四时常新，总不免让人厌倦。你看他，十年前如此，现在如此，只不过多了几丝白发与琐碎，感情再好，也会认为没有进步的人生是一种可悲。或许，自己也经常给人这样的感觉。我喜欢跟不同的人相处，了解他们的生活方式，尽管这样做，让自己有些游离，但更多的阅历，有助于应对各种问题。

有些朋友，他们判断是非的依据是亲疏远近。亲近自己的人，他们总是看到他优点而忽视他的瑕疵，疏远的人，则反之。好处是他们容易形成一个互助的小圈子，坏处是他们很难吸纳真正有思想的人，推动发展。有些朋友，他们只有有求于你时，才会想起你的存在。也有些朋友，只要施予恩惠，他都来者不拒。

　　这些年，有些朋友联系得频繁了，有些则彻底凉凉。如今过密的，也许在心中也有了未来的去向。家事纷纭之时，便是判断朋友的好时机。蒙田在《谈隐逸》里，有这样一段话："我们已经为别人活够了，让我们为自己活着吧，至少在短促的余生。"

　　也许对于朋友的种种，峰哥报之于言语，而我报之于沉默。

鱼之好

昨日中午，朋友济济一堂。他们聊去云南吃菌，或去抚远吃鱼。好汉不赚六月钱，规划出行，不失避暑消夏之良方。2015 年 8 月初某天，凌晨 3 点起来，去浦东机场搭乘 6 点半飞往哈尔滨的航班，然后坐十点多的航班，飞抚远。到黑龙江上吃鱼的时候，刚过 12 点一刻。时间只有你掐着它的时候，它才每分每刻精准。一路疲劳，肚子也饿了。抚远的朋友，安排的地方是停在黑龙江我国这侧的船上，中间有俄罗斯的军舰在巡航。第一餐的鱼，口味也是了得，不过因为第二天中午的凉拌鲤鱼，作为记忆相辅的部分，就变得黯淡了。一个慈溪的朋友，只要有心，半夜起来，中午就可以到祖国的最东北端吃上鲜美的鱼，浪漫之余，更是一种洒脱。这份洒脱，失之久矣。

第二天，朋友有事，没有陪我们。我们游览了东方第一哨。黑龙江与乌苏里江交汇处，可见两河颜色不同。对岸，是我国的故土，如今的番邦。你看历史书，远没有站在这里，让你感觉痛失大好河山的悲怆。虽值八月，青草连天，白云朵朵，你依然会在背离阳光的地方，感受到一丝阴凉，这是地理与历史的纬度共同的作用。

朋友指定的地方，是江边的一个小餐馆。阳光灿烂，从玻璃窗照进来。8 年中，我一直挂在嘴边的凉拌鲤鱼，它的出场，并不惊艳。鲤鱼切成条状，然后拌以葱蒜，上面浇辣椒油。我夹起一块，轻轻一咬，汁液从肉中渗出，经过味蕾，直达喉咙。肉质细嫩，又带着点嚼劲。我忘了是否还有其他的菜，甚至忘了刚刚欣赏过的风景与去国怀乡之感。朋友说，"味道洋嘎好够"。我们就着它，各吃了两碗米饭，直到这盘鱼被我们杀得片甲不留。

平生好鱼，原先排第一位的是 2001 年泸州长江船上与汉芳吃的江团、江米子。那时人物风景历历在目。第二位是 2002 年与立其那日游玩水泊梁山之后，在东平湖畔吃的那份小鱼。第三位也是 2002 年，荣成德君美食的锅贴花鱼。自抚远凉拌鲤鱼之后，再无刻骨铭心之鱼，是高山仰止，还是味蕾已蒙，不得而知。

近来看文学回忆录，讲存在主义，存在看来并无太大意义。那么记忆呢，记忆是过去的存在，若不能忘记就有意义。至于再度寻访，太多失败的教训，令我有点举棋不定。

旁观者清

文学回忆录的存在主义，看得不知所云时，孟生说，不要钻进理论，去欣赏美。木心亦云，大多格言，不是作者写给自己看的。生活就是这样，一方面是脚踏实地，指做事；一方面是天马行空，指思想。思想黏在一个地方，终归不好。

前不久，一位朋友咨询我一件事，电话、微信数十次。以前联系，总是聊他买房的事，上海、杭州、重庆、宁波，几乎买遍大半个中国。小老百姓苦于生活压力，富豪们则担心贬值，要做好资产配置。就那件事而言，我时常操作，觉得简单，他询问一多，我就有点不耐烦，但还是一一解答。事毕，又出现状况。始觉自己的不到位，与他的认真严谨。我笑着对他说，终于知道你为什么成为巨富了。如果是我，我断不会问别人第二遍。他说，不耻下问是一种境界。

潍坊有位朋友，认识二十多年，感情甚好。虽几年未见，电话微信一直联络。相逢微时，彼此一无所有。后来，我说你可以就自己的行业做点延伸。第一笔生意，亏了 14 万元。后来每逢投资，他总是第一个告知我，并和我一起分析。我并无太多好的思路，也不像他处在事件中，对一切熟悉。但他总是说，一个人的思路，总是有限，旁观者清。他近年发展越来越好，家庭美满，城中位置最好的别墅一整就是两套。他称为我老师，令我汗颜。

　　当愚人来找你商量事体，你别费精神，他是打定主意的。也许，我就是那个愚人。看到朋友的成长，感到欣慰。看见更多的人沉沦，咬住蛇不放，亦有点悲哀。

无主之作

　　自《无主之作》后，很长一段时间没有一部电影，让我如此难以割舍。犹如，欣赏过海上绚烂的落日，再无一次日落，可以激荡我心。不同于《黑皮书》的惊心动魄，她的叙事婉转低沉；也不同于《戏梦巴黎》的浮华堕落，她的描绘清新优雅。在女主因为精神方面有些问题，被纳粹人种优化残忍毒杀后，女主的弟弟，接过故事，然后就是几十年的跨度，从幼童到中年，从东德到西德。中间越过意识的樊笼，放弃麻木的优越，奔向向往的自由。在一段时间迷茫后，终于找到了艺术的灵感，让自己的作品，获得了推崇。最后，有记者问，为什么可以创作出这么好的作品？他说，我也不知道她好不好，画出来了，她就在那里了（至于好不好，应该是别人的认为，而不是自己的事情）。

　　我们的行为，或者我们的作品，也许有过一些创作的初衷、迎合或者模仿。但最终一定是回归自己，让心去做。就像女主，在几辆公交车灯光照射下，让司机按响喇叭，默默感受那份美好。我们无法理解，这是一种怎样的体会，对她的生活有何意义。也像男主的导师，在玻璃橱柜里，一遍遍地用石膏涂抹，大家都在看，都不明白这位艺术大师表达的是什么。其实，这是因为他在军队服役时，坠机被鞑靼人所救，用石膏纱布缠绕他头部伤口。他说他永远忘不了这个味道。而那时他执行的是轰炸鞑靼人定居点的任务。很多时候，艺术的本源就是个体，进入个体越深，你才能发挥好你自己，才能有更深的共鸣。

男主的作品，是用他纯熟的技法，去画出过去那些老照片。一边画，一边感受。青春的无忧无虑，战争的无边痛苦，命运的扑朔迷离。把一些命运中相连的人，画在一起，爱恨都淡了，存在的印迹却更为深刻。他在东德画过主题的壁画，他觉得乏味，放弃优渥的生活，出逃到西德。在西德的某个艺术中心，他也曾迷茫，一次次否定自己，直到受到导师的青睐与影响。艺术的本源，又或许就是痛苦与临在感。作品最好的定义，就是她是你的，又像别人的。明明清晰，却又模糊，令人浮想。片末，男主的话，让我想起阮籍问道孙登的故事，阮籍所问，孙登皆缄默。籍走不多远，忽闻登长啸，籍报之以长啸。懂我者，何须言；不懂者，何必言。艺术终究是要结合自己的理解去欣赏的。

人生就是一部无主之作，愿我们更早地皈依自己。

朋　友

余光中先生在《朋友四型》中把朋友分为四种类型：一、高级而有趣；二、高级而无趣；三、低级而有趣；四、低级而无趣。

昨天席间，有些熟识，但不常见的朋友。因为不常见，彼此惊诧对方的改变。流年侵蚀的外表，自然是先入为主，但更多是生活习惯的改变。比如打牌的现在不热衷于打牌，抽烟的打算戒烟，对于原先彻夜的活动，现在是避之不及。也许是体能在日益下降，也许是激情不再，也许是对某些游戏已经产生倦意。言语间，少了一些锋芒，多了一些平和。其中一个朋友讲到，真正的好朋友或许不需要经常在一起，即使一年两年碰上一次，也不会觉得生分，若有要紧的事情，随时一个电话可以到位。我紧跟了一句，也许经常在一起，并不一定是真正的好朋友。有些是因为买卖，有些是因为工作，也有些或许是因为自己与他人不懂得拒绝而已。一切没有定论，只能用心感受。

多年后，有人在身边跟你说，我记得你喜欢吃鱼，这是一种多么美好的感觉。无论身份、无论金钱，依然让过去的友情，保持最初的纯粹。多年后，当你还是那个犹豫的自己，有人对你说，调整是一辈子的事，不要因为这个借口而停滞。既熟悉，又亲切。有些东西会变，如习惯，如外形，如世界观。有些东西不会变，如尊敬，

　　如正直，如虚心。变与不变，都是为了让自己变得更好，让老朋友一眼就能辨认出你。

　　朋友四型中，自己处在哪里？如漫天云涛信难求？给自己定位，太难。以至于总是轻易给别人安上一顶帽子。世界上，最简单的事，就是找别人毛病。片面的判断，往往带有很浓的情绪色彩。也许在十多年前，我就对一家之言嗤之以鼻。但自己，又有多少次在内心充斥狭隘的自我？在老朋友这里，我看到了流光、改变、人世，过去岁月永远无法抹杀，这份感情历久弥新。

　　有人即将远行，饭局却没有离别的感觉。曾经朝夕相处十几年，而后天各一方。一瓶分享的陈酿，一片不舍的深情，眉目言语间，是对过去的肯定以及对未来的憧憬。不知有意无意，这位朋友选择了鱼馆，我的减肥落空，我的感激满满。

　　衰兰送客咸阳道，天若有情天亦老。若深情可以相付，何惧天荒地老。

雨中随想

想起鹿门书院，那一方小天井下，像这样的大雨，雨水一定注满了那只瓦缸。若有读书的少年，此刻也会放下手中的经书，望着窗外的天，想着南山湖四周的树林里，栖息了多少只白鹭，也如他一般等待雨停。那棵枯树还在吗？鹿门精舍的柿子，也完成了形变，贪婪地吮吸这雨水。这样的天气，不能在平台上就餐了。想起那天大军哥说：干了干了。然后，背着包要回家。某哥躺在草地上，以为这是他柔软的床。一切在急雨里冲刷，一切又在急雨里激起。老师写的那首诗，还在美篇里。耀眼的暮光，映照着醉美的晚霞。那份快乐，如爬山虎，爬过记忆的山。一年多时间，我们经历了多少场这样的雨？多少人，多少次，想起那晚酒杯的碰撞。在夜的山岗上奔跑，山风让酒精更加弥漫。我们有没有说过再去一次，再去一次怕是不同的人，不同的快乐了。在这雨声中，我听见时光的脚步，回忆的碎响。

心中有湖

熟悉的地方没有风景。南仁湖的风景再美，住在那里的人还是渴望台北的灯红酒绿。静谧的夜色，不时飞过的流萤，月色在湖面上泛起的粼粼波光，都不及电视里那些搔首弄姿的歌舞节目。而厌倦城市喧嚣的人，会独自坐在院外，让一缕清风拂过脸颊。没有比夜色更美的画面，没有比自然更好的音响。

你总在羡慕别人，别人总在羡慕你。一切没有定式。记忆之所以闪光，也许正因为当时的无所顾虑，今天的种种禁锢。一路走来不仅是期许，更多是惯性，你出现在哪里，突然不是自己所能控制。个人主义的色彩愈浓，改变自己的可能性越小。

昨天谈到，自正月去过荣成之后，如今已过中秋。这些年，这么长的间隔还是第一次。以往，一般两三个月一趟。看看老朋友，看看旧风景，那些不能解开、不能释怀的，总会在徐哥温暖如昔的美酒里，消失殆尽。之所以今年隔了这么长时间，主要还是因为小城已经没有过去的清净，遍地拔起的高楼，已经挡住了大部分的回忆。人事的变化，也让过去的纯粹变得模糊，让心情无法集中。

观者不欲，欲者不观。知音少，弦断有谁听？最亲密的朋友，一定在你身边，而不是你所渴及。有同样愿景的人，在磨合后，总会达成一致。有些人，毕竟要掩于记忆的尘埃；有些人，终归要放下心中的执念。当你失去我的同时，我同时也失去了你。友谊是互惠，让彼此感受到苍茫人世的丝丝暖意。理解、适应、尊重，不以自我为中心。

　　一段时间不见，有人说你胖了，有人说你瘦了。都是一份关心。墙角的月季，在昨天开得很盛。心中有湖，也不惧在市井之中了。

给旅人

生命的历程，如水上写字，你写下一个字的时候，前一个字已经流向远方……

你不止一次对别人说，走更远的路，去看更多的风景。后来，别人比你走得更远，看得更多。

你还是会这样对其他人说。你看到自己所不能实现的事，他人在实现，而且是受你影响与鼓动，也会有一种成就感。

到底，什么才是最好的方式呢？他人实现与自己实现。实现与现实，总有颠倒的鸿沟。

一切如在画中游。游过以后，这画才归你所有。构想的暮色，远山的云雾，白墙黑瓦红灯笼，倒映天空的湖面，终不及你凡眼所见。

你一定不会忘记亚丁六个小时的征途，途中遇见的三棵互相环抱的苍松。松皮脱落，筋骨毕现。那一眼的打量，让你感受到生命的力量。

你也不会忘记，涅瓦河变幻的云色。清晨的黑云压城，午后的风光绮丽，暮色降临时，流淌的河水带走整个城市的温度。你不是一条水草，也不是一只海鸥，你留下的痕迹，只是关于你自己。

我们与大地最深的交织，也不过蜻蜓点水。所以走更多的路，看更多的风景。有天回顾，你的履历，不是一张浅薄的白纸，而是写满了你的脚步。

那是你追着水流的方向，拼凑成的完整。

静 秋

生活安静下来。秋来之后，少了一分热腾，不去呼朋唤友。蜷缩在一部电影里，欣赏哲学性的台词，或者在揪心般的悬念里，感受艺术的魅力。心境在一篇散文里，豁然开朗。想起以前的种种倔强与坚持，是多么可笑。

生活本来的样子，应该是启程时的踌躇满志，途中的新奇精彩，归来时怡然自得。那些焦虑与烦闷充斥的日子，不过是心境的一时塞塞。清风明月，千古不变。当你放下执着，花开景明，甚至每一片落叶，都有她独特的美。

有人万里归来，带回风景与回忆；有人雨夜疾书，带着欢欣与快意；有人煮茶，有人论道。生意里，多少是自己钟爱，若不是与心相映，一份事业即使偶有收成，又何以对得起委屈过的自己。还不如，另择良径。再回头，已百年身，不回头，却是千年恨。

若再想起，不是放下。这一点，不敢苟同。想起时，不是以往的心境，而是若旁人一般，如同欣赏一个故事。风起叶落，一切无可挽留，若真有心，珍惜当下。在过往中寻找自我的缺陷，只为圆满未来的某些际遇。

一粒米，是万千粒米的由来。那这粒米呢？问题问到最后，就失去意义。解释甚为多余。最好的不满，应藏于微笑之后，最好的指责，应是置之不理。生活不是实验，因为人心难测。况且时间的道具，无法重新购置。

圈子愈小，世界愈大。没有太多人遮挡，自然开阔。感情的互相流动，是友谊的基本。情意的深厚不在于相伴时间的长短，有些人一出现便令你倾心感动。这些人，或许代表生命的意义。

原谅上面的每一尊神，没有一些特意的安排，对每个人都一样。玉盘珍馐与咸菜豆腐，不能说明你的成败。在自己的世界，始终恪守自我，能在困苦中不放弃希望，得意时不忘记矜持，时刻有感恩之心，保持一份从容，这或许就是我们想要的人生。

初　心

鸟声从何处来？从微红的东方。此刻唯一的声响，让人感觉异常的宁静。天色的亮起，只在眨眼之间。而你有多少次，欣赏曙光从黑夜突围，从而感受这份挣脱的喜悦？

有钱没钱，都在自己的世界寻找到快乐。当你认为这是快乐的时候，却会迟疑。可是又会有多少人去思考，反省当下。日子沿着时光的河岸，每一个转弯都是提前预知，抵达与驶过的节点，如卷尺刻度般精确，让你怀疑自己这艘船，是否早已不在自己控制之下。

你该做些什么，才能符合你的年龄，或者身份。年龄只是虚长，身份也是外在。谁关心过你的内心，或者你是否关心过你的内心？每个时代的人都有自己的追求，初心难道就是一往直前？也许，在你停顿的时候，生活之美才从心灵的缝隙生出来，比如某一刻，你见到一次完整的日出。

佛性与哲性，并不相违。广宽天地之间，人只能停留在一个很小的空间。这个空间，就是你认为的全部。这微小的全部，也因心性，部分所见。在漓江秀美的景色中，有些人只是坐在船舱里打牌，或者玩着手机。

这是选择与被动的关系。不听命自己，就听命他人。天色已经很亮了，很多人还在梦里。

白毫银针

有人送我一饼白毫银针，说是福鼎白茶的第一道茶芽制成。我也不懂，只觉得看起来颜色较浅，每一瓣茶叶互相黏合，又独立可辨，大小也差不多一致。不似老白茶成色较深，又如枯树叶一般。喝起来也较为清淡，回味里有一丝甘甜。有一次，朋友晚上过来聊天，喝了一点，晚上就无法安睡。从此，便在早上泡一壶，看一会儿电影。这是一天最惬意的时光。

清淡，回味甘甜，其实就像这位朋友。相处的时间不多，一年之中，在一起吃不了几顿饭。但在微信互相关注，基本是一天不聊天，便有些挂念。他品位高雅，学识渊博，诗词、书法、电影、绘画、音乐，皆有涉及。平常不类我，天天唯恐别人不知道我存在。他是不发则已，一发就是经典。不说高山仰止，却是正中情怀，时常让人能够清晰感到美好的语言之后，明月清风之中，一个倜傥风流的美男子向你翩翩走来。

近来，世事无常。昨夜杭州归来，今日心系宁波。幸好，一盏清茶，明澈心境。深居简出，实难做到，回归自己，却在途中。热情的人，最怕冷遇。峰哥如是，我亦如是。有些人，不需常见面，却能知你冷暖；有些人，即使再多语，也是形同陌路。杨意不逢，抚凌云而自惜；钟期既遇，奏流水以何惭。

他送我茶，是一片心意。我在茶中嗅到，纷纭尘事的一味解药。这或许是他始料未及。

再论朋友

　　那些已经离开的朋友，他们已经属于过去。没有孰是孰非，只是观点与境界不同。对感情的依恋，不要钻牛角尖。要知道，有些离去无可挽回，况且如果继续纠结，无益双方，那就祝愿彼此都有一个美好前程吧。

　　当圈子越大，你会明白很多事情。尽管你带着真诚而来，他人未必用真诚待人。有些人，只是为了榨取你的一些价值而已。这种人典型的做法是，需要你时，无所不用其极，搞得相见恨晚、百年修好的样子，一旦不需要你了，又欲加之罪何患无辞，四处数落你的不是。像一坨鸟屎，突然落在你的衣服上，虽经擦拭，依然觉得有余臭在身。另有一些人，他们的热情是招牌式的，对每个人都能一见如故，碰到了总是笑脸盈盈。这种人不算坏，只是时间长了，你会觉得认识跟不认识没有两样。还有一些人，他们始终保持警惕，活在自我认定的世界里，估计从走上社会之后，就没有交过一个真正的朋友。你很难跟这种人有真正的交流。这样的认识，就是浪费时间。

　　大多数人，应该是认识了，就会慢慢熟悉，有些变成好友，有些保持距离，却不会否认。生活是自己的，生活也是需要联系的。谁也不能孤立地活着。不能否认，最好的友谊，应该来自发小、同学、战友，因为那时彼此没有利益的牵扯，拥有更多的回忆。假期这些天，同学从远方归来，未回家便在一起相聚。更是说明对彼此的珍惜。更有发小，说今天必须要聚，因为五个人好久没有在一起吃饭，后面的时间又皆有安排，有决心无难事，终于天遂人愿。对于我而言，超越发小、同学、战友，每一年我都能认识一些彼此关心、一辈子都会交往下去的朋友。一个需要网撒得大点，一个需要真诚对待。不自我设限，不越过界线，自然而然，有朋自来。

　　没有朋友的人生是可悲的，没有质量的朋友却是越少越好。生命有限，珍惜对自己好的人。

秋日登山

　　渐从浮躁中挣脱，在长假的一天，涉足久未登临的万宝山岗。从大龙潭踽踽而上，细雨淋过的路面，青苔覆盖，略有湿滑。溪水不比茭湖古道旁的开阔，藏于密林之中，偶有隐现。过几株冷杉，是一片翠竹。枯叶落满了整个山径，踩上去沙沙作响。峰哥还是好精神，一直走在最前。前面有一家三口，拾着掉落的毛栗。记得去年初春，峰哥在这条路上，失手摔碎手机屏幕。时光倏忽而过，像白鹭划过水面。而回忆的涟漪，总让人久久不能释怀。

　　久不运动的我们，到半山凉亭，决定从另一条路下行。有一截路，以前也走过。落叶飘满了四溪水潭。曾经朋友们一起在这里拍照，现在重聚甚难。峰哥还是说着那些人事，而我此刻只想放逐自己如流水与白云。几天前，或者昨天，自己强调了什么，在清凉的山间，已然忘却。在三岔口，我们选择了下山的路，这是一条新路，我第一次来。陌生的风景让我莫名感动。不多久，穿过密林，看到积雨云下连绵的山峦。峰哥忘情地呐喊，中气十足，声音洪亮，让我们为之一振。再沿路下去，就到了登山那条路的会合处，又听见溪水潺潺的声音。潦水尽而寒潭清，烟光凝而暮山紫。清凉之中的水色天光，尤为诱人。

　　F 说要去家里关一下门窗。因为邻居来电,说晚上总是听见门开合的声音。关好后出来,给了我们糖水杨梅。今年摘杨梅的场景,又在脑海浮现。我开玩笑说:"峰哥,有人请你吃饭,我们请你爬山。"峰哥笑了。再过几天他又要去泰国了。光阴在穿梭中一晃而逝。下一次一起登山,又不知道要到何时了。

中国文化课

　　余秋雨在中国文化课中，把老子视作中国文化的第一人。夫不争，天下莫与之争。这是华夏的胸怀与基调。孔子紧随其后，己所不欲，勿施于人，是所有准则之上的准则。墨子代表着一种实践精神，摩顶放踵，兼爱非攻。庄子则寄情于自然，乘物以游心。路漫漫其修远兮，吾将上下而求索。这是屈原的决心与恒心。

　　到汉代，司马迁提出轻于鸿毛，重于泰山，这是对生命意义的思索与总结。横槊赋诗的曹操，老骥伏枥，志在千里。桃花源记，归去来兮，为知识分子怀才不遇开辟了新的天地。

　　绣口一吐的盛唐，宣父犹能畏后生的李白，终究没有扶摇直上九万里，却将床前明月光，照在每个思乡人的心头。万里悲秋常作客，却欲安得广厦千万间，这是一种超越自身的济世情怀。明月松间照，长河落日圆，安史之乱，没有乱掉这份闲情雅致。相逢何必曾相识，江州司马的眼睛里，总有温情而觉醒的清澈。

　　重文轻武的宋朝，其实没有那么不堪。苏学士政治的失意，成就文化的丰收。花褪残红，生死茫茫，天地一瞬。金戈铁马，西北望长安，多少浊泪化作清江水。载不动，几多愁，人比黄花瘦，也曾沉醉不知归路。沈园非复旧池台，柳暗花明又一村，内心尚思为国戍轮台。故国难复，零丁洋里叹零丁，留取丹心照汗青。

　　身无一贤曰穷，朋来四方曰达。明清以来，余先生认为，文化上开始衰落。千古完人王阳明，成了扛鼎之人。你未看此花时，此花与汝同寂。总觉得与用之如虎，不用如鼠，有着那么一些联系。我心光明，夫复何求。这是最重要的，人生就是一个旅程，看到了风景，取得了成绩，无愧于人，无愧自己。《红楼梦》估计要等心静下来才能去看了。机关算尽，反误了卿卿性命。是值得警戒的。

　　数风流人物，还看今朝。昨天上京东买了这本书，我想对于了解中国博大精深的文化，还是会有一些引路的作用。

金　橘

　　近来多事，心神不宁。唯有后院金橘最抚人心。初尝的酸涩，如今渐入佳境，甘甜爽口。此际最好，却是由盛转衰，地上已经有些许凋落。用不了几阵北风，怕隔日如隔季，美好不再可寻。橘花初绽，果实凋落，这中间，多少好友未曾遇见。继而念想，这一岁，往上追溯，时光抛掷四季花果之余，多少人已经搁在记忆的尘埃之中，再相见是何时，是否霜鬓雪发，沟壑纵横？

　　朋友们都在自己的线上，直直的，看不到头。加班或者应酬，都是常态。四季不过是窗外的阴晴，与桌案上的繁秩浩卷。升华也在线上，凋落也在线上。每个人都渴望自由，却对突破惧之如蛇。患得患失，自认责任重大，其实毫无自我。青春、爱情，最好的年华，都在疲于奔命。

　　时光的缰绳，对我这匹劣马来说，已经失去了她的威严。不再赶东边西边一样的风景，不再将宏愿置于心头。寻常的金橘，见证她的成长，享受她带来的喜悦与甘甜。日子尽管重复，细微观察，每一天无时不在变化。有些人成长，有些人沉沦。有些人与你逐渐熟络，有些人与你渐行渐远。

　　做木奴何尝不好？至少有我，日日围着她转。她给我带来生活的别样喜悦，我亦成全她存在的意义！

真 假

日子排得紧凑，每一处都有非去不可的理由。曾公说"中年经不得闲境"，对我而言，怕是说错了。日子排列着，如嗷嗷待哺的幼雏，除了聒噪，还有揪心。朋友在微信里向我诉苦，说工作的繁重、合伙人的挑剔，让他几近崩溃。但又不得不继续，一为生计，二为梦想。我只给他两句话，你决定不了别人，为梦想承担一切。他似乎有点释然。心境决定环境，在劝导他时，我亦安慰了自己。

近来多梦，常忆与建定在湘西的游历。那时春末，细雨霏霏。我们从落满桃花瓣的石阶缓缓而下。底下是一条清澈的溪流，水底的卵石清晰可见。远处水面还有层水雾，岸边搁着一只半盛着水的木舟。这个场景，我总是一忆再忆。或许是这小舟，与我这几年的命运，有些契合。又或许，这种山水画卷，可以暂寄我的灵魂，洗涤我的内心。

有些时候，觉得很多事情，都是人为地搞复杂了。非这种牌子的矿泉水不喝，非这种规格的车不开。个人总是需要某种外在去彰显自己。而繁华褪尽，便要去了自己所有的自信。我向来不愿往深处追溯，因为人事都经不起推敲。

人生如戏，什么是真，什么是假？你真的时候是真，你假的时候是假。我喜欢建定这样的朋友，彼此之间不需要好话，只需要真话。这样的朋友越多，日子越紧凑，就越有意义。

了 悟

接下来的日子，安排得紧凑。如春天的水缸，多一滴便要溢出。去年此时，在青岩古镇，天色阴郁，行走无羁，依然为某件事挂念。此刻，担心的事终究发生。究其原因，莫衷一是，也许个人的命运，也许是偶然。枫叶已然翻红，日子就是这样周而复始，我们回避不了成长，亦接受她的凋零。

他总是向我抱怨，像曾经的自己。期待有一种理解，或者转移。他，得不到想要的结果，只会让我陷入沉思。若有换位思考，或者反向思维，很多关系不会弄僵。在这种纷纭中，如果一味归咎他人，永远得不到救赎。有些人事，终究要承认自己无能为力，放过他人，亦是放过自己。

了悟的过程是迷惘——清醒——糊涂，看山是山，看山不是山，山还是山。我喜欢那种待在自己小世界的朋友，没有很多朋友，也没有太多事情。晚上回家，门一关，有暇读书，无事可忧。也是这样的朋友，每次见他们，精力充沛，精神饱满，在所在的范畴，日益进步。反观自己，太多分散，这些年多少事无疾而终，多少热切的朋友，如今只在梦中。

立哥曾问我："你为人的宗旨，是什么?"我天真地回答："原则。"每当讲到感情时，原则便丢到爪哇国去了。往往那些不讲原则的事情，最后，是原则不可寻，朋友亦互伤。下次他问我时，我该怎么回答呢？

　　门前流水尚能西，是一种臆想。一个人的个性，到一定时候，已覆着厚厚的社会包浆。我有时会对自己的游离感到痛苦，但一想到那些套子里的人，又感觉到自由与幸福。

应难更有花

　　昨日清晨，突然忆起一个句子，记得它大致的意思，却怎么也不能拼凑起来。遂向"铁风默水"求救，说大致为"莫待花落空折枝"之意，是一句五言。Johnson 回答，没见过，只把那首《金缕衣》发上来。随风说，单凭我这个提问寓意就很好。寻求未果，魂不守舍。后来突然想起那年在悦榕庄喝下午茶的情景，外面是湛蓝的大海，风和日丽，在一杯红茶中品尝那种天涯海角，人生暂寄的心情，脑海突然出现那句"若待皆无事，应难更有花"，一时间，悲喜交加。

　　生活的网，天涯只是痴想。寸地远心，往往被琐事束缚。想朋友为工作操劳，日日至天色昏暗，在停车场迷路。想妹妹总与我错过晚餐，回来时只剩冰冷的饭菜。时间嘀嗒中，我们的热情与抱负，在机械运动中，是不是背离了初衷？这世界，是不是责任感越强，过得就越辛苦？入世、出世、开释，国人总要经过儒、道、佛这三个阶段，才算走过真正的人生。朋友的奶奶，已经有了阿尔茨海默病，思绪已经迷乱，而每次见到朋友，就会说："不要太辛苦，吃得过就好了。"是她唯一智慧的遗留，是她将一生审视后，唯一得出的结论？

　　我并非想说一些消极的话，水满则溢。生活不仅是追求，也是享受。每个人都在自己的囚笼里。如果回首，满是遗憾，不如此刻，借一杯悦榕庄的下午茶，品味"若待皆无事，应难更有花"，或许当下与前路不再迷茫。

张爱玲

很多时候，有些事情说多了，就造成一种假象，以为自己做到了。比如戒烟的人说，这包抽完，就戒了。手里永远拿着一包烟，抽完才戒。对于个人的追求与改进，莫不如是。这两年，从《回归》《突围》《超越》，写了很多，本来期望让自己有所提升，在有生之年完成既定的目标，事实是你还是原来的你，除了衰老与消沉，别无改进。唯一改观的减少应酬，也是基于事务繁多、精力不够所致。可见言语也好，文字也好，不过停留在思想层面，实质上的蜕变，需要机缘与内在的修为。

相反，生活中也有一些人，言语甚少，却总是可以让人侧目。"不鸣则已，一鸣惊人。""谁若长久缄默，谁必声震人间。"昨天联系了一个小学同学，也没有别的话可以说，只是祝她快乐。她说"奔五"了，要向快乐出发。她见过一些世面，从来不妄发朋友圈。这些年偶尔碰到，对她的谈吐、修养甚为肯定。也许是交集不多，也许她的人生哲理，从来不选择外扬，从而减少假象的发生，稳稳妥妥地活出了自己。

晚上，也是一个小学同学，她要写一篇关于张爱玲的文章，问我对张的印象。喜欢张爱玲的那段日子，已经很遥远了。我只记得，刘若英那首"原来你也在这里"。时间的无涯里，没有早一步，也没有晚一步，碰到了，也没有别的话可以说，"哦，原来你也在这里"。还有就是低到尘埃里去。关于《倾城之恋》《半生缘》，已然忘却。在同学会之后，几年从未相见，偶尔微信关注，时见大作发表。她在世俗中流转，因为对这份爱好的执着，让生命有了不俗的姿态。

　　昨天清晨，偶见这朵茶花。薄霜将她的边缘镀上白边。待下午过去，脱掉那身冷傲，便柔弱无比。这不是张爱玲吗？即便遇人不淑，她总算倾其所有爱过一个人。相比那个"卜居森林小丘一隅，静待足够爱他的人到来"的人，是不是幸运很多？

自深深处

　　《自深深处》看不下去，人性的卑劣并不难理解，难以理解的是明知波西只是利用自己，自己却放不下这份爱。他感冒时，自己形影不离，无微不至；自己感冒时，他翻遍每一个抽屉，把能拿的东西都拿走，消失得无影无踪。王尔德有几次，连走路都不能走，去拿药品的力气都没有。波西在赌场输了钱，一个电报，几百镑第二天就汇到赌场账号上。去意大利旅行，两个人几周就花了王尔德几百镑。反过来，波西因为父亲，他仇恨的父亲因与王尔德打官司，花了 150 镑，而沾沾自喜。王尔德为他，失去名誉，破产，身陷囹圄。难以理解的不是波西，而是王尔德。

　　《人性的枷锁》里，桑尔德丽德也是如此。菲利普永远是他的备胎。她只有在物质享受时，需要金钱时，才会想起他。当菲利普成人后，婶婶把她代管的一笔钱给菲利普。他本来可以用来去巴黎学画，为了桑尔德丽德，在很短的时间挥霍掉了。当没有钱时，桑尔德丽德当然离他而去。当他成为一位医生，境况有所改善时，她又怀着别人的孩子与他同居。我不知道菲利普怎么想的。虽然最终，他还是下定决心离开她，但也不过是因为她再次反复。看到这里，我总是会想到电影《原罪》，想起安东尼奥，他为了安吉丽娜倾家荡产，却毫无悔意。有一个场景，他跪在她的门口，出来开门的是披着睡衣、里面什么都没有穿的将军，那一刻，他的爱尴尬到了极点。

　　木心有一句话："我爱你，与你何干！"在这里，可以换成："你爱我，与我何干！"若王尔德从波西眼中，能看到他也曾真心爱过自己，那么桑尔德丽德通篇没有爱过菲利普。若安吉丽娜惊世艳俗，桑尔德丽德则是平庸至极。一个人为另一个人能够倾其所有，当然可以验证爱，但若无条件地忠于一人，毕竟是一种殇。夜莺用鲜血染红的玫瑰，终须托付给那个懂得珍惜的人。

爱无止境

　　十年前，我看了《爱无止境》，将这部电影与他分享。十年后，再度重温，我对里面的情节，已经淡忘，朋友却记得很多细节。从《情字路上》，到《爱无国界》《爱无止境》，我爱上了印度电影，认识了宝莱坞三大汗，认识了大B、维杰、赛义夫·汗、阿克谢、约翰·亚伯拉罕，还有艾西瓦娅·雷，有一段时间沉迷于卡琳娜·卡普尔、索娜什·辛哈，与《巴霍巴利王》中特曼娜·巴蒂亚。如今宝莱坞新生代中，阿利雅·布哈特，风头正劲。前年自杀的男星苏尚特，英俊帅气，我原来一直看好他的星途。普拉卡什·拉吉，也是1965年生人，但三大汗一直还在演年轻人，他很早就开始演他们的父辈。他一出场，自带特效，五官立体，成佛成魔都是他。印度人能将老套的爱情，演绎得让人心醉神迷，主要还是演员的个人魅力。阿鲁克·汗曾被评为世界上50个最有魅力的男人之一，也许是因为他的长相不符合国人的审美，不见得有很多人喜欢。阿米尔·汗因为《三傻大闹宝莱坞》《摔跤吧爸爸》，而为国人所知。

　　我看了无数部电影，却不喜欢重温。因为永不疲倦地探新，才能使生活不至平庸。但对于这两部"爱"字带头的电影，我始终放在自己经典收藏之中，时不时拿出来欣赏。《爱无国界》讲一个印度空军因一次偶然的机会，救了一位巴基斯坦女孩，女孩快要结婚了，却在与母亲的谈话中，理解了爱情真正的意义。然后因为家族的政治利益，夫家把前来找她的印度空军以间谍罪关了二十多年。一位富有正义的巴基斯坦女律师，为这段爱情故事感动，以一己之力，奔走努力，为他做无罪辩护。最终，男主角回到家乡，发现女主在这里等他。我不会忘记男主角，在监狱的窗口，写下的诗："我，犯人786，从监狱的栅栏望去，我看着日日夜夜变成了永世……"也许世间，有比这个更为痛苦的事，但因为爱，痛苦有了神性的光辉。

那位记得《爱无止境》的朋友，前两天看到《冷山》，也大呼过瘾，推荐给我。其实我老早看过，只记得是南北战争，妮可·基德曼主演。从前电影都好看，是因为拍的人认真，看的人认真。这几年鲜有佳作，主要还是事情纷纭，手机信息不止一次地中断你的观影。也许如木心，从前慢，自己这十年除了年龄增长，其他都退步了，尤其是感觉。我感受不到太多美好的东西，只是日复一日在生活中消磨，在应付中迟钝。朋友，当你把自己完全投入一部电影中、一本书中、你所热爱的事情中，你才能感受到纯粹的幸福。

审美在变化吗？也是也不是。安努舒卡·沙玛相较于卡特莉娜·卡芙，我还是喜欢沙玛多一点。卡芙之美，举世皆知，在于立体、高挑、雍容华丽。沙玛之美，在于清新、俏皮、活泼可爱。也许从美貌过渡到性格的偏爱，也是每个人必须要走的一步。美貌总有一天会老去，你可爱的一面，也许更能抵挡时间的侵袭。沙玛在吉普车上的舞蹈，青春舞动，看一次可以让你年轻五岁。机场送别那段，她用尽了所有表情，爱的对立面不应该是恨，而是无限的惋惜与祝福。

电影与朋友一样，也是老的好，只是因为过去的自己单纯执着，受世俗污染少一点吧。那些你不相信的爱情，其实都是不够自信而已。

失踪的国王

　　26 岁那年，我看《围城》，在山东荣成的物资大厦。早上去一下单位，下午晚上就是自己的时间。出差半个月，大半时间就蜷缩在房间里。以前看过的书记忆都深刻，就好像以前认识的人。《脑科学》中讲阿尔茨海默病也是如此。但我并未感到恐惧，只是觉得那时接触的人也少，思想也不复杂，脑子里装的东西不多，你放进去，还知道位置。后来，东西越来越多，堆放速度加快，慢慢有种杂乱无章的感觉。也许这是时代与个人共同影响的结果。我倒是很怀念那样的时光，一天之中可能一个电话都没有，短信推送也没有，你与世界的交织都是你主动的行为。

　　《围城》从方鸿渐海外归来讲起，我不想絮叨地讲述一本书，只是讲一些自己印象深刻的东西。时间顺序可能也是杂乱的，名字也是大概，但描述不会错。船上三个主要人物，方、苏文纨、鲍小姐。苏文纨肤色很白，白得让人感觉不生动。鲍小姐肤色黝黑，衣着性感，真理是赤裸裸的，她总是让"局部的真理"诱惑着方鸿渐。大家在船上要漂三个月，中日战争正在进行，船上的人慷慨激昂，但又报国无门，就一起打麻将。麻将是国粹，打麻将就是报国。钱老的讽刺真是一针见血。方鸿渐与鲍小姐终于勾搭上了，从上等舱位到下等舱位，用钱打发了鲍小姐同舱的人。苏小姐对此也是知道的。

她一面不耻，一面嫉妒。后来方回国后，与她表妹唐小姐相恋，但落花有意，流水无情。我记得，那天雨夜，方站在唐的小楼前，站了很久，唐一直不愿接受。临近午夜，唐被感动了，差婆子去请方进来。婆子下去，回来说："方先生走了。"这一幕，我印象深刻，也许很多人就在黎明的曙光到来前的一刻放弃了。方并非坏人，人家给他做介绍时的那场与女方母亲的麻将写得也好，当时记账，他赢了钱，结束时大家认为是客赌，他却催着结账。弄得介绍人尴尬，女方母亲后来愤愤地说："这种人太小气。"他径自走进一家服装店，用 400 元买下早就看上又苦于囊中羞涩的大衣。大衣要紧，损失个把老婆没有关系。后来，赵辛楣介绍他去大学，他随着大部队迁徙湖南。学校里也是各色人等。最后，妻子孙柔嘉离家出走，那个摆钟的时间停在她出走之前，也写得好，回不去了，一切已发生的事都回不去了。留下这个旧时刻，供你怀想。

26 岁那年，看了几本书，主角很多是 26 岁。我以为这个世界可能大多数人就是 26 岁。直到昨天，看了《失踪的国王》，里面女主角 45 岁。我才知道，这不过是个巧合。45 岁的菲力帕，在公司因为年龄太大已经边缘化，带着两个男孩，老公离他而去。她一度消沉。后来，在一次观看莎士比亚戏剧时，突然对理查三世国王有了浓厚兴趣。莎士比亚把理查三世描述成杀侄篡位、驼背的形象，而目前学术上众说纷纭，有支持派，也有挺理查派。她就查找所有关于理查的资料，与历史学家、考古学家合作，并自筹资金，最终按她的思路，找到了理查三世的遗骸。但是，她的成果被莱斯特大学的行政长官窃为己有。这时的她，就像那个被误解的理查三世。寻找过程中，她对前夫说："你以前让我做什么要投入，我在寻找理查的时候，就有这种感觉，这是我生命中最好的感觉。"学校行政长官与考古学家出席隆重的庆祝宴会，她给小朋友讲述"寻找理查"的始末。

她讲道："一个人在生活中，受到不公正的评价，从来没有机会，展示自己真正的实力……"但她没有气馁，没有躺平。最后，在她不断努力下，理查三世的灵柩放上了皇家的盾旗，国家承认理查三世的国王地位，菲利帕本人也在 2015 年得到了女王的授勋。

26 岁，如方鸿渐，不曾真正生活过。45 岁，如菲利帕，历经磨难，寻找到生命的本源。那就是，寻找让自己有感觉的事物，而不是麻木不仁地活着，被生活摧残。

新年快乐

朋友 F 给我讲了一些事，大致是一个 50 多岁的女子，原先经营传统的生意，租了几间店面，在某条街上已经很多年。这几年因为疫情，生意稍差些，但也可以勉强过活。女儿成家了，与夫婿同在政府部门任职。自己也有几百万积蓄，虽说比上不足，比下绰绰有余。就在去年十月，被一位老朋友怂恿，做上了承兑转让。待到 12 月中，有一笔票据背飞，总金额一千多万。到底是对方恶意不付，还是朋友合谋，不得而知。眼下她自己因为这个事情，已经负债几百万，无力偿还，关了店门，投奔了异国的亲友。这样的事，我在短短半个月中，听闻本地发生两起，价值都在千万元以上。千万小心，千万小心，最后还是不小心。究其原因，我想说并非事主贪婪，利润微不足道，只不过是轻率了。如今形势下，唯有慎之又慎。我想起童年的一桩往事，和小伙伴一起看电影，出来时，刚买的自行车被盗，他竟然为了害怕挨骂，也随手牵走一辆新的。或许背飞背后的逻辑就是如此。一次恶意，引发的连锁反应。

朋友 X 问我，有没有看风水的朋友，他为父亲的坟址看一下风水。我告诉他一个人。后来他回复，对方不肯说价目。我说你看着给，这行便是这样的。随即我问他父亲近况。他说，卧床多年，怕逃不过此劫。思绪一下子拉到他父亲身上。他开厂，父亲帮他做门卫，里里外外都照应好。那时清瘦，不过精神很好。抽烟很凶，每次见我都很亲切。转眼间，已卧床多年。我这个年龄，已能感觉时日如梭，怕他这样的年纪，几十年是一眨眼的事情。木心豪横，"岁月不饶人，我亦未饶过岁月"。事实上呢？我见过暮年时对他的采访，当年的桀骜不见了，面容慈祥，言语有些不连贯。他如此，普通人更如此吧。愿朋友的父亲安然度过此劫。

新年第一工作日，听到这些不太好的信息。感觉这一年的开头有点沉重。圈中文友纷纷撰文，描述此刻正在发生的种种问题与感想。文章之美，在于真实。时代的一粒灰，落在个人身上就是一座山。此起彼伏的鞭炮声，路上的草木灰，还有那些即将到来的新的毒株。生活终究是不能选择的，每每念此，我便会感谢曾经任性的自己。

（其实本来想记梦的，这个梦太过光怪陆离，转而纪实了。）

还　钱

事情是这样的。

有一个朋友介绍的朋友，几年前问我借了一笔款，金额不大，几万块。说好是一个月归还。到一个月的时候，没有。我问他，他说，真是不好意思。今年有点困难，再过一个月吧。再过一个月，又没有。他对我说，有一笔材料款要付，付了以后，工程完了，可以一起还我了。言之切切，客气得让人承受不住。我没有借他，因为这违背我的原则。后来就前面几万块，我们签了还款协议，每月还几千元，一年还完。起初一个月还了 500 元，一年中每月催，到年底还了 2000 元不到。每一次都是言辞恳切，再三说对不起。然后疫情开始了。三年中，每月联系一两次，总共还了不到 4000 元。那日问他，他说，今年形势很差，悲观情绪渲染着他，又说，你说这形势会不会好了？我最忌听到这样的话。不客气地说，形势差，当时你借的时候，不是疫情还没有开始，形势差，也有人安然度过，形势差，都是你个人没有担当的原因。我说，若不是有这笔款，我连话都不想跟你说。我见过无数困难的人，确实他这样真不多，行走着又怀疑自己，没有一点点自信，对于自己说过的话如此不负责。自己说话也许太过直接，他现在信息也不回了。几年中为此消耗的情绪与精力，已远远超过经济的损失。换个角度，我是不是那个更需要警醒的人？

　　同样的事，朋友处理起来就比我合适一万倍。那日，因为春节寄送礼物，他走那条路的时间比以往晚一点。走着走着，突然发现旁边走着的人，好像一个十多年前的朋友，因为戴着口罩，再三辨认，就把对方名字叫了出来。对方一怔，随后也认出他来。彼此寒暄，说这十多年未见的往事。朋友说，因为没有你的联系方式，也找不到你，前些天，孩子结婚了，你没有出席真是太可惜了。对方说，对了，这些年，我缓过来了，欠你的钱，也是因为碰不到你，没有还你，今天运气，总算遇见你。我们加微信吧，你卡号发给我，我明天帮你汇。第二天，对方来信息，说银行没有上班，过两天再汇。朋友晚上特意把喜糖送了过去。后来遇见，他说钱已经汇入了。

　　别人信任，才把钱借给你。所以要珍惜这份信任。朋友十多年没有去找对方，并非他不在乎。他考虑对方的处境与为人，更在乎是自己的发展，以及此事带来的负面情绪。对方也并不是坏人，他只是基于一种占便宜的心态，时间久了，无人问起，便想占为己有了。这件事，最后能有一个圆满的结果，不枉此生相交一场。

　　今年催账之难，甚于往年。经济的运转，就跟堵车一样，一辆车抛锚，或者注意力分散，后面就堵了长长的队伍。每个人都做好自己，这样，自己就不会吃到恶性循环的恶果。我想对我的那位朋友的朋友说，自信一点，你决定不了形势，只能决定自己。任何辜负，只会让自己更加寸步难行。

雪　国

　　2022 版的《雪国》，在叶子跌落火场之后，详细地叙述了驹子日记中的一些重要节点。如 15 岁那年，只有行男一人送她到车站。驹子得知行男生病后，做了艺妓，赚钱为他治疗。行男回来那次去车站接，因为看见叶子陪伴，隐而不现。或许导演觉得难以展现作品的那种隽永、淳美，改换一种行为皆有出处的因果关系，让观众可以更好理解。但川端估计不会喜欢。很多事情是无来由的，正因为这样，世界才如此迷离，令人可憎可爱。如果我是导演，应该会多从岛村的视角，对叶子与驹子，多做一些美学上的安排。比如火车上，玻璃里倒影表情的变化，与驹子相依时，对其脸部的表现，雪原上那头黑发，以及增加那场独自登山的戏份，把雪国的全貌展现。也许是时代关系，现在的人已经找不到 20 世纪二三十年代，那种乡野之中的纯情与隔世之美。不过，"徒劳"一词，相对原作有所升华。

　　从《雪国》与《伊豆的舞女》中看出，川端从很少的几位人物展现出他对世界的理解。青春少女、死亡、底层人的淳朴善良，以及日本社会的那种传统之美。卖艺的人、三味琴、歌曲、织物、温泉文化，他的笔下，这些都不可缺少。欣赏这些作品，可以品味古典的那种隽永、秀美。与芥川那种深刻的揭露相反，他从人性的善与美着手。虽然两个人最后都是自杀，不同的是芥川厌倦了世界的丑恶，而川端或许觉得死亡是另一种开始。

很少有改编电影可以超过原作，1963 年的《伊豆的舞女》是个例外。川端的原作太为经典，只有吉永小百合这样浑然天成的演员才能本色出演。川端本人喜欢 1974 年山口百惠版的，不是恭维，就是他个人对于山口百惠的偏爱了。

岛村说，在我看来，驹子的一切都是徒劳，但从她认真的样子看来，这种徒劳对她是有价值的。我没有在电影里，看到银河一般流泪的眼睛。

致良知

　　人一生，应有一生之追求，方不至于半途而废，始乱终弃。原来一直觉得是一种爱好，或追求，而爱好总不能持久，追求往往达不到，进而迷茫，不知如何是好。近来，初读王阳明，方知追求不用假以外物，而是良知，唯有良知可以贯彻一生，顿有豁然开朗之境。

　　学说总是应运而生。孔子认为人有"天命"与"义命"。而到朱熹这里，便是"存天理，灭人欲"。朱熹的理论，当然也有时代的背景，往一个方向偏，就是局限。龙场悟道，是瞬间的灵感迸发，更是漫漫求索之果，而后王阳明进入一种纯澈清明之境。致良知，让儒学可以融会贯通，而不用假借佛学与道家，去释疑"义命"中的疑惑。

　　静能生慧。一个人安静下来的时候，才能将所悟的道理，提炼出真正的意义。处在局中，立场、情绪，都不能使你有一种正确的判断。你尊我，我尊你，只是一种被动。尊的应当是对方为人处事的优点，而非他与你的亲疏关系。不必设身处地，只需致良知，很多难题便可迎刃而解。

　　何为"良知"？遇他人有难，有恻隐之心；遇草木凋零，有悲戚之心。君子爱财，取之有道；坑蒙拐骗，耻辱之极。对任何事物有一种不偏不倚的立场，此心光明。致良知，是一生之道，循序渐进，终有所成。

　　心即理，向内求。一个人就是一个世界，心外无物。犹如太阳系的运转，轨道就是我们的良知。

殊途同归

"在整个大地铺上地毯是不可能的，然而只要穿上鞋，我们就可以免受荆棘沙砾之苦。"一切由向外求，转为向内求。对自己观察、专注，才能使境界真正升华。外部世界，你是不能改变一丝一毫的，不要对无常抗拒，而是改变自己的思维与行为，使自己能够更好地活在当下。

随着年龄的增长，对事物应有新的判断与体悟。以往是如何证明自己的正确，现在应是减少自己的过失。当圈子越大，你越要珍惜你所坚持的。不要得陇望蜀，也不要对他人的外在太过羡慕，须知一切拥有皆是幸运，欢乐与痛苦是一体两面。所谓放下，就是对已有的不贪恋，对没有的不希求。一切自然而然，苦乐才不会那么强烈。

疾病来源于三个方面，一是外感，即生活方式，饮酒熬夜，风寒等。二是内伤，因为情绪，或者遗传。三是因为某些目前无法解释的原因。三种原因，或单发，或相综。如果你找到了起因，对症下药，事半功倍。

近来始信，读书不用太杂，只要深读某一个方面的书，亦可以找寻到想要的答案。就像我在一只蜻蜓上获得快感，与峰哥在一盘早羊肉中获得的是相同的。同样，读《次第花开》，与听王阳明，受

到的启示也是一致的。所以，不必披星戴月去追遥远的风景，如有
一种强烈的发心，在你的书房亦可寻找那种感觉。范仲淹没有去过
岳阳楼，巴陵胜景，亦在眼前。

　　异曲同工，殊途同归。不受外惑，安住本心。热爱你所热爱的，
坚持你已坚持的，每个人皆有自己的因缘。

用心期待每一天

　　一天行将结束之际，朋友说，今天与昨天一样，重复又无意义。我说，不会，你看天上的云，每天都不一样。时间行走，草木变化，离别的在积累思念，重逢的日子又再临近。朋友圈也有秋天的况味，悠长的小巷，飘来一片落叶，阳澄湖的河蟹欲上，广袤的北国已然苍茫。今日与昨日不一样，你的心在世事磨砺中，愈发变得不悲不喜，你怎么说重复而无意义呢？

　　渐渐地，有些人远了，模糊了，直到感觉生命中彼此未曾出现。曾经炽热的期待，也在秋风中消失殆尽。回忆总是不真切，名字像代号，往事如云烟。很多的离别，不是因为无话可说，而是各自去往了不同彼岸。再回首，烟波渺渺，徒留遗憾。

　　就在昨日，行经桥上之际，一只白鹭从头顶掠过。是我朋友呼唤的那只吗？生活太多纷杂，他独在清晨对一只白鹭细语，不如意十有八九，能言者二三，朋友似乎是悟透了。白鹭是白鹭吗？不过是另一个他自己而已。

　　生活回归平静，平静不是重复。江湖之梦未远，青春之心尚在。很多时候，你以为已经游遍四明，依然会为朋友发来的美照惊艳。纵向与横向结合处，变化无穷。即便共同面对一座山，也会因个人的情绪阅历而发出不同的感慨。借阳明先生的口吻，每个人看到的景象都一样，只是很多事物被你选择性地遮蔽了。

　　新的一天又开始了，相信我，用心期待，必有收获。

心中有海

　　《次第花开》里有这样一个故事，说一个人很辛苦地赚钱，兼几份工，熬夜加班，赚来的钱，买奢侈品，大吃大喝。时间久了，他感到疲惫与空虚，就参加了一个禅修班。在两周时间里，学员吃素，静坐，出关的时候，他感到身心愉悦。他觉得，以前买的很多东西，其实并非出于需要，反而增加了他的负担，并且成为精神的累赘。当生命回复本源的时候，他似乎把一切看得清楚了。等回归社会后，他再也不加班熬夜，也不买那些生活中无关紧要的东西，过得轻松而真实。

　　我认识一个朋友，他买汽车从来不买高配。他说汽车，能开就好了，讲牌子要符合自己的身份，而不要盲目攀比。还有一个朋友，她说她不要豪车，一个是她觉得招摇，员工看老板赚了很多钱，他们却拿着微薄的工资，难免消极怠工。她宁愿把买豪车的钱投入在改善员工居住环境与提升福利待遇。第二个是她认为，买了豪车，开车时太多顾虑，怕一不小心被蹭一下。买个车，是让车服务人，后来车却成为心病，实在太没有意思。以上两个朋友，都是当地业界的翘楚。

　　前天，朋友给我讲了一个买椅子的故事。大概是有人看上了一把旧椅子，付了定金，约定一周后来拉。卖椅子的人，觉得椅子太破了，内心不安，就把椅子残缺的地方补起来，把椅子脚重新固定，最后上了一道漆。他自认为是业界良心，也为了未来更好的合作，就满怀欣喜地等待买家提货。买家如期而至，却找不到那日看好的椅子了，便问："我定的椅子呢？""我帮你修好了，你看这就是。"望着这把整修好的椅子，买家真是气不打一处来，愤愤说道："我拍了照片过去，客户指定要这把旧的，你做了新，我怎么去交账呀？"

　　长假六日，感觉充实。运动、看书、电影、朋友聚会，什么都没有落下。频率也刚好，不觉得乏味与疲惫。迟子建散文中梦到冰心，坐在北京寓所的阳台上，眼前是一片大海。心中有海的人，哪里都能望到海。

喝点真酒

那日受朋友之邀，品鉴王茅酒。座中皆是城中富豪、闻人。礼数一番，各自坐下。王茅乃茅台酒之起始，三茅之最，合并后一度隐于尘埃，近些年才推出。茅台酒股份有限公司出品，与飞天、茅台小王子等同源。峰哥有一次在品鉴茅台飞天53度、王茅、习酒之时，以最快的速度品出，获得一组王茅系列，其中黑茅与白茅各500mL，红茅375mL，合计三瓶。此番战绩，一度被圈中好友热议。然峰哥者谁，久经宴场者，估摸世人能品出者百有一二，况在那么短的时间内，估计万中一二而已。

为什么说，品酒难？其一，喝得少，如果偶尔喝一下，你是绝不能在相似酱香系列中品出飞天茅台。其二，人的味觉在35岁后退化明显，35岁之前阅酒无数者，恐怕不多。其三，市面上假酒居多。上次符总说过，有一位领导说他买的中华烟是假的，是因为有段时间该领导抽的都是假的，反而以真为假。

十年前，朋友去茅台酒厂购茅台，当时买了两千多万。他对我说，我派人在仓库提货，然后押车回来。每一个环节如果不能照顾到位，就难免收到假酒。还有一次，朋友去宁波宴请朋友，带了一箱43度的飞天茅台，喝了4瓶，回家一看，箱子中剩下两瓶53度飞天。那日那位朋友套用茅台酒厂的一位经理的话，说某市市面上53

度飞天，至少 75% 是假的。有一位奔富代理说，整个宁波有一款奔富真正从海关到货一年只有 300 箱。真实的数据如此，其他诸位看官各自揣摩。

话说回来，主人那日相当客气。王茅酒尤其黑茅，诚如其所言，与飞天茅台相似度达 95%。主人热情，客人尽兴。原来我以为带着目的的宴会总不如随性，现在慢慢觉得，宴会还是要有一个宗旨，方能学到点东西。

世事纷纭，悲欢离合，人到中年，喝点好酒，方不负辛勤耕耘。愿天下好酒之人，喝到真酒，活得真实。

生逢其时

　　若为今年逝去的日子做个总结，"时间空转，一事无成"，恰如其分。转眼就到了十月末，感觉今年值得纪念的事情，费尽心思去想，也未必可以罗列几件。去年，还有澳门与新疆之旅，今年只有一次荣成之行。去年，还有毛姆，今年如读卡夫卡，阅读也不流畅。电影也只是重温，对于新上的，毫无感觉。越是如此，时间就流逝得快，像落叶在流水中一般，欲仔细端详，已然漂远。

　　今年最多的耗费就是三户人家的边界纠纷，从前几年延续，到今年爆发。谁都不肯让步，最终彼此心伤。六尺巷的故事，只存在于历史之中，狭路相逢勇者胜，胜的何尝不是一声叹息。每一次调解都口干舌燥，每一次都是老生常谈，绕来绕去回到原地。犹是如此，愈觉旁观者清，愈觉跳出问题看问题的重要性，愈觉有心杀贼无力回天，愈觉人生短暂，不可陷于思维的沼泽。

　　今年夏季的高温与虫害，使三株南瓜只余一株，最后在秋末结了两个成熟的南瓜。丝瓜也是在前一个半月开始频繁结果，但错过时令的农作物，总没有那种最好的口感。人或许也一样，廉颇老矣，即便壮心不已，总不如年轻人来得生动有活力。院内红豆杉已二层楼高，对隔壁采光产生影响，但苦于未能找到合适的托付。唯有门前绿植，春天的时候，浓荫深处，竟然有一个鸟窝。小心翼翼拨开，三枚鸟蛋静静地躺着。那段时间，我看着她们孵化、嗷嗷待哺、长毛，然后在一个细雨的清晨，因我惊扰，飞出檐前。每忆此事，心中不免欢喜，生命的诞生与成长，让人牵挂与期待。

木心六章，一口气读完，颇觉契合。然说出一两句，却甚难。记忆力变差，世事纷繁，读时一快足矣。《传习录》薄薄一本，可置枕边，不是鸡汤，是小米海参。迟子建的散文，写着漠河三十年前之风貌，想起在抚远与额尔古纳的游历。那日清晨，独自驱马，行走在室韦的草地，隔着铁丝网，便是俄罗斯。云从那里飘来，秋英从这边蔓延过去，成吉思汗从历史中走来。人不能旅行，就去看书。随风说："如果有人在看散文，这个世界就还有情怀。"

荣成的海，安吉的山，朋友的热情与期待。或许，未来还将封闭与重复，但我觉得，生逢其时，自有他的道理。历史上，唯有那些悲愤的诗词与故事，让我们可以长久回味。如果你正感受不幸，那么否极泰来，幸福已经离你不远。

做自己

　　同样在隔离，有些朋友变得很焦躁，有些朋友则能够自得其乐，有些还能在隔离几天中，纵思过往，咀嚼出一些人间真味。那些往日热腾的人，不一定在隔离时与他联系，而恰恰他觉得并非亲近的人，还是保持原来偶尔问候的习惯，甚至在不得相见的日子，谈了一些很深入的问题，交换了一些看法。比如人们为何而相处，是爱好，还是彼此的恭迎；是需要，还是内心的认同；是尊重，还是一种相互利用？大凡很多东西总是有两面，而时间诚实无欺，季节即使有些延迟，总逃不出时序。一平方米方静心，诚是难得的体验。

　　近日事多纷繁，但秋景日新，白云片片漾于碧空，木芙蓉千姿百柔，感觉心也纯澈美丽。朋友接连到访，各自人生，精彩演绎。昨日李教授的讲课，虽然命题超越我的认知，依然听得津津有味。这世间，我们会有太多喜爱的东西，只需选择一样即可。人迷离于太多欲望，终究要一事无成。信息茧房，揭示了在信息爆炸的时代，我们只阅读自己喜欢的资讯，网站也根据你的喜好推送，你同样置身在一种狭隘的认知之中，如作茧自缚。那日，我笑言随风百看不厌，不是因为容貌，而是他一直在吸收不同的营养，每一次相见，都能让人如沐春风，有新鲜的味道。当然，如同风味再好，也不能日日登临，菜系也要经常更换，如此，方能历久弥新，取悦他人，亦成就自己。

　　喊着我要努力的人，并非很努力，只是假装很努力。真正努力的人，他们没有时间去喊。人到中年，渐渐不惑，过去与未来，成竹在胸。我不羡慕他人的成功，知道有些事我做不来。我也不能完全跳出自己，以一种新的身份回归。我做自己，并在这条路上，做得得心应手。如同看一个人，要看他的优点，对于自己，鞭策的同时，更要分析自己的长处，已经拥有的东西，方不至于整日患得患失。

　　如果你的热情，轻易被外界浇灭，只能说这种热情不够坚定。未来世界在虚拟与现实之间，我想说，我一直是这样生活的。

青春在哪里

　　1997 年，在雅安的一个广场旁，临近夜晚之时，在一个旧书摊上，我买了两本上下集的散文精选。书如今早已遗失，只记得封面是深色的，里面的散文也遗忘殆尽。但流连异乡街头买书的回忆，在多年之后依然如此清晰。时间像流水，不断冲刷，容颜与意志或许早已改变，一个少年，一个黄昏，在满地旧书中挑了两本还算新的书，这样的画面定格下来。

　　为何提及这样的往事，在几十年之后的今天，在秋深叶落之际的黎明？一切无来由的东西，其实都有它的来由。在恍惚几十年之后，记起当时书里的一篇散文，作者名谁已然忘却，讲他和老妻在一个也是那样的黄昏，在异乡寻找一个叫"青春"的洗衣店。他俩询问路人，"青春"在哪里？路人茫然。然后彼此恍然醒悟，相视一笑。两位鬓发染霜的老人，向人询问"青春"在哪里，让人如何作答？

　　我想起这对有趣的夫妻，也想起那个买书的少年。异乡孤馆，灯火昏黄，他阅读此章时，那种不解的心情。那时，江河湖海，万里征程，他怀着一种单纯而伟大的激情。他认为他什么都懂了，没有什么可以让他恐惧。他会给朋友写一封长长的信，为了证明自己独立而七个月不回家。为了防止小偷来偷为数不多几张百元大钞，他甚至把钱放在鞋垫下，而没有套一个塑料袋。他主动请缨，押车一千公里去看他的朋友。面对滔滔江水，他喜悦万分，登斯楼也，总能看到春和景明。他怎么会理解，"青春在哪里"，那种无奈，那种落寞，或那种释然。

现在的他，还不至于追问"青春"的下落。只是一份成熟，让他凄惶。他明白了很多，也失去了很多。"知音少，弦断有谁听?"他渐渐在人群中收敛心情。"故国神游，多情应笑我，早生华发。"他想起那年，父亲让他拔掉的一根白头发。江阔云低，此身如寄，他听见断雁声声叫着西风。

流连异乡的日子，让他充实。他恍然间发现，某种意志的丢失。他看见一个个年轻人熟门熟路地"堕落"，活成他们原本认为不堪的样子。他发现太多光鲜背后的苦涩，也探知了某些人内心的荒凉。在黎明的梦里，他又变回了那个少年。

三年疫情，万里路的耽搁，他一次次回溯。这样的黎明，青春而富有激情。

人生无战事

《西线无战事》有点草率地看完了，飞白写了一篇长长的影评，论述了战争的残酷，指挥官享受着锦衣玉食，士兵们在泥泞的战壕里，啃着一点冷面包。凯特因为偷鹅，被农夫家的孩子追出来枪杀于树林之中。那个孩子，冷酷而绝望的目光，让人感到心寒。战争在 1918 年 11 月 11 日 11 时结束，元帅发起最后时刻的总攻，凯特与保罗，在这个上午，在等待战争结束时，因为不同原因失去了生命。历史宏大的背景，都是小人物的命运构成。我犹来珍视生命中可以自主的部分，在无形的网中，时间无情流逝，我们应该如何生活，才不至于被命运抛弃？

昨晚，婉拒了好友相邀，一个人徒步走到银泰。上林坊小吃街，人间烟火鼎盛，小吃摊简单寒碜，与朋友的豪宴，不可同日而语。孟生却在我发过去的照片中看到了美女如云。心有所想，才有所见。我好久没有这样穿街过巷，欣赏街头的风景。原先的九百碗去哪里了？原先坐在肯德基一起狼吞虎咽的朋友去哪里了？原先那种逛马路的心情去哪里了？在旧三北市场的门前，梧桐依旧，疫情下，走过的人三三两两。看着小吃街就餐的人们，想起那些隔离中的人；看着那些自由穿梭的人，想着俄乌战争。我深深地吸了一口气。

在太平鸟买了一身行头，这是历年的惯例。向黄金柜台，问一下黄金价格的走势。在三楼，点了一块现做的虎皮蛋糕。遇见两个外甥女和她的女儿，在讨论去吃什么。我的插话，让她们惊了一下。是我在行走，还是时间在行走？城市固然太多改变，但总有盛放记忆的地方，记忆这种东西，也只有孤独可以品味。

回来，师父坐在店里与另一个朋友聊天。说邀请我吃饭，总是不肯赏脸。白日太忙，晚上去饭局上坐两三个小时，实在吃不消。况且，生分的朋友太多，难免礼数。礼数不到，去了不如不去。朋友圈里的朋友就在朋友圈交往，熟悉多了反而无味，就像嘴形不好的美女忽然摘掉口罩。彼此的好感，或许更多来自神秘感。月满则亏，物极必反，自己太不完美，把更多出场时间留给他人。

早上，我看见这棵柿树，忍不住停下来拍她。初冬的阳光温暖和煦。每一天遇到的事情，是命运，还是自主的选择？凡是随波逐流的，都是命运，凡是喜爱的，都是自主的选择。

伤怀之美

　　昨日读到迟子建伤怀之美，说年龄的增长是加深人本身庸碌行为的一种可怕过程。就像尼采说，有些人所谓的成熟，是精神的早衰与个性的夭亡。人活于世上，总有太多不得已的问题要去解决，于是违背自己内心的事，不可避免地发生了。有些人，若干年后，已判若两人，并非生理的老去，而是心理的异变。伤怀之美，由此而生。

　　每天做着同样的事，期待不同的结果，是最大的荒谬。在叹息中沉沦，在无助中老去。生命的美好，好像随着青春，或者某些人的离去永远地消失了。机械地重复，木然地应答，一切都是条件反射。人不听命于自己，就听命于他人。对于他人的安排，又心怀耿介。日子如江流，逝者如斯夫，命运的开关等待谁去修复？

　　远行与读书，是一剂良药。北海道的温泉，与文登的并无二致。往年冬天，从荣成过去，大地苍茫，河流冰封。驶入温泉山庄，两边是高大的梧桐。我不喜欢周末过去，那时人太多。那年冬天的一个午后，雪花纷飞，整个露天温泉几十个池子，只有三五个人。我一个个试过来，池名大多已经忘却。当身体进入温暖的水中，我感觉彻底的放松。周遭大石堆砌，唯有进来的地方，留有出口。热气氤氲，与雪花在空中相接。休憩的草亭散落在半个山坡，青松傲立，竹枝间出。天地之间，赤身以许，我似乎褪去了世俗给予心灵的遮蔽，回到了那个无知无畏的年代。

因为额尔古纳之旅，与抚远之行，我对子建的笔下的漠河，有了一些似曾相识之亲。2015年8月，我和朋友凌晨起身，在上海坐6点的航班，去往哈尔滨。10点转机飞往抚远。晚饭后，我们登上城郊的小山，欣赏黑龙江的暮色。虽是八月，单衣的我在山顶还是感觉凉意。他们匆匆行过，我驻足拍照。夕阳坠落于地平线下，天地交接处，金光闪闪。江面平静，大地肃穆，只有俏皮的云儿千姿百态。逝去之美，唯有懂得珍惜的人才能体会。

为什么，有人面对同样的风景，会有不同的感触？抵御时光与世俗的侵袭，你们是不是有其他良药？面对未来，我只能将这样的经历献给自己，她们是回忆，也是期待！

读木心《芳芳》

　　梦中捡了一只指环，梦中丢了一只指环。

　　芳芳是我侄女的同学，说是侄女，其实也只小我四岁。彼时，我在上海教音乐，她俩读书之余，来我的地方学钢琴。后来来了一位男同学丁琰。丁琰对芳芳有那么一点意思。那时，屋子经常有四个人，谈音乐，谈未来，阳光永远像春天那么和煦。

　　后来，我去北京培训。芳芳和侄女一起给我写信，信是芳芳写的，字迹清秀，像她的眉目。信中她央我帮她们买衣服。一个男人在女售货员的好奇注视下，惊慌地买了两套。寄过去，芳芳回信，衣服合身，穿着也好看，夸我有眼力。她俩来看我，我们游览北海。她夸我戴着鸭舌帽真帅。再相见时，我就换了一顶帽子。我们合了影，我站在中间，神情有点不自然，仿似被胁迫一般。

　　从北京回来后，才知道丁琰考上了音乐学院，芳芳没考上。芳芳不喜欢丁琰，说他脖子太细。芳芳自己也清瘦，不知怎的就不喜欢同样清瘦的丁琰。她去安徽插队，其间一直给我写信，写农村的生活，写泥土与庄稼。一日，她写信说，她在平安夜回来，六点到我家。并说，我是她的，她是我的。

　　我是她的，凭什么我是她的？虽然这样想，我还是推掉了朋友的活动，准备了鲜花，水果，一顿不算精致的晚餐。六点到，不用敲门，我打开门，她就在门口。

她比当初丰腴多了，肤色有点黑里透红。农村的劳作，让她更具有活力。她说，她要这里待到圣诞夜。她讲了很多她的事，我一件都没有记住，她谈到她的父母、弟弟，我感觉她对什么事都只用了二分之一或者四分之一的心。

她在上海待了一星期，又回了安徽。1966 年，我经历了一些磨难，身陷囹圄。十年间，再无她的消息。

十年后，我恢复工作，当上了音乐协会的主席。有一天，清晨出门，听见过道里传来一个大嗓门，说某某还住在这里吗？转过头，芳芳就出现在我眼前。一位中年妇女，双鬓已有些斑白。她第一句话就是，见到你真好，你一点也没有老。

怕扰到邻居，我赶紧迎她入屋。她开始滔滔不绝，说在安徽遇见现在的老公，后来去哈尔滨，老公在供销社跑供销，她记账。现在有两个男孩，老公想要一个女孩，她就是不让。因为我坐牢，彼此一直没有联系。没想到，我现在成了上海的三大名人。她说知道我要出国，就赶忙来看我一趟。不来看，以后怕是看不到了。我递给她当年在北京拍的照片，她沉默许久，说，你还保存着呀。

后来，在伦敦一家咖啡馆，跟朋友说起芳芳。说如果我在 1966 年以及之后那段时间走了，芳芳一定会跟我划清界限。她不会说认识我，更不会说交往过。朋友说，也未必。我想起，当初说话贴邮票，后来大嗓穿过过道，先前字体整洁清秀的信札，后来歪歪扭扭的记账标签，总觉得此芳芳不是彼芳芳。

时间会消磨一个人，很多的改变自己浑然不觉。也许只有将社会规则秩序看得很淡的人，经过时间的洗礼沉淀，才能把一切看得透彻。大多数人只是芳芳，她们在什么年龄要做什么样的事，要懂得趋利避害，艰难营生。但事实真的如此吗？也许我们对一切只用了二分之一或者四分之一的心吧。

念予毕生流连红尘，找不到一个似粥温柔的人。

精子与精神

　　朋友发了一段截图，不知哪位作家写道："人类面临最大的危害不是环境污染、粮食问题与局部战争，而是男性精子的减少。"那位作家深感惶恐，而旁人嘲笑他杞人忧天。前些天，全球人口达到了80亿，而且在 2050 年之前，仍将持续增长。那么，为什么科学研究会如此呢？我想应该来自很多方面。一、空气、水源与粮食。二、精神压力。三、生活与工作方式的改变，比如久坐与缺乏运动，过度使用电脑与手机。等等。下一步人类增长主要集中在落后与发展中国家，比如撒哈拉沙漠以南的非洲、印度及菲律宾。没有私家车，没有电脑，从事体力劳动，这样的人群反而精子活跃度高。食品摄入相对单一，肉类摄入较少，也就减少了抗生素的侵害。上班的比创业的压力更小，又避免了情绪的困扰。人类在追求的过程中，总会失去些什么，那位作家的担心不无道理。

　　当我看完这段文字，也是深以为然。另一位朋友说："最大的危害不是精子的缺少，而是精神的缺失。"朋友从事写作多年，平时喜欢拍花花草草，世间百态。若遇意见不合，即便是权威高官也绝不趋炎附势，道不同不相为谋。我们几个都比较欣赏他，反观自己，工作生活中，为了使结果更加顺利，总会屈就与假意敷衍。久而久之，精神两字无从谈起。精子固然重要，依然是血肉皮囊，精神却是人之根本。

再谈精神，近来颇多感触。食品发放的对比，十指手指也有长短，大家还是要理解宽容。核酸检测排队中，有一个妇女插队撒泼，是近些年屡见不鲜的伎俩，你一碰，她就倒。好在现在有视频为证。政府发了食品，你说没有燃气坐等饿死，这样说真的好吗？这一切都是仓促上阵，安排上总有缺漏，如果换作你，舆情肯定更大。世上最简单的事就是挑毛病，挑完毛病愈觉得自己言辞凿凿，仿佛站在了某种道德的制高点，我替你悲哀。

言归正传，关于精子的事还是要重视。从事海参生意多年，我突然感到自己所做的意义重大。《本草纲目拾遗》记载："海参，味甘咸，补肾，益精髓，摄小便，壮阳疗痿，其性温补，足敌人参。"选海参，选大品牌，有机认证。千秋万代事，马虎不得。

立　夏

　　杜鹃未开之时，邀朋友来看杜鹃满园的景致，终是没有来，如今只是三三两两。含笑花有着一种迷人的香气，而花瓣总有些耷拉，不能符合心中对美的追求。络石爬满了后山坡，远远看去翠绿中白花星星点点，映衬着山顶寺院已经近灰的黄墙。蔷薇落尽，李子满树，翠竹褪去褐色的笋壳，向天空表明自己的姿态。春天过去了，不管你愿不愿意。

　　随风说，我们终在时光里活出不堪的样子。像花谢时，枯萎的花瓣，或者是随时掉落的红色杜英。但说出这样话的人，他的明白、透彻，在岁月里精炼，每一次相见，依然让你如沐春风。敬亭山是因为四时的变化，还是因为她不为讨好外界自顾演绎而永葆青春，我的心中自有答案。

　　有时分不清蓬藁与树莓或者覆盆子的区别，像那年分不清芒与荻。时间不会因此停摆，生活依然勇往直前。我们总是希望生活不要有变数，然后在稳定不变中老去。再回首，感慨波澜不惊，流年虚度。勇气是那年放飞的风筝，终究在追求中渐渐庸俗下去。

　　九岁的奕奕对妈妈讲，生活中没有"不可能"三个字。她着急的模样，惹人怜爱。托斯卡纳艳阳下，那句著名的台词又跳出来：

"要活得精彩，多做尝试，永远不要失去童真的热情，一切都会如愿以偿。"我们总因为那些必须去做的事，而失去改变自己的机会。这是小朋友不能理解的。

很多人包括自己，也许终其一生都无法理解生活的意义。相对那些突然而至的意外，内心的固执才是症结。

生活的意义

好在生活无意义，才可以赋予各种意义，若生活有意义，这意义又不符合我的志趣，那才狼狈至极。

——木心

刚接触台湾散文时，为某几位作家的辞藻华丽所倾倒。孟生说，你多看几篇，也会味如嚼蜡。的确，这样的文章，不用多看几篇，同一篇第二次读来，便感觉索然无味了。相反，有些文章，初读时感觉平淡，没有出奇的文字，但很多年以后，你依然会记得，不时想去翻看。你记得住的永远是那种语言朴实、感情真挚的。就像生活中的朋友，时间久了，那些经过修饰的人，伪装卸下，慢慢淡出你的世界，像从未来过。

小青跟我说，别人都说她很幸福，老公比他年轻，又帅又诚恳，知识面丰富，还会赚钱。但是她却一点也感觉不到幸福。每日就是从早忙到晚。老公还时不时问她："小青，你知道徐霞客吗？""小青，俄乌战争，你怎么看？"每次听到这样的话，她内心感觉极度烦躁。她想去没有人的山上，住上一星期。老公每次对客人信口开河，她都免不了要讽刺几句，说别信他，他总是胡诌，他答应给你的土鸡，我等了二十多年，也没有吃到。

　　生活就是这样，我们偶尔会被她老公的幽默所感染，但对于小青而言，我们第一遍听到的话，她已经听得耳朵起茧。生活就在那里重返往复，日日不断，好像开头说的，被赋予了意义，却不符合自己的志趣。当我向别人推荐电影时，或许对方的心情也会如小青一般。人们总会产生一种错觉，觉得自己好的东西，别人也会认为不错。也或许是在乎某一个人，想制造一些共语。但无论出于某种目的，都应该浅尝辄止，以观后效。

　　有一个朋友喜欢看篮球，他的老婆在他的熏染下，慢慢地爱上了篮球。两个人一起看 NBA，对球星与某一个上篮，侃侃而谈。我看完《刀锋》，孟生买的一本英文版也到了，我们将为这本书展开讨论。友谊与爱情，总是互相吸引与迁就。很多人羡慕别人的幸福，其实在两个人的关系中，都需要改变固定性思维，否则就是彼此消耗。即使你不能爱他所爱，至少也要让他觉得你支持并欣赏。

　　我还是无法控制我的情绪，这是天性。但每个人都要接受，老天给予他的一切。生活不是炼狱，也不是天堂，一切看你如何应对。

城中饭肆

生活是越简单越好。

从一场闹腾的宴席归来，浑身散发酒味，席间不知说了多少妄语，第二天他人提醒才得知。这样的生活，终归是一去不返。

至于餐食，本人不怕得罪众多好友，或许是此处人多好新鲜，好像称得上经典的屈指可数。若一定要选，几年前的 78 号，可谓匠心独具。重要的不是迎合顾客，而是坚持自己的理念，遇见赏识并忠心于己的人。

材质很重要，不是说贵，要新鲜，健康。年轻时，在四川待过一年，口味很重。近来由于肠胃问题，吃得较为清淡。但凡在外就餐后，回来必口干舌燥，需几天方能恢复味觉。

这与调味品有关，与食材有关。饭店好放鸡精，或多放油。食材今日不用，也不会扔掉。至于厨房卫生，有时不忍细想。试想，多少对妆容万分在意的女子，平时多么讲究卫生，但对端上来的餐食，她们没有任何选择的权利。

我爱这座城市，但以我的阅历与清醒，我必要说，这是一个缺乏底蕴的城市。不说南宁，或者重庆，或者杭州这样的城市，就连有一年在塘下镇吃的一顿饭，其精致可口，也胜过此间无数。

或我说得有点绝对。抑或是远处才是风景。在利的推动下，人心浮躁，急功近利却是不争的事实。或许这座城市，也有过一群追求品位多于追求利益的人，她们可能在竞争中已经消失或转型。

什么时候，菜品可以如一位素妆的美女，以她的真面目示人，让人口齿留香，肠胃无碍？什么时候，城中出现一家值得一荐再荐，频频回顾的老牌饭店？

我们不缺乏充满智慧的酒店老板，也不缺乏有鉴赏力的顾客，我们只是缺少一种彼此间真诚的交流。

读毛姆

　　《刀锋》里有这样一个故事，一个印度的诸侯王，在他 50 岁那年，告别华丽的宫殿、爱他的妻儿，做了一个云游四方的苦行僧。毛姆在两年后遇见他，他胡子拉碴，面容清瘦，但双眼流露异样的神采。毛姆问他为什么要这样做？他说："为了来世。"如果没有来世，此生将毫无意义。诸侯王相信轮回，相信苦行会让家人获得幸福，会让来世免遭厄运。我时常看印度电影，或孟加拉国的纪录片，贫民窟的人们，或者遭受种族歧视的人们，他们在面临困苦时那种乐观的态度，是他们的宗教与文明给予的心灵慰藉。

　　关于宗教，毛姆也有很多的涉及。在《人性的枷锁》中，菲利普在德国南部，教堂中新教徒济济一堂，充满虔诚，而他信奉的天主教，教徒寥寥，大家有一种小众的寡欢，变得漫不经心。自小而来，灌输给他的异教徒的邪恶、无知，他没有看到，反而觉得这是更有热情、更有力量的一群人。在《中国的屏风上》他写道，这些不信奉上帝的人，真的会下地狱吗？如果上帝因为他们不信奉他，而使用这样的职权，那么上帝还是上帝吗？这样的思考，很是难得。我觉得怀疑主义是文明的一大标志，让我们不要片面地陷入思维的绝境。

　　"死的是那条狗。"是《面纱》中沃尔特的遗言，引自《挽歌》。

故事本身是有个人收留了一条狗，然后人与狗成了朋友。有一天，狗咬了这个人。最后消息传来，死的是那条狗。沃尔特因为妻子不忠，带她来到霍乱横行的疫区，本想借此惩罚她，但妻子却在修道院中照顾孤儿时，找到了生活的真谛。生活并非总是能够惩恶扬善，也不会一直让你掌控自如，即使一个人的感情，她也是变幻无常的云。

也许，我们曾经为生命某些目的欢呼，也曾为生命的无意义烦恼。就像菲利普所言："人生没有意义，那么所经历的苦难更没有意义。那还有什么好怕！"

我们都是小水滴，不融入大海总会枯竭，融入就是芸芸众生。

光景不拘

　　乍见之欢，不若久处不厌。但朋友说，两者他都喜欢。"乍见之欢"，是"记得小苹初见，两重心字罗衣，琵琶弦上说相思"，那情景多么美好。"久处不厌"，是"相看两不厌，唯有敬亭山"，世事迷离，山色秀丽，懵懂时看她如此，历练后看她亦如此。尘心倦怠，壮志迷离，唯"敬亭"待我，初心永恒。

　　时光如梭，视力模糊，"乍见之欢"，如暗夜星火，已然难寻。一番"励精图治，苦心经营"之后，意志也曾满目疮痍。梦中惊醒，幼时玩伴，寥落如星。武穆言：待从头，收拾旧山河。精神的江山，在摇摆的心中风雨满楼。

　　再阅过往文字，此心方为安定。岁月静好，从未流失。与三兄论书谈诗，与锋、登论湖味山珍，与科、苗共图前程。"敬亭"犹在，无奈心、眼，总抛"敬亭"之外。即若无人来约，点一炉香，温一盏茶，阅一卷书。小院莳花弄草，后邻金橘爽口。海月漫步，日光和煦，总有人间真味。

　　"局量宽大，即住三家村里，光景不拘；智识卑微，纵居五都市中，神情亦促。"那个对"乍见之欢"与"久处不厌"都喜欢的朋友，他过得很平淡，也有很多束缚，但他对生活总是报以最美的期待。或许，人人都该如此吧！

老中青

中年人一看体检报告，总有种城池沦陷的感觉。马不停蹄，征服世界的旅程，好像刚刚开始，却不得不偃旗息鼓，回去护城。之前所谓的雄心壮志，可怜华发早生。满堂盛宴，不如一碗细面，廉颇未老，颇有英雄气短之意。

朋友说，老的时候就怕孤单。我说清静挺好。他说你未到我这个年龄，还不懂。任何向往，都是此一时彼一时。或许他孤单久了，又渴望喧闹；而我，感觉人事纷杂，有时躲一下，方能更好应对。

我说立锋不知人间疾苦，立锋说因为我吃了太多苦，所以要好好享受生活。对他人的理解，我们总是存于表象。无论痛苦、幸福，都是个人的自我感受。他人能做的，就是尽量约束自己，不给别人造成压力与困扰。没有触破那浅浅的保护层，他日相见，唯有感激与美好。

最近认识一位年轻人，很用心。他努力想做成一笔可能的生意。我却不喜欢太刻意。面对一些不用心的朋友，我感到失落；面对一些太用心的年轻人，我又觉得应该适可而止。人到中年，思想的维度也开始偏中。不过在他身上，我看到了当年的自己。未来属于你们。

日子好像在重复，因为不同的交织，有了不同的感悟。年长的经验，同龄的领悟，年轻的朝气，我能学到什么呢？守着自己的城，看着四时的风景，一切波澜不惊，一切了然于心。

莫问出处

　　有个"朋友"对我说："是不是现在我混得不好，你这样针对我？""我针对的是事，不是你，也不是你的状况。"他又说："是不是现在我有点落魄，你的态度就跟以前不一样了？"什么是落魄，一个人如果对自己负责，对家庭负责，过一些平凡的小日子，算落魄吗？他总是以为我态度的转变是因为他境况的改变，可以联想，若我境况有些差池，估计他理都不会理我。再试想，在他认为他不落魄的日子，我也没有平白无故地得到他的照顾。况且我从来恪守"无功不受禄，礼尚往来"的准则。这样的"朋友"算是以利相交的典型代表。

　　昨天谈到一个命题，公务员退休后，有几个现在把他奉作上宾的人，再与他来往？有些人清楚，有些人糊涂。我们往往牺牲很多时间，应付所谓的"朋友"，而把真正的朋友忽略了。什么是真正的朋友？首先应该有相同的价值观，友情双向通行，没有动机，敢于直言，默契，一切以关心对方发展为前提。公务员的朋友，笑眯眯地看着我，推了推眼镜，"我知道我退休后，你会来看我。"这一刻，我有点受宠若惊。

　　近来，寒潮与纷争。很多的东西，在失去的时候，才陡然觉得她的珍贵。听说慈溪缺水，问余姚借，余姚不肯。现在问绍兴借。

昨天洗澡的时候，想起这件事，我把时间控制了一下。借水与借钱一样，不能说余姚不大度，可能她也有一本难念的经。很多人就是这样，只顾念自己的经，待在自己的问题里，罔顾他人，也不懂得开源节流，这样下去迟早要出问题。

成功的人总是在问："朋友，我能为你做什么?"不成功的人，总是在说："为什么幸运的不是我?"小 Z 今年公司发展很快，资金有些跟不上。我好久没见他，只在微信里聊，也帮不到他，彼此鼓励。他说："阿哥，我公司你也没来过。"我去不去，他都在我的心里。很多人看到了面上的风光，背后的艰辛与努力，常人无法体会。

莫问出处，是一款茶。感情无价。莫问出处，是街上汹涌的人流，以及若干个风云人物。莫问出处，是一种精神，一种前瞻的态度。每一天都是新的开始，重复还是更新，在你自己。

腊　八

　　有一个地方第一次施粥，来的人很多。大家轮流排队，气氛祥和。突然，有一个人说家中有老人，打了一碗，还要一碗。施粥的工作人员说，一人限一碗。这人就破口大骂，说施粥本身就是善事，打一碗给老人怎么了？后续排队的也嚷嚷，给他一碗便是，我们等着呢！无奈给了一碗，后面又出现类似的情况。队伍还长着，而粥见底了。没有喝到的，心中亦愤愤不平。施粥的单位，本身想做一件好事，弄得大家怨气，说以后再也不施粥了。

　　前不久，有一个人在某个群里嚷嚷。说有个路口，出了几次小的事故，必须设置隔离带。进来的方向本身就有，就是有些残破了。出去的地方呢，这边想等年后，道路改造好，再统一规划。偏偏这个节骨眼，出了一起小事故。那个人便如有预见的智者一样，大肆渲染此事，说："我就说了，一定要出人命，才会重视吗？"我觉得，反映问题是对的，如果你是为了博得眼球，彰显自己多么有先见之明，这样的动机，本身就有问题。偶发事件，以偏概全，往往让人走向极端。

　　近来事多纷纭，愈感觉一切没有标准答案。有些人远了，才看得见他的优点。有些事也一样，远了才看得清楚。四人帮半年没见，好不容易凑一块。每个人的变化，显而易见。萧萧说了他的妹妹，说妹妹思维太过于限于所处的位置，如果终其一生，在这个岗位上能获得什么？这不是消极的话，而是让你认清自己，不要自怨自艾。很多时候，放下一些不实际的想法，不要对已不能更改的结果抱怨，才能更好地工作与生活。

　　道观不像寺庙那么开门，只有走完才能识得它的大概。每一步，要自己去探寻，才不至于浮于表面。远离喧闹的人群，独享清净的天地，所经历的种种，像枯索的树枝，走向分明。关帝殿旁的蜡梅开了，在落日余晖中，用自身的娇柔对抗天地的萧肃。施粥还是要继续，我们应该为那些需要我们的人活着。

田园风

　　山岩昨天说："明天清晨会有一篇小散文见诸朋友圈。"突然睡醒，确实按捺不住。好文章见多了，提笔就难，不能初生牛犊不怕虎，对文字的喜爱变成了敬畏。不过，有时是熟悉的场景，无新意可言；有时陷于某事，不得自拔。倘若遇见一些新鲜的事，有趣的人，心头就痒，粗写几笔以做记述。

　　鲁迅写过，胶东烂在地里的大白菜，到了北京便奇货可居。很少去田地的人，遇到一大片菜地，一如童年时的小河，心中不胜欢喜。虽然已过时序，暮色下的大白菜，依然保持阵势，全无颓败之意。树下田间的荠菜，很多已经开花。他们说这是荠菜老了，老了就不好吃了。青菜竟然也开花，他们称之为"起哄"。"起哄"，原来不是人类专属。我问是不是所有的菜，都会开花？他们回答，都会，你看那大白菜，如果你下个月来，也会起哄开花。朋友边回答，边劳作，不一会就挖了三大袋荠菜，老不老没关系，关键是新鲜。人到一定年纪，就喜欢上了土地，因为没有比她更踏实的东西，你播下种子，她就给你收获。没有无功而返，亦不会不劳而获。

　　日头渐渐隐没在树丛，喝完主人珍藏的老白茶，众人入席。小海鲜不胜枚举，三年的雄鸡汤，引得吃鸡高手连连称赞。他喜欢吃皮，峰哥便问，鸡的哪块皮最好吃？答曰，颈部。主人忙着呼应，兄弟所言极是。我问，何为线鸡？高手说，线鸡为阉割后的公鸡，阉割后成长就快，个头就大。线鸡并非一无是处，做白斩鸡最为合适，不塞牙缝。主人着重介绍他的咸蟹，众人一尝，果然咸淡适宜，口感甚佳。问，此何处出产？峰哥答，东海。主人忙举杯，真知己也，半杯杨梅酒一饮而尽。见峰哥纤手剥橘，问，此何处来？答，涌泉蜜橘。又敬一杯。满座他人已然无存。对食材有研究的人，遇到他人一语中的，颇有相见恨晚之意。随后，主人便不见踪影。

众人酒酣耳热之际，独自出去。天色已经大黑，星光点点。空旷之处，气温很低。白日的景象，已在黑夜揉成一团。不喝酒的几位陆续出来，归意殷勤。从窗外向内窥视，里面高潮迭起。情意万千，终有一别。主人在朋友搀扶下，与我们告别。回来我驾车，一一送朋友到家。最后剩我与峰哥两人。他突然说，阿群，你太认真，有时不必太认真。又说，你这个人不会占别人便宜，但吃亏也不来。

大白菜与荠菜，我都分得一份。我没有劳作与付出，实在是占人家便宜了。

农　民

　　印度电影《农民》，讲述了一个在美国宇航局工作的印度人，放弃了人类第一次登上火星的机会，回到泰米尔邦务农的故事。故事情节有点生搬硬套，但是其中隐含的事实，毋庸置疑。发达国家，并非没有制造汽车、生产牛仔裤，或者生产可乐的能力，他们把一切放在发展中国家进行，最终再把产品卖到他们的国家，并非出于成本的考虑，也不是扶持，而是为了自己的环境尽量不受影响，攫取该国的自然资源。然后通过汇率操控，不断增发货币，以最小的代价获取一切。发展中国家，因为自身的问题、政治经济的考虑，不得不为之。

　　去过发达国家的人，都知道那边的自来水可以直接饮用，超市的水果、牛奶都是有机食品，公园绿树成荫，天空一尘不染。所有这一切，都是建立在发展中国家的烟雾弥漫、河流污染之上。陆总说，他们那一代人，如果不孕不育，那真是千中其一。我们解决了温饱，却面临更多的问题，疾病、住房、心理压力。国内创业成功的人，为什么移民海外，不仅是从政治上考虑，更多是环境。我们为所谓的财富牺牲健康，为今天牺牲未来。

　　绿水青山就是金山银山。看到恒河水，秋雨先生由衷感叹，文明从何说起？环境是一切之本。这几年，河道清了，天空蓝了，白鹭飞来，星星满天。我们这一代人，与改革同龄，摸着石头过河的年代，已经一去不返。电影最后主人公绝望之时，民众把转基因食品付之一炬。觉醒的火苗一旦燃起，就会熊熊不息。

　　清权讲了一个有趣的事，他说粘鼠贴每次粘住的都是小老鼠。我说是不是大老鼠太大，粘不住呀？他说不是，是大老鼠老谋深算。看到吃的东西，就冲上去，毕竟是小老鼠之举。庚子即将过去，我再也不想做那只小老鼠了。

偷来的时光

　　借那些挤出的时光，把冬天移到春天。看红梅绽放，雪子飘落，蜡梅盈香。樟叶一阵风过，落满黑色的柏油路，又在池塘的浅底，铺设华丽的锦缎。李花不过三五天工夫，便消失殆尽。海棠花开，沾满三月的雨水。柳条新绿，杜鹃争先恐后，道边的蝴蝶花，溪旁的迎春，春天已过半了。那只叫春的猫已不知去向，鸟声婉转，天色微明。

　　时光，把人抛远了，静静地落在一角。《山河还记得》看完了，那个少年经历的一切，与我们的回忆总有些相似。这就是时代。一天一天这样走过来，一回首就是一个时代。夜梦频多，最忆总是少年时。狂歌痛饮，四处漂泊，那些人那些事，即便不能妙笔生花，也在春天的溪流里翻滚。每一个褶皱，每一个涟漪，都是一首悠然的歌。不过唱者有意，听者无心罢了。

　　朋友说，《白鹿原》中，最悲惨的是田小娥。我觉得不是，小娥固然值得同情，不过后来勾引孝文那段，是她人性的一个转向。从受害者转为施害者。孝文老婆在孝文卖房，住到小娥那个窑洞时，她的心已经死了。但要说可怜，兆鹏的妻子——冷先生的女儿，她才是那个时代最大的牺牲品。她的命运从来没有自主的机会，新婚之后，她就活成了一个寡妇。冷先生虽然开明，但终究对那个时代妥协。他会花费重金去救那个名义上的女婿，却无力把真实的女儿接回家。

我也许会成为白嘉轩那样的人，但没有他硬气。想成为朱先生，又没有他的学识与睿智。兆海与灵灵殊途同归，她们没有献身于理想与家国，牺牲于内耗。多少家庭、多少事业莫不如是。即便你是一个人，一生中也会把大部分精力浪费于无谓的事情与精神内耗。苏子也是很久才明白，人生也无风雨也无晴，一切不过臆想。

黑娃跪在白嘉轩面前，这一幕使我动容。他的一生，这一跪已足。他终没有等来兆鹏，那个多次给他承诺的人。其实，兆鹏来了也无法改变黑娃的命运。一生中，所有的辜负都不能怨人，他人与自己都无法对抗时代的洪流。意志坚定的人，即使不能走得很稳，但他始终属于自己。

"各人有各自的生活，往后不许再说读书的事。"嘉轩对两个儿子说。看到最后，家教还是最重要的。即便孝文一段时间迷失了，最终还是回到了正轨。时代一直在变，跟风并不可取。不惑于外物，勤勉敬业，每个人都是英雄。

时常在村后的小丘踱步，喧嚣渐远，内心趋静。一遍遍扫着台阶的落叶，看一群鸟在林中穿行。突然想起几年前朋友问我的一个问题："你为人的宗旨是什么?"答案就在这些偷来的时光里。

重读芥川

　　一首歌唱得很无力的时候，你会感觉年华逝去，曾经可以歇斯底里，现在却力不从心。时间去哪里了？很简单，你可以在那些去过的地方找寻。她们一直在那里，虽然你多次许诺重去，结果除了四明山，其他地方你都辜负了。时间就在那些辜负的岁月里。精力去哪里了？精力去了那些年认识的人身上，真挚的朋友之间因为感情互相流动，不损分毫。而有些人只能在重逢中相视一笑，感谢彼此的消耗。

　　最近，重读芥川。"我们对世俗嗤之以鼻，又与其同流合污。"每个人或多或少，都会有这样的感受。我们看到生活的诸多不如意，又无法脱离。这个瘦小的男人，他的文章篇幅短小精炼，没有一句废话。里面的人物让人过目不忘，蕴含的哲理令人深思。《罗生门》因为黑泽明的电影广为人知，而用的却是《竹林中》的故事。真实的《罗生门》，讲述了一个被辞退的仆从，在尸体遍布的城楼上，剥掉一个正在拔死人头发的老妪的衣服，以换取暂时不被饿死。他套用了老妪的理由："我不拔她的头发去做假发，我就会饿死。而且她（尸体）也不是一个好人，活着的时候用死蛇冒充鱼干骗人。"仆从认为，她拔死人的头发，也不是一个好人，我不剥她的衣服也会饿死，所以坚定了做强盗的信念。人的转念竟然如此可怕，借这样的一个故事，芥川想说明什么呢？

《竹林中》是现在真实意义的罗生门，讲同一件事，不同的当事人为了自己的利益讲述不同的版本，让真相变得扑朔迷离，难以水落石出。生活中何尝不是这样！朋友之间，也许会为他人的一句话，互生罅隙，从而产生误解。大多数人总是偏执相信事物对自己不利的感觉，这是防范心起作用，所以很容易被一些流言影响。其实，何必参念他人的一时之语，人的情绪都有起伏，我们应该关注自己的成长，而不是外界的评说。

《秋》中，姐姐发现妹妹也喜欢同一个男人，就退出，成全了妹妹。一年后的一次寻访，妹妹看到她与丈夫在小院散步，心生妒意。姐妹不欢而散。《西乡隆盛》讲一个革命者，几十年前被历史记录已经战死，但通过一个很像他的老者，用现在的怀疑对当时那种情况产生怀疑。不知哪位哲人也说过这样的话："生活中遇到的事情，我们至少要怀疑一次。"《毛利老师》是个长相猥琐、讲课时口齿不流利、经常被学生嘲笑的人，很多年以后，学生碰到他，他被咖啡店的店员围着讲英文课，以为他在这里得到了推崇。后来一位给他服务的店员的一番话，他知道了，毛利老师还是那样，是大家无聊时的一个调侃对象而已。我总是会想起这个脑袋像鸵鸟蛋、稀拉拉有几根白发、系着紫色的领带的矮小老头，他象征着那些一辈子被人嘲笑的人物，然后默默心生怜悯。

《地狱变》算是真的惊世骇俗，画师良秀对作画是全情投入，力求完美。他可以为画死人，在尸体边立几个小时。他遭大家讨厌，而一只以他名字命名的猴子却很受大家喜爱。他最后以女儿被活活烧死，完成了传世之作。对于艺术的追求，超过人性承受的范围，这样的艺术还算艺术吗？

从另一个角度来说，芥川也算我的朋友。我喜欢他作品中的戏剧性，总觉得自己也走入那个画面。而《安琪拉的灰烬》这部电影，我感觉到它的文学性，观赏它，犹如在读一部小说。后来查了一下，果然是文学作品改编的电影。这些都是不可多得的佳作。

　　人生的意义是什么？有人说是经历，有人说是活在当下。我现在认为是你要时刻感受到意义，那么生活就会充满意义。

买房未遂

昨天吃饭，小舅子说某个楼盘在房闹。我说是不是上次你姐姐抽中，付定金时，因为不经常操作此类事情，惊慌地输错了三次密码，而没有成功签约的那个楼盘。他说是的。因为楼盘一期（也就是我们抽中那个）余下的九折优惠，导致那时签约的客户，联合去售楼中心抗议。小舅子说，三舅妈说姐姐运气好，她们买的已经亏了几十万。但小舅子又说，如果现在不去买，这个楼盘对你们来说，也只是一个过客，没有丝毫影响。我不这么认为，觉得这是一种幸运，如果当时买了，现在资金困难急于出手，那么是不是就造成了损失？回想那天自己遥控指挥，现场传来的照片，人山人海，中签的狂喜，密码三次输错，销售人员倨傲不屑的神情，不容规则破坏的坚定，真是一场"人性争夺"的大秀。

买房只有快感，不会带来快乐。真正的赢家，绝对不是普罗大众。或许侥幸升值，其实也是社会形势的发展。望着密密麻麻的楼群，总有一种压抑之感。孟生称之为蜂巢，多么形象。城市住久了，便越怀念，那些山村里零星的灯火。生活应该是怎样一个状态，才能给我们愉悦与快乐？是房产证，还是内心的山水；是存折上的数字，还是可以自由支配的时间？

央视最近有几个公益广告拍得很不错。一个小女孩弹琴，弹得很快。奶奶问，问什么弹那么快？小女孩说，弹得快，显示我水平高。奶奶说，你要慢慢弹。也是这对组合，还有一个是讲小女孩画画，她想把空白的地方都画上树，奶奶说，你画几只鸟，其他留白。另外一对是爷孙，孙子说爷爷我们为什么要写毛笔字，电脑打字不好吗？爷爷说，一笔一画，你自己写出来，才能懂得做人的道理。时代发展太快了，我们要等自己的灵魂跟上来。

月亮与六便士

　　"如果一个人跟不上他的伙伴，那也许是因为他听到了生命的另一种鼓点，遵循的是生命的另一种节拍。"《瓦尔登湖》与《月亮与六便士》在某种程度上是契合的，它们都是一种超然主义，它们并不反社会，只是更加忠于自己，它们不是活在社会赋予的意义中，而是追求理想的光。

　　毛姆的文字有种难言的吸引力，看似简单，但那个字都值得玩味。史崔兰的人物塑造上，我们看到他的冷漠，又看到他对艺术的狂热。"那时，我尚不知人性有多矛盾，不知道真挚中藏有多少做作，高尚中藏有多少卑鄙，或是邪恶中藏有多少善良。"作者引发了这样的感慨。同样，史崔兰夫人在失去丈夫时，她觉得如果丈夫被一位女性勾引，她反而能够接受，但为了画画这件事，她觉得社会对丈夫的非议就减少了。她在人前装出失去丈夫的可怜样子，让作者对她的怜悯立即下降。在失去丈夫这件事，她多么工于心计。而丈夫死后成名，她对来访者的殷勤配合，更是看出其不简单的一面。她的做法，无可厚非，但绝不真诚。

　　大溪地风景如画，史崔兰还是依然故我。客人来了，让孩子上树摘个椰子，做饮料，然后去溪水里洗澡，准备晚饭。他在这里寻找到了自我。饭店老板娘讲到，当时史崔兰病死后，他的物件拍卖，

　　画作只要五六美元，她却用 27 美元拍了一个蜡烛台。几年后，她谈到这件事，依然觉得后悔，因为史崔兰送给农场主的画，当时已经价值 3 万英镑。可惜归可惜，她还是热情地向作者讲着史崔兰在大溪地的生活，一遍一遍，不知疲倦。

　　文中插了这样一个故事，讲一个刚毕业的医生，他是全校第一，即将被一个大医院聘请，年薪一万英镑，前途不可限量。他在奔赴工作岗位的旅途中，看见水手在甲板上工作，那时正值黄昏，阳光温和，汗水流淌，下船的人鱼贯而出，远处波光粼粼。他突然爱极了这样的画面，决定留在船上，做了一名水手。很多年以后，有人看见他头发蓬乱，衣衫褴褛。这个故事，是替补他去医院上班的同学说的。同学说，我本来没有机会，只是因为他放弃了，我才有现在这样的生活。意义是年薪一万英镑，还是一刹那的眩晕与执迷？也许真的不好说。

　　"追求梦想就是追求厄运，在满地六便士的街上，他抬头看见了月光。"翻遍全书也找不到这句话，不过读下来，就是这么回事。史崔兰是高更吗？铁兄说，是也不是。

鸟 巢

昨夜狂风大作，我在厅前看门口绿植随风摇摆，担心这鸟巢会否有倾覆之险。自发现她以来，心中便有了一份牵挂。常在门后，透过玻璃，看那只白头翁翘着长长的尾巴，警觉地环视四周。待我开门时，她便急速飞走到前面邻居家的屋顶，观察我的行为。巢中有三个蛋，有深色斑点，与鹌鹑蛋相似。她将巢筑在此处，也是煞费苦心。近几日，我轻轻开门，她不再飞走，想是孵蛋已到了关键时刻。我就静静地观察，感受这难得的奇景。

孟生在我看完《月亮与六便士》后，也迫不及待地翻开了英文原著。当他看到创作的冲动如同癌症在史崔兰体内扩散蔓延，布谷鸟在别的鸟巢下蛋，等自己的蛋孵出，就把鸟巢捣毁之后，连声感叹。我下意识地输入："鸠占鹊巢。"他说："这是中文译本的表达吗？""是的。"我肯定地回答。他说这个跟原意不符。原意应该是史崔兰与夫人成家立业，待理想孵化而出，就把这个家庭毁了。我却记得有"鸠占鹊巢"这四个字。我知道他是较真的人，第二天特意翻看，发现中文译本并没有这四个字，而是与他认为的翻译一致。我可能在看到那段话时，自然地跳出这个词。然后就谬记为原文，对其他事或许也过于感觉为上了。

《易经》讲，人生最重要的是定位。这只白头翁无疑是合格的。

她寻找筑巢之地，辛苦衔来一草一木，下蛋，孵化。人在社会中，多重角色重叠，思绪混乱时，常有"鸠占鹊巢"的错误认识。追求变化没有错，但过度也是一种僵化。一切都由恒定与变化组成，没有恒定，就没有自我。鸟巢是固定的，去哪里觅食，可以选择。

　　俄乌持续胶着，股市恐慌下跌。什么时候，否极泰来？小百姓如我，有一巢栖身，可避风雨，快然足矣！

快速地二选一

　　自我感觉好、一言堂的领导，也许对下属有一种压迫。但相对于处处求认同、事事求理解的人，还是有利于企业与班子的发展。这样的人，首先他自信，身心愉悦，然后企业照他的思路发展，步调一致，即使有少许弯路，只要没有私心，没有大的品德瑕疵，有一定的能力，最终还是会走向正轨。当然人们最期望还是领导能够广泛听取意见，体恤下属，这样的局面，少之又少，即使你处在这样的环境中，随着时间的推移，个人得失的变化，也难保你一直满意。人们对已拥有的东西，向来不会珍惜。

　　个人太过于敏感，对外界反应过度，对发展甚为不利。外界好评，便觉得信心满满；他人诋毁，便觉得意气消沉。这样的人无疑是不成熟的。你为自己而活，不为他人。客观理性地分析，外界的反应，而不是被她牵着走。一个人活在世上，创业也好，生活也罢，都应该有自己的准则、追求的信念，这两样东西必须坚持。任何违背自己准则的事情，不能去做；任何动摇信念的话，不用上心。

　　为人处事，没有一帆风顺的。有失败的困苦，才有成功的喜悦。经过很多次调整与摸索，你终会走在适合自己的道路上，迎接属于自己的阳光。为任何人与事让步，要控制在能够承受的范围。切莫两极分化，与自己较劲。珍惜在一起的人，对离开的朋友说声感谢。

很多朋友，陷于职场的纷争不可自拔。她们无法选边站，却必须选边站；她们不想发表意见，总有人想咨询她的看法。有人的地方，就有江湖，人在江湖，身不由己。我庆幸自己没有这样的烦恼。稻盛和夫的私心了无，能够最好地处理这样的关系。毕竟大家都不是傻子，只是偶尔地片面地陷入某种极端的情绪之中，等他拔出来，清醒了，便会理解客观公正的你了。

珍惜生命中可以自主的部分，明白自己的第一要务，放下纠结、快速地二选一。

族中人

《族中人》到我手中时，带着油墨清香，刚刚出版。岑老师郑重其事题上"陆立群先生指正"，异常荣幸，亦有感惭愧。老师是小说名家，岂是我辈可以指正？那时手上正好打开周志文的记忆三部曲，不能半途而废。等我阅完《家族合照》，岑老师参加多次新书发布，《族中人》在圈内已经爆红。

不管早迟，小说不是新闻，她是艺术，艺术具有时间与空间的跨度。开卷有益，第一篇是《裁缝阿太》，讲一个裁缝晚年，回顾年轻时，嫁到周家，然后男人去上海滩跟黄金荣混，她去找他，男人已经有另外的女人，把她赶了回来。她娘家也没有人了，只有住在周家。因为没有子嗣，收养了一个孩子，长大知晓了就去找亲娘，又扔下她。后来别人说，"孩子一百，不如老伴半脚"，于是找了一个男人，没料半年后，没福气又生病了。老头倒是好，照顾她，她过意不去，让他回去。最后一个人总是喃喃自语，"我要走了"。当人们发现她时，她已经上吊自尽。文章不长，极尽凄凉。

文章动人之处，在于作者的洞察力与怜悯心。后面的二叔、姐夫、杨义之先生、高僧，莫不如是。每部小说，篇幅不长，独立成章，又有穿插，如杨老先生遇见裁缝婆。很多人的一生，寥寥几笔，就总结完了。这需要作者有一种高度，以简概繁，让人阅之意犹未尽，又感觉恰到好处。

　　周志文《家族合照》，更多是亲人之间的一种牵连。《族中人》是个体的命运。阅读起来，感觉书中人物就是身边人一般。这是因为地域相同、时代相同引发的共鸣。

　　《族中人》对篇幅的控制，很适合现代人看。因为节奏快，忘性大，能够静下心来看一部长篇的人越来越少。可能在你一杯咖啡的时候，一个人的一生就已阅尽。然后，你饮一口，卡布奇诺已经不是昨日的卡布奇诺。它带着他人命运的高低错落，给你一种五味杂陈的感觉。

　　听闻，岑老师也要作三部曲。期待在书中遇见更多鲜活丰盈的生命个体。或许，我努力一点，他可能会把我写进去。

茶

　　昨天路过村口，J 与 H 在聊天。一个说，下一代抽烟的人要没有了，他说他的父辈，每个人都抽烟。到他这一代，老堂中就剩下三个。他们的下一代，一个也没有了。另一个说，他们的下一辈，喝茶的人也没有了。都是牛奶、咖啡、果汁，或者就是从茶中萃取精华做一种饮料。我说，茶还是要喝的，以前我也不喝，可是现在我不喝茶，那么就感觉心灵无处安放。所以我相信，未来烟可能会消失，茶却会增长。

　　以前喝可乐，三十岁之后，慢慢喝茶。先喝绿茶，然后喝白茶，现在以普洱与白毫银针为主。慕思陆总的出现，令我对茶的质量产生了重大怀疑，再也不敢乱喝茶了。生长时，有没有打农药？炒制时，有没有戴手套，放黄油？储存时，是不是通风避湿？泡制时，方法对不对？好在，自己朋友比较多，卖茶叶的也不少，而我对朋友也是百分百信任，所以茶叶到我这里，应该是令我放心的。至于如何泡制，请教一下陆总这样的专家，我想他也会毫无保留地传授，这样前期的工作可算具备了。

　　肠胃不好的人可以喝些红茶，熟普之类的。减肥排油，应该喝些黑茶。肝脏解毒，首选白毫银针。白毫银针，喝起来也方便，像绿茶一样，先用七八十度的水冲泡半杯，然后慢慢注满。不用洗，洗了会把白毫冲走，那么就跟喝次一等的白牡丹一样了。白牡丹年份久了，也是好的。年份久了，就要煮。新买了一个莺歌烧，带遥控器。放些老白茶慢慢煮，待水沸腾的时候，满室飘香。经常喝酒的人，应该多饮老白茶。而且老白茶不像其他茶，它不会令你睡不着。老白茶品牌很多，其中六妙这个品牌，我喝过它羊年那款生肖茶，饼面上有一只羊的图案，上面写着"洋洋得意"四个字。冲泡时，它的色泽浅黄，很浅很浅的那种，喝起来回味很是不错。

说起茶，不能不说这些年一些送茶的朋友。黄山的朋友，送我毛峰，那是在屯溪街上一个老茶农，挑着竹筐，朋友沽价买了送我的。喝起来有一股清香，只是那个朋友，我已经十多年没有见他了。安吉的小强，他包了几十亩山地。那次我和峰哥一起过去，他热情地招待了我们。他用家藏自饮的茶泡了给我们。我们坐在小屋门口，前面就是田野，远处山峦起伏，云雾缭绕。一撮白茶，在玻璃杯里，缓缓下坠，真是非常应景。那款"洋洋得意"，朋友共有七饼，我喝完他又送，合计送了四饼。最后一饼拿来时，我查了一下，网上售价3899元，还是两年前的价格。听他们说越陈越好，就藏起来，等懂茶的知音来了再开封。根叔上次给了我一个普洱的砖茶，很多年了，特意嘱咐我要自饮，不要送人。金如老兄送的茶梗，安全放心，汤色清亮，据他说是自己包的山上请专人炒制，茶梗的木糖醇含量很高。今年峰哥与铁哥又送了我很多茶，加上家藏，喝个几年没有问题了。

茶，是天地之精华。披霜饮露，沐雨采光，将自然中最纯净的部分带给我们。只是很多时候，出于功利，我们喝不到正宗原生态的茶了。立哥说，过些天去嵊州朋友家里，让他徒手炒最纯粹的绿茶给我们。因为没有打药，叶子会有些残缺，但是喝起来绝对放心。

我想茶不会在我们下一辈中失去它的魅力与价值。因为你真的无法找到它的替代品。

索　画

　　朋友对索画者，有如此感性认识。画作一成，索而取之，最初时感觉是对本人画作的认同，见其诚意满满、恭维十足，虚荣心也得以满足。索者喜，赠者悦。久而久之，发现索者不是将画作束之高阁，就是在搬迁途中随意丢失，心中戚戚。画作本身质量，仁者见仁，智者见智。但无疑是心力付出，索与赠之间，亦是感情所系，而画作未来之处境，对赠者之影响远大于受者。索者又并非买者，买者与作者无感情相系，况其对心力付出已做补偿，至于如何处理画作，并无道德与感情的要求。

　　作画如此，弦歌亦是。赏者如白乐天，"莫辞更坐弹一曲，为君翻作琵琶行"。在浔阳江畔，远离京都，地僻潮湿，乐天如闻仙乐耳暂明，琵琶女，亦是有感垂怜，"若有知音见采，不辞遍唱阳春"。黑夜里，那船舱中，音乐与心流缓缓交织，如暮春三月，瞬间光和日暖，惠风和畅。音乐如此，文字更是。想昨日屠兄诗作，得本地优秀杂志编辑赏识，其心喜之，并非即日上刊，而是对方对他的一种认可。

　　作为索者，我定将所赠之画装裱，置于大堂，每日观之。欣赏其山水画意，亦有感于彼此交集。"同是天涯沦落人，相逢何必曾相识。"斯画、斯乐、斯文，最后落处无非斯情。为何时感落寞，或是斯情所托非人。云海潮涌，顷刻无踪，若有会心，允当珍重。

阿豪牛味

乍见之欢，不如久处不厌。久处不厌的人，少之又少，除非是峰哥。他是一个生动的人，总有无穷变化的新意。你猜不到他突然会讲些什么，言语幽默，令人忍俊不禁。至于大多数人而言，再好的关系，还是要保持一种疏离感，不至于彼此烦腻。毛姆说，给朋友自由吧，让他有时间去接受新的事物、新的朋友，那么回来时，他就变成一个精彩的人物。此言不虚。

前不久，在阿豪牛味馆，遇见两位新朋友。以古典诗词著称的 S 诗人，她的大作，很久之前，就已拜读。唐风宋韵扑面而来，若不看署名，会觉得是哪位古人所写。诗人很矜持，没有作品中的那种豪放与浪漫，或许是初次见面，也或许近来工作疲惫。文字或许是灵魂的展示，总是现实的升华。另一位是小说家 X，2020 年，铁兄转载他的小说《惊鸿》，那时被小说中的故事吸引，天天期待下一步的发展，也因这份期待，抵挡了当时心头的苦闷。现实中的 X，也是处处有伏笔。开始他喝啤酒，后来我一瓶尊悦还有一点，匀给他，想今晚自己喝大半瓶正好，不料，他竟然提议，另一瓶也开了。这种气氛，颇有点酒逢知己的意味。我们就一件事情，有截然相反的观点，但并无争吵，相反觉得在对方能力与立场上，采用那样的方法，完全正确。他长我五岁，看上去要比我年轻，精神气质佳，不知是小说中爱情滋润，还是平常坚持运动，不得而知。

　　Johnson 遇见陌生的朋友，总是有点怯场。我点到他的时候，他羞赧的报以一笑。我和铁哥夸他是通才，他头低得更低了。我们讲起《惊鸿》来，他开始发挥他超人的记忆力，精彩片段一个不落。X 忙向这位认真的读者敬酒。而当他背起"北冥有鱼，其名为鲲……"时，那个充满激情的 Johnson 回来了，洋洋洒洒，从逍遥游讲到董仲舒，讲到北宋理学，说国人想象力消失，便是从独尊儒术开始。有学识、思想有深度的人，只要一个开关，打开之后，便是滔滔江水滚滚而来。即便这么优秀的朋友，我还是抱怨他抽烟，不见其人，便闻其味，但知识是不是通过香烟的烘烤，有了本质的提升，又让我在让他戒烟的同时，有点不坚定了。

　　随风亦是好久不见，他错过了一杯星巴克，也缺席了上周日"溪谷留香"品鉴会。"要么孤独，要么庸俗"的他，总是很好地把握出场时间。那日说 2 日聚，他提出了他的要求，六两的大闸蟹，三两的小梅鱼。为了他能来，也为了不惯着他，我取一样。大闸蟹上来的时候，他亲自去厨房配了调料。他就是那样一个精致的人。我注意他没有吃蟹脚，知道他认为吃蟹脚吃相太难看。于是又调侃他，说他不啃甘蔗。调侃归调侃，对于他，我始终仰慕，那种根植于内心的修养，浑身散发的优雅，好像行走于茫茫戈壁遇见了一支正在绽放的红花。

　　晚秋天，没有一霎微雨。在阿豪的地方，狂朋怪侣，遇对酒当歌竞流连。食物之妙，不如人物之妙。诚然！

如镜新磨

Chapter
04
▼
第四卷

轻舟已过 QING ZHOU YI GUO

陌生人，我也为你祝福

有棵树　四海所向，素履可往
一棵树　的意义　倒影
重心　若遇见梦见的人　自己的感觉
出适学　心理学　都记一爱一
见生　所统该十四
过河极　过去，皆为序曲
退友生盾　自如
是雨荣
活家
山桐悯
心词看
务
远尾法生
人，地　虚梵名不厌　美学旅图　行花　两扰
　　自谷传偏

一棵树

　　山里的树说："你来不来，我都在这里等你。"

　　有一种表现，不是迎合，不是恭维，而是独自在日子里完善着自己。直到有一天，有人看见，有人垂青，有人对你喜欢得不得了。

　　树说："你看，上次你见过的云，它那么绚烂，那么迷人，可是它现在已经不知去向。"

　　是呀，很多人，只是生命中的云，他们再完美，也不会为你停留。

　　于是，你又看着这棵树，发现它在春天落的叶子，比秋天还要多。

　　它会告诉你，秋天大家都去看银杏了，没有人来看我，冬天大家盼着来一场雪，我的绿色那么碍眼，春天大家看了李花开了又谢，海棠盛放，满山的杜鹃迷了人的眼。眼睛都看累了，突然，我给了大家视觉上的休整与美感。

　　我多么像这棵树，虽然曾经我以为我是春花秋月，夏雨冬雪，但是，我现在知道，我只是一棵树。

　　很多时间，我们都要忍受孤独，孤独是为了生长、成熟与完美。

　　朋友说，人生是一个轮回，我们始终要回到放肆大笑、放声痛哭的孩提时代。这不是一棵树四季的轮回吗？

　　残雪消融，鲜花开败，浮云远去，我庆幸自己是一棵树。

心有四海

他，与自己有一个约定。到六十岁的时候，在山间建两间小屋，庭前种些菜蔬，屋后种两棵杨梅。晨饮朝露，暮赏烟霞，晴时耕作，雨来读书。他说，年轻时，已经去过太多地方，现在也不愿跑动。若非大事，轻易不出门。往来也就往昔同事、幼年伙伴，天涯结识的朋友，还给天涯与回忆。也许，大家觉得，这不过是很多人的一时之愿，停留在口语之中。不过，我这位朋友，他已经如此过了一年有余，真真切切，不仅没有厌倦，反而乐在其中。

吾生有涯，而欲无涯。朋友无疑是透彻的。但观乐天之庐山草庐，欧阳之滁州醉翁亭，虽口言平生所好，悦山乐水，终归是贬谪之所，借此聊以自慰。朋友把所在公司的股份退出，余生不再从事经营，可谓决然之然。此念心中存之久矣。或许趣舍万殊，静噪不同，此法非人人推崇，但其追求自己喜爱的生活方式，不愿随波逐流，甚为可贵。

近来，犹喜那种清心寡欲的朋友。自己静静在一处，不喧哗，不闹腾。他们只选自己需要，而非流行与时尚。有人在意服饰，有人在意修为；有人在意藏酒的价格，有人在意小物件承载的情意。没有孰优孰劣，只是每个人都在按自己的审美去织就人生的地毯。但大凡在我朋友那个年龄，若有一种思考的深度，繁华不过烟云，人间至味是清欢。

　　这里没有任何消极的情绪。年少时，应当策马扬鞭，纵横四海，磨炼意志，赚取阅历。到一定时候，一定要知命、顺命，对生命整体要有一个考量。四海渐远，草庐隐现，此刻的我们，心力集中，做长远计。

　　心为形役，山间之草庐，乃心中之四海。繁华不易，平淡更为难得。

凡心所向，素履可往

凡心所向，素履可往。

突然间这句话爆红。Johnson 说再美的语言说 N 次，就变得迂腐不堪。

"如果一个人能看穿世界的矫饰，这个世界就属于他。"爱默生如此说。

他是梭罗的老师。于是梭罗去了瓦尔登湖，去实践老师的信条。

朋友说，二十多年前去西藏，感觉落后、愚昧。二十年来，无数人将西藏看作此生必去的地方。

是为了什么，蓝天白云，纯净的湖泊，巍峨的雪山？还是那千百年来，一直在高原放牧的牧民？

驱使我们去西藏的，是我们日益复杂的内心、污染的环境、琐碎的事务，以及机械的生活。

当然，还有那份信仰。

喜马拉雅南麓的一座寺院，许多个小喇嘛鱼贯而出，在操场上追逐。他们脸上洋溢满足与喜悦。

一幅用各色细沙滴漏而成的唐卡，花了六个喇嘛一个月时间。师父来检验后，画了一个。喇嘛们把图案轻轻抹掉，没有半点失望之色。

　　电影《冈仁波齐》里，即将临盆的孕妇、家徒四壁的屠夫、年少残疾的少年，三步一拜，行程两千多公里，朝圣冈仁波齐。

　　某种符号活跃的时候，肯定是社会追求发生了偏移。

　　真正让人获得释然的，也许就是在天地之间，感受自我的渺小。

　　也许一个人织不出自己想要的五彩世界时，他索性就不要色彩了。

　　千百年来，他们不是没有想过折腾，是他们经过无数次选择，选择了如今的方式。

　　在理塘某间不起眼的小屋门口，我仿佛看见六位活佛，一一而出，走向他们的精神世界。

　　这个世界，属于有信仰的人。

二重意义

　　"我明知生命是什么，是时时刻刻不知如何是好，所以听凭风里飘来花香满溢的街，习惯于眺望命题模糊的塔，在一顶小伞下大声讽评雨中的战场……当第一重意义消失的时候，第二重意义开始显现……"因爱成恨，否极泰来，青春最过张扬之际——老之将至，还是久旱逢甘霖，踏破铁鞋无觅处，得来全不费功夫。命运总会安排转折，只要满怀希望，一直走下去。

　　"味无味处求吾乐，材不材间过此生。"我宁愿理解为在味与无味之中寻找快乐，材与不材之间度过此生。我宁愿生命的意义，在一重之间漂浮，如同我不愿看到任何人的第二重。那是什么，泰极否来，乐极生悲，太史公不为宽汉武帝的心替李陵辩解，或者，朋友之间因为隔阂，对过去的否定。但我知道，这是一个复杂体系，即便你自愿开始的，也不受你的掌控。

　　当第一重意义消失，第二重意义开始显现。当你觉得一个朋友的离开是一种可惜，突然间发现没有彼此的世界，对双方都是新生。当你用惯了的物件坏了，突然发现新物件比原来的好用百倍。即便是再怀旧的人，也会感慨旧时一船的快乐，不如当下一汤匙的小确幸。这个时候，你成为一条鱼。

　　秋天猝不及防，夜晚蝈蝈叫了，南瓜开始开花结果。它们也在等这股热浪的过去。看完了毛姆，看完了木心，好像看完了无数个夏天。意义不过是一个人脑海的推演，此刻的我，又觉得信心满满了。

哲学的倒影

孟生说："没有什么好送你，送你几本书。"

是"从前慢，车马都慢，一生只够爱一个人"的木心散文集。

篇幅不长，正好利用闲暇。一篇篇读来，很有感觉。与其说，我读懂了木心，不如说木心把我想说的说出来了。

《哥伦比亚的倒影》，读了三遍，越读越喜欢。作者穿过哥伦比亚大学，到哈得孙河口，从苏格拉底到泰雷兰德，从美国到世界，一句话往往是好几页，把现实中的林林总总，与历史遗留的真知灼见、个人的神思巧妙结合，读来行云流水，让人啧啧称奇。

我相信了一句话："我们对我们不知道的事，真的一无所知。"毛姆让我执迷，木心亦是。

犹如《查拉图斯特拉如是说》，又比它精练、广博，文采斐然又遍布智慧。

"我决不反对把从前的生活从头再过一遍。"即使不能给我逢凶化吉的特权，我还是愿意接受这个机会，再过一遍同样的生活——我也愿意了，也愿意追偿那连同整船痛苦的半茶匙快乐……

"亲爱的，你知道，思想产生在阴影里，太阳是妒忌思想的……"

我不知道该怎么赞美上面的语句。

"从前是持乌托邦论的为有心人，现在是有心人质疑乌托邦。"

从前"不见而信"，现在"见而信"也是奢侈。

"活在一七八九年之前的人最懂得生活的甜蜜。"

哲学的忧患意识、哲学的唯美追求，总是力图从现实之外寻找另外一个现实。

美好的事物，转瞬即逝。很多时候，遗失就是一种美好。

"年轻的时候，喜欢一个人，后来阴差阳错，天各一方。很多年后遇见，暗自庆幸，当初没有牵手。"

从前是"我思故我在"，现在是"我不思故我在"。

哲学最后的出路，是走向自然。老子失败了，庄子成功了。

孟生评价这种写作风格，"激情之下的口若悬河"。

临近水边的地方都有倒影，倒影潋滟而碎。

如果不满怀希望，那么满怀什么呢……

自　适

　　一个人局限在某一个地方，某一件事上，生活是不是就变得枯燥乏味？是不是要走过大半个地球，看过几本大部头的书，才能抬起头告诉别人，此生不虚？当朋友告诉我，他现在基本没有爱好，每天三点一线，企业一家一学校。麻将晚上已经好几年不打，白天也很少打了。平常就是饭后走走路。他对我那么多的爱好，很是羡慕。我偶尔推送几部电影给他。他说自从吃了海参之后，感觉冬天不像过去那么冷了。不知道是心理昭示，还是今年大部分时间都是暖冬？他很简单，也相信我。而我自己，却一次次尝试不同的东西，从而迷惑，不知道到底什么东西带给我生命的益处了？

　　本杰明·巴顿奇事中，貌似已经拥有一切的伊丽莎白对本杰明说，结婚前，她想成为第一位横渡英吉利海峡的女性，当时做了很多准备工作，志在必得。真正横渡的时候，在最后两海里，对岸的灯火已经隐隐可见，突然下起雨来。冰冷的海水让她无法坚持，只有放弃。自那以后，她嫁给了英国的外交大臣，过上了他人认为的幸福生活，但她自己觉得，自那次横渡后，从来没有感觉到生命的意义。本杰明鼓励她，做让自己感觉到意义的事情，就是生命唯一的意义。很多年后，本杰明在电视上看到，68岁的伊丽莎白成功横渡英吉利海峡。这时候，是不是第一个横渡的女性已经不重要了。

阿尔玛是一位研究楔性文字的女专家，她应上司的要求，与一个与她匹配的仿生机器人汤姆生活三周，写相关评测报告。汤姆很帅，善解人意。当阿尔玛经过三年研究，即将发表关于某些楔形文字的论文时，汤姆说，他的记忆系统里曾经出现过这样的内容。于是两个人查百度，发现同样的研究成果，三个月前，一位布宜诺斯艾利斯的女学者已经发布。阿尔玛相当难受，泪流满面。汤姆不解，他说你们人类研究这些东西，就是为了让世人了解这些文字包含的内容与历史，她发现与你发现，有什么区别呢？

今年最郁闷的人，应该是汉密尔顿。最后几站时，落后几十分，当人们已经认为维斯塔潘已经稳夺冠军时，他一站一站追上来。在最后阿布扎比站，与维斯塔潘平分。这是 F1 大奖赛很久没有出现的奇景，既往不咎，最后一站就浓缩了一年的比赛。从发车开始，汉密尔顿超越维斯塔潘，前 55 圈，一直领先。虽然维斯塔潘不断追赶，但因为领先的时间较多，已经无法追上。八冠王，历史第一人，呼之欲出。最后，威廉姆斯车队拉提菲撞车了。赛会出动安全车，安全车领了几圈后，在最后一圈，让赛车手按照现有排名排列，比赛最后一圈。维斯塔潘不用超过那些慢车，以刚换上的软胎，对汉密尔顿跑了几十圈的中性胎。结果可想而知。梅奔车队提出抗议，汉密尔顿却大方送上祝福。这是一个冠军的涵养与风度。不过不久之后，汉密尔顿取关了 F1 的官方账号。我是汉密尔顿的车迷，所以替他不值，如果我是荷兰人呢？

一年又将过去了。詹姆斯独木难支，C 罗也不复当年。汉密尔顿如果如愿以偿，他的生活又会有怎样的改变？走在龙泉山上，看见子陵亭旁边的碑文，汉光武帝多次遣人让子陵出任谏议大夫，子陵请辞，垂钓富春。后人敬仰，说他是不慕荣华追求自适的高士。唯求自适，也许才是一切的意义吧！

活出自己的感觉

　　昨天，一位朋友转发了一个人的游记。地方是新的，笔调相似。一个人热爱旅行，并把它当作职业，拥有很多粉丝。朋友原先也是她狂热的粉丝，但转发了这篇游记后，他突然说，其实她那样也没有什么意思。日日在路上，不是走给自己看，走给粉丝看，地方不同，心境相同，渐渐从文字中看出重复与麻木的感觉。诗和远方，是很多人的追求，如果你一直脱离柴米油盐，把旅行看作职业，那么就如赋闲在家的老人，对假日失去了感觉。

　　木村好夫的柳濑小镇，是我最喜欢的音乐。我能听到小镇中的离别气息，以及分别之后滚滚的思念。不过，因为太喜欢，我总是隔一段时间才去听它。如同一个驻莫斯科的外事人员，在他人为《天鹅湖》惊叹时，他已经视作噪声。因为每一次有客人来，他都要陪着。已经欣赏了不下一百次。经典重复，便是麻木。大鱼大肉久了，怀念妈妈的味道。妈妈的味道，也必须时刻提醒，最近自己什么吃腻了。

　　处此思彼，每个人都在羡慕别人。到一定的年龄，这种羡慕会淡化，会转为欣赏。铁兄那么爱黄宾虹，书信抄完了，他开始写回忆录《西门记》。2020 年初，读《红楼梦》，现在已经束之高阁。"相看两不厌，唯有敬亭山"，与其说是敬亭山日日不同，不如说是李白保持常新。今天看到的是溪水，明天听到的是鹿鸣，再则枫叶，再则白雪。从重复中看出新意，那么人生才不会有那么多视觉与听觉的疲劳。

　　印度影星中，我最喜欢普拉卡什·拉贾，因为他可以胜任任何角色。过去经常看到他扮演黑老大或严谨的律师，在《野马》中扮演了无可奈何的岳父，在《谈情游戏》中扮演了一个无厘头的导演，中间的跨度，不亚于冬天与夏天的区别。任何标签或定型，都是人生的败笔。不断追求变化，才是人生的意义。

　　真正的欣赏，一定不是靠得很近，而是为对方留足空间。一个人一定要兴趣广泛，这样才不会陷入思维的沼泽。如果有人说你变了，那么要恭喜你，命运的枷锁无所不在，而你已经活出自己的感觉。

浮生若梦

这些天，节奏有些快，从一个圈子跳入完全不同的圈子。有时是旁观者，静静地聆听，他人随口而出的一些哲理；有时是主角，声嘶力竭地宣讲着自己的信仰。没有重复，就不会厌倦，大脑更新就快。离开饭局，回到自我的世界。感觉发生的一切，已经遥远。今夕昨夕，再往前，几年的时光，都如架上的书，已经凌乱了顺序，不知从何读起。

晓风有一篇《浮生若梦》，讲年轻的时候，听到"浮生若梦"这个词，怎么讲也不明白，人生怎么会像一个梦呢？等到历尽沧桑，感慨不已时，不讲也懂了。生活要靠自己领悟，而不是听别人的讲解。浮生若梦，不懂的时候，你活得轻松，完全没有顾虑；懂的时候，活得坦然，不过是个梦，有时何必太较真。

自己喜欢的生活，原来要从变化中去咀嚼。当今天没有应酬，坐在家里，看一部电影，或者一本书，喝上一杯自己榨的果汁，这种时光多么惬意。拥有自己，才是人生的赢家。当你书也看倦了，电影也无心了，突然有人邀请你，今晚有些有趣的人凑一块，你又觉得兴致盎然。今天张总会不会给峰哥算命，峰哥不知道会不会送几个手镯出去，这些书里和电影里是看不到的。

有个朋友，近来有些悲观。可能是过去太过美好。人生是一程接一程。我们的哲学是盛极而衰，到了顶峰自然往下走。事业如此，年龄如此，常青树又有多少？不过我们的心情，可以柳暗花明，生活不止通往一个方向。才子佳人，自是白衣卿相。这是文化留给我们退路。朋友，你已经很 OK，败给理想，总胜过庸碌地活着。

　　现在我不太爱讲理了，浮生若梦，明白的自然明白，不明白的就慢慢走远吧。

遇见该遇见的人

　　一个人的时候，容易静下来，想一些人事。哪些朋友是热忱的，哪些朋友是冷漠的。当然，每个人都掺杂着多种方式，一切与你自己对待他们的方式紧密相连。"纵我不往，子宁不来"是《诗经》的说法，在峰哥这里，变成"我请你吃饭你不来，你又不请我吃饭"，然后两个人渐渐疏远了。我的理解有所不同，不一定要请客吃饭，微信里问候一下，生活里照顾一下，无论何时何地何种境遇，彼此一想到，便有一种为对方考虑，并竭尽所能，这样的朋友，比单纯吃饭往来的也许更是可遇不可求。当然，那些不能主动，也不能被动的人，我们只能称为认识。这样的人，彼此不需消耗时间与情绪了。

　　昨夜，遇见了一些熟识的朋友与一些相对生疏的朋友。熟识的，感情自不必说，反而生疏的带给你一些触动。一个说："水若，你的朋友圈不要设置三天可见，有些东西我看过，想翻看就看不到了。"三天可见，是因为我的情绪太杂，迫于生计，广告又太多，实在不想扰人耳目。还有也是出自私心，很多东西，第一次觉得好，再去看，未免经得起推敲，就留点念想好了。这位朋友正当年华，英俊帅气，喝酒也是一点也不含糊，颇有点当年自己的感觉（臭美一下）。另一位朋友说："陆总，你变了，以前你总是喝酒写诗，现在酒也不喝了，诗也不写了。"以前的我，原来是这样的，那时多美好，幸好这位朋友记住了。现在我的诗情，已在密不透风的日子里，找不到立锥之地了。

从太过喧哗的生活中挣脱，我更喜欢现在的日子。看电影，看书，与孩子相处。昨天他们谈到梵蒂冈，我马上想起汤姆·汉克斯的《天使与魔鬼》，你们可以在这部电影里领略梵蒂冈的风光。如果你要看威尼斯，可以看朱莉娅·罗伯茨的《致命伴侣》。如果对南美的风情与生活好奇，你可以去看《无名》。很多时候，我们活在一个很小的世界，目光落于远处，反而能更好地处理生活中碰到的问题。

一下子扯远了，但也许，这就是那个朋友喜欢我的理由。做自己，遇见那些该遇见的人。

人过四十

　　人过四十，气血渐衰。2020 年以来，事务繁多，亲朋屡遭困厄，心情波动，感觉身体大不如前。康熙帝有养生三大法宝，葡萄酒、沐汤、木兰围猎。葡萄酒软化血管，沐汤促进血液循环，木兰围猎驰骋于广阔的原野，又有收获之喜悦。奈何二废太子，东征西战，依然不如乾隆高寿。帝王如此，况平民乎？然所忧何事，不过尔尔！

　　朋友说，我有诗人气质，善感多愁。向内关照次数越多，越在乎自己是否快乐。不是我不懂得放下，不是我不懂得多虑的坏处，然性格使然。时常羡慕小陈，有超凡的钝感力，电话可以不接，骂声可以不闻，自己却过多在意他人细微的反应。同理心太强，亦是一种病。把节制看成约束，对那些无能为力的事，一定要去突破，亦是心态的杀手。

　　过去时常讲，别人可以我们也可以。现实打脸，不是努力就可以改变一切。不质疑努力的重要性，实在是不忍看很多人在所谓追求的道路上随波逐流，一事无成。有些人是雄狮，有些人是角羚；有些人是蜘蛛，有些人是蚊蚁。这里没有贬低的意思，是事实如此。我们每个人都要清楚知道自己的性格与能力，不要被鸡汤洗脑，不要被目标驱使。

　　生活越简单越好，是因为精力有限。懂你的人，也不需要太多，一两个足矣。峰哥昨天送来了桑黄，有时细想如果以自己方式对待自己，那么峰哥早就把我丢到千里之外了。随风送《夜航船》给我，送了四次，最后一次才遂愿。有这样的朋友，还要想什么不着边际的事呢？

人过四十，别再徒劳。"过去驻足不去，未来不来。我是'现在'的臣仆，也是帝皇。"过去无法改变，未来尚未到来，困于当下，能把握的也只有现在。很多事情，换一个角度思考，便豁然开朗了。

积极心理学

　　朋友推荐听《被讨厌的勇气》，阿德勒的心理学。开篇有益，它采用对话的形式，一个问，一个答。开始就点明了，我们活在两个世界，即客观世界与主观世界，原因论的不成立。这是一种积极心理学，它并没有否定过去创伤对将来的影响，而是说这种影响存在，但真正决定人生的是此时此刻，你时刻掌握改变自己的权利。但很多人纠结于出身，纠结于过去犯下的错，从而陷入困局，以为人生只能这样了。她说阿德勒的心理学，其实也是一种哲学，与古希腊的哲学一脉相承，它研究心理影响的存在，并找到改进方法。

　　哲学，是一种社会意识形态，是关于世界观的学说。我看了很多关于哲学的解释，都无法令人满意。古希腊语字面是爱智慧的意思，有些人说是对社会的系统反思。也许哲学的魅力在于每个人对它的不同理解。近年来，我一直在行走中反思，尤其在《浮游记》中，我对自己批判与重塑，《剡溪》中，写道："当你觉得自己全对的时候，你已经大错特错。"《姑苏》中，在同一个角度，审视了 19 年之后的自己。如果重来一次，会有一个怎样的自己？《大堰》中，写到蜡梅，"夏天你不识，冬季我不放"，那是不是过于狭隘，最终受害的是谁？《黄果树》中，看见黄果树景区要拆迁的房子上画着"拆"字时，觉得自己心中也要圈一些要"拆"的东西，以保持心灵的纯洁与美好。近年来，越感觉被动主义的危害，对方的行为决定你的行为，那你自己关于人生的思考是什么？如果我们所有的决定都出自身利益的考量，那么一定会背离自己的初衷。

　　世界一直变化，也跟不上人的变化。个体太过渺小，生命太过短暂。有限游戏与无限游戏，很难选择；个体利益与整体利益，如何兼顾？有些人不读哲学，依然处理得很好，有些人读了，却一片迷茫。

　　鲜花满地时，无须再赠玫瑰；满天星辰下，寻找自己位置。正如电影《蝴蝶》中的弗兰克讲的："我们走那么远的路去寻找伊莎贝拉，她却在这里等我们。"如此而已。

山河都记得

　　稻读前两天邀请了《山河都记得》作者徐海蛟老师，亲临慈溪城市展览馆，与大家分享关于该部作品的源起与意义。徐老师风华正茂，双目有神，侃侃而谈。《山河都记得》写了他的父亲、母亲，以及其他一些亲戚的故事。他于 37 岁开始写这本书，39 岁出版。39 岁正是他父亲离开人世的年龄。他在序中写道："父亲是上游，我是下游，走着走着，上游不见了。"上游不见了，他的生命一下子失去了供给。这本书献给他的父亲，他让他的父亲在书中重活了一次。一个人真正的消亡，不是肉体的消失，是人世间没有人记得他了。而徐海蛟让他父亲的生命在书中永远地活下去了。

　　老师分享告一段落，部分稻友谈自己的感想。一位来自湖南的女稻友，她并没有看过这本书，但因为相似的经历，让她感慨万千。她的父亲，很久以前离开了她，她的弟弟前两年也离开了她。她一下子情难自禁，失声哭泣。我没有听到她后来哽咽着的话语，只为这种境遇与情绪悲戚。稻友讲完后，徐海蛟老师接过话筒，说："我写这部作品，不是为了勾起读者的痛苦记忆，而是希望读者在读这本书时疗愈自我，疗愈人生。还有你说的这一件事影响你的一生，我不认同。人生中没有一件事可以影响人的一生，除非你愿意陷在其中，裹足不前，我们应该向前看。"

　　我不知道徐老师有没有读过弗兰克尔的《活出生命的意义》，但智者的见解如此相似。弗洛伊德讲一个人的创伤会影响一生（我见过很多实例），而阿德勒持相反的观点。阿德勒认为，决定人生的是此时此刻，你今天往东走，还是往西走？弗兰克尔是阿德勒的坚定支持者，他在《活出生命的意义》中讲他自己在集中营的生活。集中营中纳粹随机杀人，大家挤在一起，今天不知道明天。但有些人互相鼓励与关心，把唯一的食物分给别人。有些人打架，告密，只为了换回半块面包。在同样境遇下，人性走向了两个截然不同的方向。弗兰克尔得出结论："人在任何时候都有选择的权利。"选择伤害，选择关心，在那样的极端条件下，都是你的自由，何况现世安稳！

　　山河都记得，你曾经来过。同龄人的记忆，也是我们的记忆。为什么人到中年，我们开始留意身边的人与事，而没有了那些天马行空的思绪，是因为我们开始连接上游与下游。我们知道来处，才能知道去处。没有什么事可以影响我们的一生，太阳升起之时，又是新的一天。

矛盾统一

推了一部电影给朋友，第二天收到她长长的一段评论。她说，这个电影太好了，希望能够多推送一些给她。她很喜欢，我亦满足。在浩如烟海的电影中，让人心动的确实很少，这算是对我劳动成果的一种肯定。一位朋友说，朋友之间，最重要的是分享，但也是基于有一种类似的爱好，与一种相互欣赏与关切吧。

那日五人小聚，气氛热烈。席间心血来潮问他们，最喜欢的人物是哪位？孟子说张岱，另一个说"人无癖不可与之交"，另一个则说，湖心亭访雪那位。菜肴、美酒不重要了。我说了苏轼，他们说，大部分中国人都喜欢苏轼，说好虽好，却不能显示我的个性。其实对自己的问题准备不足，也是我的痼疾了。临走到酒店门口，我建议我们每个人拥抱一下，每个人都那么厚重有温度，这无疑为我们的相交增色不少。

一个素未谋面，却认识很久的朋友给我做了很多生意。她很信任我，觉得我踏实可信，又有自己的鲜明特色，说我几尽完美。我说，这只是基于一种半知半解的情形。若走近了，会发现不少缺陷。我们一生中，有相逢的热烈，亦有离散的悲哀，不是说某个人变了，是彼此没有把握距离。不过夸耀总是让人愉快，继续努力，不负朋友的信任。

　　近来，从一些遥远的梦想归来，实实在在做了一些对身边人有益的事。远离那些教条与鸡汤，用同理心看待每个人遇到的问题。认识到自己错误是件很难的事，觉得自己尚有很多改进的空间。有些人我们在俗世相遇，我们就谈些油盐酱醋；有些人在电影里相遇，我们就谈些生死情缘；有些人我们在哲学中相遇，就求同存异，矛盾统一吧。

一生所爱

　　朋友昨天发给我他习画时被采访的视频。他讲："画画可以让我忘却一切烦恼与干扰，犹如找到一片净土。"他让我也去习画。我说："我现在也比较静，但对于时间的管理还是稍差火候，下一步再说。"他说："这是还不够爱的缘故。"诚然，如果很爱，那么时间自然就会多出来，因为爱可以让你舍弃其他，而将心力用于钟情之事。

　　我一生的所爱，或许一直漂移。所以至今，我对自己到底喜欢什么很是怀疑。如果说是旅行，与其说爱，不如说是为了突破笼鸟槛猿的束缚。我很少一个人去很远的地方，总是随着他人的攻略行走。如果说是电影，我到底对哪一部电影钟情呢？成益对《天堂电影院》的钟爱，是我所不能及。如果说是古文，Johnson 近日推荐的《与元微之书》，令我很是感怀。但是他最早推荐的文章，又记得几何，怕是只字片言也没有了。至于生意，我又不如峰哥积极，我做生意往往随心，别人若有迟疑，便不再继续。我很难突破那一层自我设置的屏障。

　　有时，就是这样的清晨。我会想，钟爱的是什么？时间无涯，想这个问题的时候，已经错失很多。记忆大不如前。一篇古文下来，一句钟爱的词，要看很多遍才能记住。一部电影下来，常常忘却主角的名字。自不饮酒以来，推却很多应酬，规律安排生活。虽然一切涛声依旧，自感精力好了很多。

年龄或许是最真实的东西，到一定时候，生活开始简单。不再呼朋唤友，不再夜夜笙歌。静静在画室作画，或者在一方自然中行走。爱好不是逃避现实的窗口，是听命于自己的结果。

朋　友

　　峰哥是积极主动的人。如果他约别人吃饭，别人说没时间，他会继续问："去哪里?"然后与对方阐述来这里的重要性。有时一个电话不够，第二个、第三个电话也有。一般开始说没时间的人，有80%可能会赴他的约。他就这样用殷勤克服了对方的矜持，达到了自己的目的。而我是这样的，请别人吃饭，我会发个微信，如果对方说"没时间"，这次邀请到此结束。不是说对方不重要，我觉得一个是我的脸皮薄，一个是充分尊重对方的自由选择。

　　朋友之中，或许每个人性格都不同。以前，我觉得朋友一定要有相同的习性，现在我更希望交那种互补的朋友。你滔滔不绝，他洗耳恭听；你天马行空，他循规蹈矩。当然，理性也会被你感性带动，洗耳恭听时，也会根据你的谈话而发表一些真知灼见，这样有交流与呼应，友谊才可能天长地久。

　　时常觉得，我可以被别人接受，但很多关系，却难以维持。一个是个性使然，一个是缺乏峰哥这样的能力。我们总是对新的朋友充满期待，那是因为新鲜与好奇；我们总是对老的朋友充满怀念，却不记得联系，那是因为回忆与隔阂。

　　很多问题，越探究越乏味。钻进人事，不如跃入风景。如果注定是一片孤独的云，我总是渴望初升的太阳，能够给我染上一层绯红。这一刻，不思寸缕，尽享其泽。

进退自如

嘻！吾疑造物者之有无久矣，及是，愈以为诚有。又怪其不为之中州而列是夷狄，更千百年不得一售其伎，是固劳而无用，神者傥不宜如是，则其果无乎？或曰：以慰夫贤而辱于此者。或曰：其气之灵，不为伟人而独为是物，故楚之南少人而多石。是二者余未信之。

他在想什么呢，不是被贬贤者的慰藉，不出伟人而独为物？他还是不舍那政治的中心。苏轼无疑是进步了，了悟，"吾心安处是吾乡"。物以稀为贵，此处山水不在中原而奇其秀美，若中原皆是如此，亦无感。同样，若此行为巡察，随即返还，亦无"寂寥无人，凄神寒骨，悄怆幽邃"之感。故人之思，未能脱其之际遇。

造物者诚然有之。山峦溪流，天光云色，花草树木，春华秋实。造物者亦造物而已，溪流改道，花草衰败，贬逐流放，不在其力。谁之力，命也，运也。顺者阅山水之乐而乐，逆者郁郁寡欢，黯然销魂。

宗元之不幸，永州之幸。永州之幸，后世读者之幸。处江湖之远，则乐其山水；居庙堂之高，则忧其黎民。升贬皆可，进退自如。你我凡人，"空游无所依"，守得自身，便是最重的砝码。

凡是过去，皆为序曲

　　清玄说："常思一二，不想八九。"有个朋友，就把名字改成了八九。她并不是一个消极的人，字里行间流露着挣扎。总觉得自己过得不甚容易，又觉得自己能够胜任与放下。

　　人到中年，年华似水。说起往事，仿若眼前，却已经年。身体若有小疾，这种感觉尤甚。朋友总是老的好，不在天涯，也是分别许久。欲诉心事无人知，隔窗听雨易愁眠。

　　摇摇晃晃到如今，三分满意七分失意，估计是每个中年人的常态。人不能在行将就木之时，才想起规划自己的人生。多少次随波逐流，多少次无可奈何。梦中遇到那个曾经朝气的自己，是否应掩面低头而过？

　　突然间，不愿待在喧闹的地方，喜欢独自行走在雾气弥漫的山间。突然间，喜欢伍迪·艾伦，超过那些打打杀杀的武打片。突然间，发现自己走了很多路，却从未抵达内心的自己。

　　两千多年前，秦皇与汉武也来看过这片海。一群海鸥飞过，终不是无用的来回。风景就这样定格。岩石上的玫瑰，迎风怒放。哲人师父说得好，我们是一艘小船，也承载运货或打鱼的职责。这份职责，是意义与幸福的所在。

　　凡是过去，皆为序曲。拥抱每一天。

听　雨

下雨的时候，总会想起某年在沙家浜的长廊里喝茶的情景。两个人独坐着，各饮一杯碧螺春。看茶叶在水中舒展，听一阵急雨打在湖面上。望不见远处的风景，只有芦苇伺候在旁。一阵雨，把我们困在天地的一角，我们却没有任何抱怨。那份等待的时光里，我们聊了什么，已经无从记起，只不过那时的雨，不像如今令人忧思。

再久远一点，就是新都的雨。孤馆残灯，夜雨难眠。那时没有手机，文字全靠笔写。我给远方的朋友写了一封信。我们同一天踏上征程，一个往北，一个往西。我送你的《菜根谭》，自己也未看过。我知道我们骨子里，就不是那种擅于谋略的人。很多年以后，再阅读那篇文字，依然感觉当时真挚的思念，与澎湃的热情。

雁荡的雨，离如今最近。走着走着，就突然下大了。我们在民宿里躲雨，前方是大龙湫了。这边雨很急，远处青山却是阳光照耀。我们四个人躲着，比谁淋得更湿。雨停以后，踩着泥泞的山道，我们穿过一片小树林，大龙湫异常壮观。胆大的朋友，走到它的近旁，感受震耳欲聋的水声。瀑布的水汽，让他重新沐浴了一遍。这画面，一次次在我梦里，而朋友已在现实中疏离。

"落花人独立，微雨燕双飞。"这是暮春的情景。意境很美，又有些凄凉。"记得小苹初见，两重心字罗衣。"聚散离合之间，最初的印象最为深刻。王小波说，看着檐头的滴水，感觉生命也在消逝。生命有他的速度，那些美好的事，总会让我们驻足。等到风景都看透，那么人生也没有遗憾可言了。

　　昨夜做了许多梦，正好与清晨的细雨契合。淅淅沥沥，滂滂沛沛，都是我们内心的映照之意。

虚　荣

假茅台喝多了，真茅台就是假的；假话听多了，真话就变得刺耳。生活就是这样，善意的谎言虽不可少，但更不可多。那些沉默不喜欢张扬的，总能厚积薄发，即使不成功，也能将自己的小日子过得很圆满。

易中天在诸子百家讲到一个小故事。说有个人有一妻一妾，这个人每天早上出去，到晚上回来，嘴上总抹着一层油。妻妾也不知道他每天在干什么，他总是说，和谁谁在一起，说的无非是些达官贵人。但又从来没见他赚钱回来，家里全靠妻妾耕作纺织度日。时间久了，她们就产生了怀疑。于是有一天丈夫出门后，她们就尾随着他，想看看他到底在干什么？走着走着，看见丈夫拐进一个坟场，在那里偷祭品吃。她俩顿觉天昏地暗，说道："我们怎么嫁了这样一个人！"

易先生说到这里就此打住，这是高明之处。往下就是听者的想象空间。为什么连自己最亲的人也要骗，虚荣真的那么重要吗？故事很极端，但越极端越说明问题，越深刻。所有自欺欺人，在旁人看来那么明显，自己却已习以为常。

铁兄是最讨厌鸡汤的，现在我也讨厌。那些有觉悟的人，不需要鸡汤，没有的，就是喝海参汤也没有用。电影《搏击俱乐部》有这样一个情节，布拉德·皮特用枪指着一个韩裔，问他现在在做什么？回答说在学兽医，过些天就要考试了。他说你好好学，认真考，不努力我还要来杀你。韩裔唯唯诺诺，落荒而逃。皮特对诺顿说："明天的早餐，将是他（韩裔）人生中最美好的一次早餐。"颇有哲学意味，用枪逼着你去努力，是不是会让人激发更大的动力？

无限期地拖延，无目的地周旋，最终就是无意识地得过且过。唯有找到问题，才能解决问题。当我们用时间测量一个人的时候，一定会有所发现。

生活美学

《生活美学》里讲到，人生就是 A 点到 B 点一条直线，慢下来，才能欣赏生活之美。慢下来，才能多一些思考，犹如旅行之前做一些攻略，不至于归来途中，同伴讲述那边的风景与美食，你听着，好像完全没有去过一样。

关于这个直线的命题，林清玄在一篇散文中也有记述。是他经常去的一个银行，里面有一个柜员，没结婚时就在那里上班，有一次林先生去，她告诉他，明天就要退休了。这时，才注意打量她，永远不变的发型中，已经布满银丝，那双眼睛也不再清澈如水。

生活有时就把人困在了某处，自己却不觉察。某一个人在年轻的时候考上了北京的大学，从南方坐火车过去，在泰安站停靠，广播里说因前方道路抢修，需要停车两个小时。很多人在车里吃起零食，打起扑克。而他，一个南方人第一次来北方，觉得应该下去走走。于是沿着铁路边的一条小道，慢慢地走着。那时正是秋天的黄昏，远处的山上，岩石与树木都是土黄色。夕阳照在路边的芒草上，泛着金色的光泽。一位赶着驴车的山东大汉，从远方慢慢走来。作为一个南方人，他感觉很新奇。之后，他在北京求学、就业、娶妻生子。每当生活让他感觉压抑时，他总会想起在北方的旷野行走的这份经历，那时的夕阳永远温暖，那时的他，永远青春。

　　我们为生计的那部分，必不可少。很多时候，不是为了生而生，不是为了活而活，而是为了生活。所有机械地重复，只是为了制造一个独一无二的自己。于是有人说，你的业余生活才是你的人生。而如今，工作与生活也许已经无法分开。

　　朱家尖那天清晨，我和立哥，沿着威斯汀前面那条路，一直往山上走。道路两边秋英与百日菊开得正艳。我们在某一个小路转弯，发现一条断流的小溪边放着一条绳索。沿着绳索而下，踩着湿滑的岩石，我们到了礁石林立的海边。这一片海望过去，又是不同的景致。在 A 点到 B 点间，我们走了一条长长的折线。

画　家

　　林文义有一篇《北航道》，中间插了一个画家的故事。画家姓洪，住在这边的乡村。年轻时习画，后来得一朋友赏识，在台北举行画展。轰动一时，人人交口称赞。风头一过，遂无人问津。又回到北航道附近的乡村，继续作画。画家除了画画，也没有别的营生，所以靠妻子在附近庙里卖香烛纸钱为生。林文义途经北航道，便想起这位画家，想起画家那个娶细姨的梦。他也没有过多着笔，只是读了《梵谷传》之后，我对画家多了一份留意。

　　"我不学攀援的凌霄花，借你的高枝炫耀自己。"一个人回归到平静的时候，梳理自己，便觉得舒婷的高明。若无真才实学，你借谁的高枝都没有用。一个人活在世上，如果德不配位，即使一时风头无两，最终也会悄无声息。如果你确实领悟了生活的意义，即使你在桃源隐居，也会百代相传。弗兰克尔讲人活着并非为了希望，而是意义。意义又有万千重。也许某个阶段执迷的东西，下一个阶段便云淡风轻了。

　　也是一位画家，出现在加斯顿·杜帕拉特的电影里。《杰出公民》让我领会了南美激情的另一面，就是自黑。俄罗斯的自黑，总是很悲怆，阿根廷的自黑，让人啧啧称奇。《亡命大画家》讲了一个不肯向世俗低头的画家，坚持自己的创作风格，而不被人们接受。

他宁愿冒着房租到期被驱赶的风险，也不愿为他不喜欢的资本家作画。后来他和他的经纪人导演了一部假死的好戏。他的作品因为他的"去世"身价倍增。这部电影的精彩在于人性的博弈，道德与良心，生存与追求，我们该怎么选？

　　对于艺术，每个人有自己的认定。人生也一样。我想北航道那位画家，最终没有娶细姨，和他的妻子平静安逸地过完一生，未尝不好。

油桐花

　　四月间，去了一趟嵊州。从饲养鹌鹑的基地，向下望去，看见一片油桐花。在绿意盎然的山间，那么突兀，像是给青山缠了一条白色的腰带。七月，我看到一篇《油桐花祭》，讲台湾苗栗那边，每年四月底五月初，总有人驱车赶往苗栗山中，欣赏油桐花飘落的样子，美曰其名"油桐花祭"。作者是一位隐居山间的画家，油桐花飘落时，他总是不忍心去践踏，小心翼翼地避开。满山的游人，总是任意地用轮胎或者脚步去碾压油桐花瓣，使得"油桐花祭"真的成为作者的油桐花祭。白色的油桐花瓣，落在山居的黑瓦上，落在野芋叶上，也落在作者心中。昨夜，梦中突然出现白色油桐花风中纷飞的样子，我不知道是文章感动了我，还是逝去的光阴，都带着美丽的回忆，一次次惊扰清梦。

　　对于居住山间的画家，纷扬的油桐花，是一个时序。某种景致的转移，是时序的推进。春天的花，秋天的落叶，该相逢的总会相逢。来看"油桐花祭"的人们，只是一种消遣，今年来了，明年未必再来。所以零落的花瓣，被碾作尘土，亦不可惜。昨日与老友攀谈，突然感觉一辈子能够惦记的，不是那种喧闹的场景，而是些细微的小事。油桐花，不像牡丹，也不像荷花，她没有国花的雍贵，也没有莲之亭亭玉立，有君子之风。她太高，只有飘落的时候，才被人注意；她太美，而瞬间，已消失于密林与车轮之下。

　　人间四月天，追忆的时候，已是七月。七月开的什么花，六道木与葱莲。每日从它们身旁走过，停下来，拍下它们开放的样子。有些朋友已经很久没有联系了，不知道来年四月，能不能像油桐花一样，随着山间的微风，落在我这片野芋叶上。或许，落在别处，我也祝他们被精心呵护。

溪山行旅图

　　高大鹏从《溪山行旅图》联想到安身立命，拔地擎天的巨石，角落里如蝼蚁一般行走的人。继而想到有宋一代三百年，所有传世的文人。他们在政局清明或动荡之中，寻找安身立命之所。相对于清明上河图，实际的市井城市，将个人孤独地置身于巨大的山水间，更有一种以小搏大的震撼力。自"先天下之忧而忧，后天下之乐而乐"，到"人生自古谁无死，留取丹心照汗青"，中间"为天地立心，为生民立命，为往圣继绝学，为万世开太平"。人虽似蝼蚁，有浩然之气，亦不比天地差分毫。

　　清明上河图，看似繁荣稳定，其实危机四伏。失守的瞭所，互不相让的文武官员，船只快要与桥梁相撞。溪山行旅图，虽然山体高耸，突兀逼来，但人依旧可以有路可走。人头攒动，好像随大流；孤身行走，仿佛找真理。真理是什么，"吾心安处是吾乡"。市井没有你的朋友，远山是你的知音。

　　蒋勋讲过，宋画自北宋到南宋，留白越来越多。随着国力的衰减，那种斗争的勇气越来越少，不敢面对高山。留白越多，就是越多想象的空间，现实不如意，想象就越多。最后"惶恐滩头说惶恐，零丁洋里叹零丁"。朝代的兴衰，与个人的成败，如出一辙。范宽看不到《清明上河图》，也看不到文天祥，他找到了属于自己的安身立命之所。

　　唯有一次次攀登高山，一次次涉水而行，一次次迎难而上，才能无悔为人一世的不返之旅。不是凭话语，而是凭心。

怜　悯

　　《豆腐一声天下白》中，那个缺了一颗门牙、收旧报纸的人，每一次都会说："我的秤头没有错的，做生意最重要的是诚实。"收了十年作者家的报纸，每一次都让作者感到他的实诚与不容易，甚至将有些剪过的报纸白送给他。有一次家人不知道从哪里搞了一个秤，当他称好，说"我的秤头没有错"——旋即跟上，"终于抓到你了，被你骗了十年"。那一个瞬间甚为可怕，比半路遇见抢劫的强盗还要可怕。以后，作者再没有见过他，他总是在离她家不远的地方绕过，从另一个巷子出来，继续他的吆喝。家里报纸越堆越多，把地板都快压坏了。真希望他能绕过来，重新拾起过去那样的生活。

　　同样的事情，也发生在《经文》里。一个操着山东口音的男子，在教堂门口卖他抄写的经文，很远看见人过去，就说"手抄经文，一元一张"。然后走过去，恭敬地递上。但很少有人理他。因为看他半天无人搭理，作者过去，接过他抄的经文，说"买四张"，递给他十元。"不好意思，我没有找零，给你十张好不好？"作者拿了十张经文，回到家里细看，字体还算隽秀，但内容都不是圣经的内容，只是作者依照圣经训诫的语气，抒发的对当下社会种种事件的看法。有一种上当受骗的感觉，好在钱不多，这种感觉并不是很浓烈。过了几天，又经过教堂，看他还在那边，便想过去说他几句。慢慢走过去，看他把经文递给一个穿高跟鞋的女孩，女孩理都不理，飞身躲过。作者停住了，他突然想到有些经注，难道不是一家之言吗？卖经文的看见他，又走上来，好像从来没有见过他一样，递上经文："先生，手抄经文，一元一张。"作者又买了十张。这时教堂突然传出朗诵的经文："主怜悯我们，上帝怜悯我们。"

从这两个小故事，我想起曾经一个朋友讲过的一件事情。她说，十多年前，三门青蟹他们进过来50元一斤，然后卖35元一斤。我不解。她说，因为人们需要低价，我们只能不断地扎草绳。原来这个草绳是我们的欲望所致。也许也有时代的缘故，现在我们已经不在乎价格了。但如果那时盘根究底，我们会为这样的答案，去责怪卖蟹的人吗？孟生说，做些小营生的人，有时并非欺骗，已经是行规了。只是对我而言，对这一切还是领悟得太迟。

凡事讲一个准度，本身没有错。但人生这笔账，也并非只有经济。缺了门牙的收报纸的人，十年中给予人的信任，山东男子经文上隽秀的字迹，像嵌进生命的温暖旋律，能不打断，就不要打断吧。

修　心

海月寺西侧的围墙，前几年台风的时候，被刮倒的树木压坏，残缺了几个角。我一直想，小王师父怎么不修呀？上山的台阶，也坏了好几个，天王殿四个飞檐上，都长出了树，他也不去整一下。

我觉得，他这个住持，太不尽职了。

但是今天，我从台阶缓缓走下来，突然想，如果每次一坏，就去修了，修了又要坏，那么这么大的一个寺院，他所有的精力都要应付修缮这件事了。

那么香客道场的需求，上级领导的检查，兄弟单位的交流，又怎么有时间去应付？

墙虽然缺了几块，但只是上沿；天王殿飞檐上的小树，还不至于对建筑造成损伤；台阶上的缺口，对上山的人来说，并无大碍。那么，与其把时间都浪费在周而复始地修缮中，还不如等实在不行了，再动一次。

细想自己，偏执的完美主义者，从来不允许残缺。一路走来，身心疲惫。所追求的太过细微，经常造成主次的混乱。

借着放生池中轻轻摇晃的月光，我才顿悟，真正的修行，一定不是面面俱到，不允许自己犯错或者残缺。真正的修行，是心无旁骛，搁置那些残缺，而去做更紧要的事。

辛词扰梦

不知窗外是否下雨，还是空调的转响，或是内心的忐忑，在刚凉的秋夜，为一句辛词失眠，"但将痛饮酬风月，莫放离歌入管弦"。平淡无奇的生活中，这样的词句，总让人心头一震。这个隔了八百多年的人，穿越而来，弄得秋夜辗转难眠。

初识辛词，"少年不识愁滋味"，那是十九岁的黄鹤楼上，"爱上层楼，为赋新词强说愁"。天涯之旅，刚刚开始，长江滚滚，日落矶头。少年总有一腔热血，精力旺盛，而不知世途艰险。"醉里挑灯看剑，梦回吹角连营"，摩拳擦掌，蓄势待发。"年少万兜鍪，坐断东南战未休"，辗转疆场，奋勇杀敌。人生渐进，"金戈铁马，气吞万里如虎"。那些时日，齐鲁奔波，辛苦谋生。"郁孤台下清江水，中间多少行人泪"，人间疾苦，略有尝闻。"了却君王天下事，赢得生前身后名"，我的帝王，不过为家计。"平生塞北江南，归来华发苍颜""却将万字平戎策，换得东家种树书"，江河直下，退隐江湖。起落间，浮生过半。

陈彼得的《青玉案》，沧桑悲壮，词属婉约，心在豪迈。岁月沧桑，总有些未偿之愿。"众里寻他千百度，那人却在灯火阑珊处"，那人就是自己。我们一生寻寻觅觅的那个人，终是自己。风光之时，你活在世人的目光中，那时得意、轻飘，你不会真正感受到自己。

当你被放逐、遗忘之时，作为个体的你，才会无限充盈。"把吴钩看了，栏杆拍遍，无人会，登临意"，此刻天地之间只有你。"怅平生，交游零落，只今余几""知吾者，二三子"，张元干，陈与义？"歌且从容，杯且从容"，人生不如意十有八九，懂得放松，八百多年后，依然有人认你为英雄。

人生每一步，都有辛词之踪影。1996 年，济南历下，那个少年在日光下影影绰绰。八百多年前，辛弃疾从那里开始他戎马一生的征程。莫怨人生太匆匆，但求豪情来入梦。

相看两不厌

　　随风喜欢民国时代，说那时人真挚、性情、纯粹，出大家。我有不同的理解。确实，民国时期有很多的大家，而且目前也影响广泛，但并不表明，现在就不如了。就如身边没有风景一样，远来的和尚总是好念经。民国之所以为今人所推崇，无非是今人不服今人，过滤后，留下一些经典而已。而且主要是近，大家了解相对较多，所以总能找到共同的话题。我觉得如果宋代离我们近，随风一定更喜欢宋代。

　　人与人之间也是一样。李白说："相看两不厌，唯有敬亭山。"敬亭山，首先够大，然后四季更替。所以看不厌。但一个人，如果没有深厚的学识，没有儒雅的气质，没有苟日新日日新又日新的精神追求，天天在一起，难免生厌。因为讲来讲去，都是老话题，说来说去，都是同一句。所以我有时刻意避免这样的场合，以免自己变成令人生厌的那个人。最好的感觉，应该是他对你有所了解，又不知你的底细。他觉得，你应该这样，你却并非他所想。就像民国，你觉得很近，又有点模糊。如随风的审美，风景总是犹抱琵琶半遮面。

　　记得曾经有一些倾心的相遇，彼此由衷，相见恨晚。时光如筛，如今背影斑驳。四季轮回，总会停在某个记忆的节点，独自回味那时的热烈。"记得小萍初见，两重心字罗衣。"小萍总如浮萍，相隔遥远，无疾而终，却胜过彼此生厌，不欢而别。江城五月落梅花，窗外雨潺潺，杏花疏影里，我拣尽所有寒枝，高楼望断，却不知为何人消得人憔悴。

今之视昔，犹如后之视今。今日作为，经得起时间的推敲吗？岁月总将杂质过滤，留下一厢情愿的美好。那些重复的，最后只会留存一个镜头，所以不必花太多时间与精力。人间美好，都是久别重逢。

这次去武义，荷花开了，紫薇盛放。与我们这里相差半个月的时序。如果你觉得厌了，不妨移一步看。或许能找到民国的感觉。

不务虚名

　　《易经》中的三个字，上、止、正。上，上进心。止，适可而止。正，摆正位置与心态。上多一竖，就如有人给你踩刹车。踩住刹车，方能不往一个方向去。止多一横，就如有人轻轻拍着你的头，说看看吧，你现在处在哪里，审时度势，摆正心态，三思而行。清醒时，觉得一切很有道理。糊涂时，便抛之脑后，意气用事。如同一个朋友，他说的道理我都懂，但是我依然过得不如意。

　　韶山去过两次，在毛家祠堂看见曾国藩的"不说大话，不务虚名。不谈过高之理，不行架空之事"。当时看了，觉得非常好。过了这些年，也时常记得，只是生活中，贯彻多少？大话虽然不敢多讲，虚名却多曾在意。什么虚名？处处求全的虚名。过高之理不多，无用鸡汤甚杂。正事少有理会，架空之事屡禁不绝。可见真理都在墙上，偶尔投射，依然无法入心。

　　峰哥说，少看一些电影。他说很多女性追剧，然后人家演戏，她入戏。今天心情不好，因为戏里的女主角被人抛弃了。他从来不看电影，也不看书，却是人情练达，气色红润。他有一种自信，就是不服人，无论乒乓球，还是女朋友，他都要跟人争，最后却往往和气收场。这是自信与谦逊的平衡，是中庸，是大智慧。

　　由峰哥想起周志文笔下的捷克女教授，她假日去乡下住。志文羡慕她去乡下度假，呼吸新鲜空气。她却说，我去乡下是为了捡粪。那些粪，可以放在花盆里，然后不用放泥土，直接把种子或者幼苗种上去。这样种着，生长很快，开出的花朵又大又美。还说，她退休的时候，有时间了，一定要住在乡下，捡很多粪，种一院子的花。志文见她说得眉飞色舞，也不禁感叹，原来她那么好的脸色，就是因为心中有如此美好的愿景。没有过高之理，行的都是实实在在的事，这种生活才是真正的生活。

昨天，黄百央老师的讲课生动有趣。她的 PPT 里，有一条，同理心强、共情力强的人，容易出现"代替性创伤"。这个名词很好，我们为他人的担忧，其实毫无任何意义。就如真理在墙上，无法映入心中。在你迷惑的时候，是看不清真相的。而真相揭露的时候，你又不需要任何的警语。每个人都有自己的路要走，他人能做的就是鼓励，就是呈现一种真实世界的感觉，而如果你与他一样担忧，那么他就会觉得这事情与你也有关，而不会自己寻求出路了。

尽信书不如无书，不要臆测，不要忧虑，做好你手上的事，做好你应该做的事。

读《梵谷传》

　　梵谷在巴黎第一次见到印象派的作品时，他惊呆了。这完全不是过去油画的样式。作品不再追求画得像，做一种照相的功能。而是每一种景物，在呈现时，带有自己的想象与追求。更为重要的，是画作中空气与光的表现，不再是主体景物的陪衬，而是画作的重要组成部分，使整个画面都活了起来。他埋怨西奥这么迟才让他看见这些画作，使他在摸索中又度过了漫长、备受突破煎熬的两年。

　　那天，一位朋友留言说梵谷是梵·高吧？是的，这边延续了余光中译作的称呼。梵谷即梵·高，西奥即提奥，冉伯让即伦勃朗，莫内即莫奈。台湾与大陆，不同的译法。如印象派与写实派，无法说孰优孰劣，只是自己看到的版本不一而已。这位朋友亦是非常感性，他说高中时，看《梵·高传》，哭了好几次。如今我看《梵谷传》，能让他回想那段时光，一个少年在宿舍里，在熄灯后，打着手电筒，读到梵·高下到漆黑一片的矿底，那些八九岁的孩子艰辛工作，为换取一片薄薄的面包，一定激发过他学习的动力，从而使他现在活出他希望的模样。至于梵·高在艺术追求上的一再挫败，亦如海明威笔下的渔夫，让他养成一种锲而不舍的精神，一次次战胜生活带来的困苦与挫折。

　　有时候觉得，书要多看，但一辈子能够长期影响自己的一定不要太多，这样容易导致一生都在思想中漂浮。事业一样，交朋友也一样。精力与时间有限，你做了镇文书，就不能去火烈岛度假了。鱼与熊掌不可兼得，择其重要而取之。什么重要，第一不要违心，第二要有利于发展。如梵谷一样，人都要走过那些虚度的年华，才能觉悟与珍惜。

昨天，一位落魄的朋友，说他明白了，只是太迟了。明白从来不迟，我只是担心他的明白是否使自己更加孤立。"人生到这个世界上来，如果不能使他人过得好一些，而是使他人过得更坏，那真是太糟糕了。"如果我的这位朋友能这样想，他就能明白为什么如今会是这样的境遇。

不知道巴黎什么时候能够去？如果暂时不能，我想看看莫奈的日出也不错。

心远地自偏

　　不知谁说了一句，"每个人都是自己的牢笼"，于是生命中那不可解释的部分，突然明了。画地为牢时，总想着远方，远方未至，感觉空间越来越小。这就是那些妄想突破，却无从下手的人的通病。陶靖节诗云，"问君何能尔，心远地自偏"，"心远"即弗兰克尔说的，"自由地选择你的态度"。生命中种种的不期而至，你无法逃避，做一个怎样的自己，取决于选择的态度。

　　那年湘西之行，在土司城，遇见一株开得正盛的桃花，在石阶旁的农家。大半棵树侧身探出，石阶上飘满了花瓣。天空是灰蒙的青玉石，空气潮湿。沿阶而下，是一条有如沉水的河，河不深，水色清澈。虽已午后，依然水汽迷蒙。靠河岸有一只半沉的小舟，不知是搁在河岸，被雨浸透，还是已经残破，弃之不用，不得而知。桃花已然遇见，小舟却被搁置，宛若某一刻的自己，只是当时不知桃源只是靖节先生心中的桃源，对于此景总有触目凄凉之感。生命也有搁浅的时候，"问君何能尔，心远地自偏"，山重水复，柳暗花明。

　　我见过很多人，提前退休，追求自己想要的生活。尼采说，"不听命于自己，就听命他人"。人到中年，不要等别人的号令，也不要倚老自居。放弃虚名，追求实利。这个"利"，是有利于个体的充盈。时间如潮，再一波，我们或许更难抵御。世上有一种人最难，就是举棋不定的人。自由地选择你的态度，很多事情便迎刃而解。

　　记得 19 岁从洋山头出发的时候，踌躇满志，激情澎湃。行过四十的路标，心似双丝网，中有千千结。好在朋友说，如今的年龄，应在过去的基础上减去十到十五岁。我喜欢这样的言论。"每个人都是自己的牢笼"，我想窗外必有桃花。

结　尾

　　《望乡》中有一段情节，令人久久难忘。崎子从山打根回到故乡的时候，听见嫂嫂与哥哥的谈话。嫂嫂说："这房子，这土地，都是她赚的钱买的，我们应该把她留下。"哥哥说："乡亲们都知道她在南洋做这个的，她留下来住，别人会怎么看我们？"崎子在门外听着，心中一阵酸楚。回家的路已不是路程可以计算，她的身已非金钱可以赎。于是她悄然离开，回到山打根，继续沉沦。如果说，当初的选择是逼不得已，这次是彻底绝望。当年哥哥在目送她离开时，扎在腿上的刀，狠狠地扎在她的心里。道德是什么？难道为了顾及他人的眼色，就驱赶为自己赢得生活的那个人吗？这样就道德了吗？

　　"满纸荒唐言，一把辛酸泪。都云作者痴，谁解其中味。"蒋勋讲红楼里，讲到每个人在回望过往时，都有"只为他人作嫁衣"之叹，仿佛人生来就是还债，还前世的债，还今生的情。也会产生自己不如生活中遇见的任何一个女人的这样的感觉。这就是生活，你可能或存在任何一种心态。如果你停留在哪里，一生的走向，便在哪里。所有警示之作，是怀疑生活的开始。《红楼梦》的伟大之处，在于它揭示了生命的虚无，又无时无刻不在执着地活着。

　　秋老师前些天发了一个朋友圈，"帮是对的，不帮也是对的；爱是对的，不爱也是对的"。就像 Johnson 很多年前写的一首诗，大意是 "爱是一种幸运，恨难道不是；进是一种快乐，退何尝不是"。也许到某个年龄，我们已经不再计较对错了。或者说，很多时候，反向操作，才会得到预期的效果。鲁米说："你想知道她是否爱你，先离开一段时间。"如果她就此消失了，你也没有损失。

书 法

我字写得难看，也不懂书法，不过我很喜欢铁兄发上来的书法作品。虽然很多字，我不认识，但是透过那些结构与笔锋，我可以想见他在写字时全情投入的状态。饱含热情、倾注全力，专注、喜悦，尤其是快要完成时的那份释然。当一份作品呈现的时候，她已经完成了她的使命，至于他人的评价，全然不会再回头去影响当时的心情。即使觉得不好，揉作一团，亦背负着越来越好的期望。人生没有白走的路，即使一无所获，依然不会觉得无功而返。

书法或许寄托了有限生命的无限情怀，下笔越重，越难磨灭。我看《上阳台帖》，总能看到"赵客缦胡缨，吴钩霜雪明"，飘逸洒脱，剑气破空。《寒食帖》中，"小屋如渔舟，濛濛水云里"，诗句如画，字亦唯美。去年过兰亭，看了很多版本的《兰亭集序》，尤其是投影慢慢滚动的冯版，整个画面都活了起来，再配以实景的曲觞流水，仿佛让人置身于那场文人雅集。古人落笔时，肯定想到，肉体会枯朽，而书法传递的精神永不磨灭。所以唐太宗带《兰亭集序》下葬，期待在书法中得以永生。

我不会写字，过往人生，轻描潦草。任何事情着墨不多，旧事无迹，功绩难觅。昨日恍然听见一个名字，勾起丝丝回忆。或许这个名字并非我认识的那个人，但是这段往事，不可避免地再度想起。世纪之交，那些朋友，青春光影交错，如今零落何处，黯然老去。若有信息，是种慰藉。那时熙攘，云水蒙蒙。

记得以前写过《给旅人》，在大地上行走，与生命中游历，相互交织。一些旧日的名字，或许是笔锋的回转，借以重新定位整体的架构。当废纸篓满溢之时，生命的轮廓愈加精干与清晰。

陌生人，我也为你祝福

　　有没有这样的体会，如果你将痛苦告诉第一个人，你的痛苦会减轻一半；如果告诉第二个人，减轻的痛苦会回来；告诉第三个人，痛苦就会翻倍。尽管倾诉对象不同，但结果大同小异。因为每个人对他人的痛苦都毫无知觉，所有安慰与理解，是出于友谊，无法实质解决。聪明的人选择隐忍，时间长了，自己也淡忘了。而不是像祥林嫂一样，日日沉浸在重复叙述的苦痛中，不能自拔。

　　渐渐发现，很多人（包括自己）把生活过成了一套模式，什么点做什么事，井然有序。生活逐渐成了一道密不透风的墙，再也无法有惊喜与期待。先入为主与责任感，让生命变作一台机器。北岛称之为"网"，叔本华称之为"钟摆"。很多人猛然回头，发现并没有错过什么，而生活却平庸得不忍直视。

　　你有倾诉痛苦的权利，可以对沉默的青山说。她还给你四季的颜色，让你知道，即使沉默如她，也不是一成不变。你也可以试着尝试做以前没有做过的事，而不是把她看作浪费时间。固定的生活，会生成固定的思维。当你站在你从来没有去过的地方，会欣赏到从来没有见过的风景。

　　在城杨村，两次遇见一位老阿婆。穿着朴素的衣服，对我微笑。

　　这种陌生的微笑，有一种魔力。海子说："陌生人，我也为你祝福，愿你有一个灿烂前程。"大抵如此。

　　河水随着季节涨落，树叶随着季节变色，四季变化中，我们变换的不应只是自己的服饰。稻读"云在青天书在手"，读书、行走，具有相同的功效。

齐鲁冰心

Chapter
05

▼

第五卷

轻舟已过 QING ZHOU YI GUO

君顶日出

君顶晨光

美酒之旅

忆荣成

成山头

君顶

荣成

鹅

海边日出

君顶日出

　　清晨，朋友们还在醉梦之中，我独自走到酒庄旁的凤凰湖畔。大地也在沉睡，周遭都是黄色的覆盖。天是青白色的，芦苇像是博物馆里的干草，若不是有一缕风，难以觉察生命存在的状态。湖面有一层薄冰，从我的脚下铺延到前面的山峦。这时分，这地方，前不见古人，后不见来者。连飞鸟与蝼蚁都不可寻。

　　突然，一道光线从冰面折射入目。东方，金色的太阳正在冉冉上升。这不同于在金顶的日出，她从云雾之中升起，那份光亮似乎经过一番斗争，我可以看出她的桀骜不驯。这也不同于荣成海上的日出，她像自由的精灵，跃出海面之后，便如脱缰之马，那种美感持续的时间又太过短暂。君顶的日出，从远方荒野徐徐上升，一道光线映照冰面，通过冰面的反射照向山峦、大地、植被，让一切黄色衬上一层金色的包浆。让大地母亲从梦中苏醒，让异乡人感觉温暖。她有点依依不舍，又有点责无旁贷，她光彩照人，又不眩晕眼睛。

　　虽然，周遭还是一片寂静。湖岸岩石上的冰凌，没有融化的痕迹。葡萄园的葡萄树，只是一根藤而已。我却从这光亮中，嗅到了一丝生机。想起秋天，葡萄挂满枝头，辛勤的君顶人，在露水未干之际便要摘完一日所酿之需。我对眼前的一切，充满了疑惑与希冀。

谁都饮过美酒，谁在乎过一瓶酒的由来呢？凤凰湖畔，这块黄色土地，又藏了多少的神奇？

　　喜欢在宴会上，酒后的微醺以及一些"豪言壮语"。也喜欢在第二天清晨，独自徘徊在凤凰湖畔，在寂静中品味一切的由来。

君顶晨光

　　早上起来，从葡园酒店往钟楼那边走。虽是暮春，昨天开始降温，风呼哧呼哧，晚樱花瓣随风飘落。朝阳未出，层云厚积，只是东边的云渲染一层微黄。晚樱与紫藤交错，下面草地上矗立着一支支蒲公英。轻轻折断，便在抖动中消失大半。钟楼伫立，想那年夏季，罗老师红裙飘飘；想另一个冬季，同学夫人在此借枝头的雪，作为钟楼的前景。那时断不会想到，第三回来君顶，竟隔了那么久的时光。一路向东，奔向凤凰湖，劲风吹寒，几次有返回房间添衣之念。2020 年以来，身体大不如前，世事纷纭，人到中年。通往湖畔的小路，绿枝掩映，行不多久，见一黄瓦小屋，那年冬季拍日出之地。湖面微波荡漾，远处丘陵起伏。忽闻身后鹧鸪声声，辛词"江晚正愁予，山深闻鹧鸪"，而此刻，是清晨，是凤凰湖，但闲愁千古总相似。东方既白，而日之未出，春天已近，而寒气犹浓。我非苏轼，"余无所往而不乐也，盖游于物之外矣"。面对一湖寒水，总有"年年水相似，岁岁人不同"之感。

　　刘郎昨夜醉了，人不同不是他，三次都有他。昨日中午，我们从四面八方赶来，他亲自去机场接送。中午那一大杯，我劝他不要喝（劝是没用的，但我总是做这样的事），他还是干了。席间的海蛎子、扇贝、鸟贝，都是我喜欢的。午餐丰盛，宾主尽欢。下午我们练了一会儿高尔夫后，参观酒庄。熟悉的场景，又添了科技的新意。葡萄在生长的过程中，通过对土壤水分光照检测，然后根据不同情况干预，使得每一颗葡萄都能成为一滴合格的美酒。君顶酒庄始创于 2004 年，2007 年开庄，位于北纬 37 度，葡萄酒黄金海岸线，而且冬季不用将葡萄藤深埋保暖过冬，是真正的老藤。而那些需要深埋的葡萄藤，则需要在土中每年如出生婴儿一般重新成长，没有真正岁月的积累。上次冬天来时，我便在地里看见一根根老藤，依次排列，像等待召唤的士兵。此刻，藤上长出了新叶，新的轮回已经开始。

　　与君顶的缘分，也是与山东的缘分。1996 年，去济南，那时印象模糊，只记得与小胖在千佛山留影。2001 年去广饶，阳光灿烂，尘土飞扬。而后经龙口历练，到荣成生根。齐鲁大地，留下青春最深的印记。自 2007 年从公司离职，也是几个月便要往荣成与朋友相聚。这次隔了太久，下飞机后，当接送的中巴，驶在平阔的大地，我感觉有一种久违的释怀。当汽车驶入酒庄，也驶入我的内心。熟悉的天高云淡，熟悉的杯盏交错，熟悉的饮食文化，熟悉的主陪副陪。人生呀，如果能够找到记忆的皈依，也是不虚此行呀。

　　友谊是两个人坚守，如果那一个人是君顶，放心，你只要来了，她就不会辜负你。所有等待的岁月，都酿成了美酒，等待我、等待你，一起来品尝友谊的甘甜！

美酒之旅

　　朋友在法国有一个酒庄，品酒是行家里手，当他品到君顶天悦时，轻轻摇晃酒杯，深深啜了一口，连声称好。说能达到欧洲四级酒庄酒的水平，从未在国产酒中饮到如此佳品，可谓是国产酒的天花板。行走在庄园之中，看着一根根老藤吐露新芽，日光微曛，越过凤凰湖的水面，越过钟楼的塔尖。远处是莽原一片，近处是石楠花、紫丁香、西美紫荆、晚樱争奇斗艳。欣赏美景之时，我突然进入了陈总裁的内心世界，是什么样的动力，驱使他立志做一款葡萄酒新世界最好的葡萄酒，是什么样坚韧的毅力，让他 25 年矢志不渝？凡人如我，如何能品味出一款红酒真正的好坏，而不是随俗逐流，为着虚荣支付巨额的智商税，买到一款溢价巨大的假洋酒？

　　在倪氏海泰的早餐时，我与朋友对坐。这几日，美酒、美食、美景，山东朋友的殷勤好客，让我们倍感幸福。他也是放不开的人，勤劳敬业，从来不懂得享受。或许近来多读哲学的书，又在故地，我不免思绪翻涌。生活已经很好，远远超过了生存的界限，而我们还是不愿放下一些，去领略人生其他的风光。七年前，他孩子还小，正如我如今这样的年纪，站在海边曾大声呐喊。七年后，我们对坐吃着早餐，他说每个人拿的早餐都不一样，就像幸福也没有统一的标准。但我总是觉得，在我们能够行走的时候，生活没有固定的形式，与其被时间空间制约，不如主动去寻求生活的美好，比如一次旅行，一本好书，一杯美酒。

此行，很多朋友都是多年未见。也有朋友，因为我发了坐标，过来与我相见。我感觉到每个人在时光里的转变。蓬莱阁中，八仙过海，仙亦人也，有人发展好，有些落寞些，各显神通，也有境遇使然。龙口亦是我的故地，22年后，始登南山。此刻是齐鲁最好的时节，山体绿植盎然，温度适宜，朝晖夕阴，天色绝佳。同行众人，信仰一致，求仙拜佛，虔诚祈祷。想那年温州酒醉，竺兄夫妇，精心照料；深圳消夜，与姜哥夫妻对酌相欢。时光如电，唯有友谊长驻心田。徐哥也渐渐放下负担，不再固执地执行他的敬酒规范，壮年不再，并不唏嘘，我们只是无须用外在表达太多内心的情感。

朝阳街里走一走，烟台山上爬一爬，斯景不负远行。君顶美酒荟的西式大餐，不多不少刚刚好。荣成俚岛小饭店，吃了都说好。最好的待客之道，就是顺从客人的喜好。最好的交往，不是把自己磨圆，是让朋友接受你的柔软与峥嵘，彼此之间激发善的力量。

葡萄继续生长，等待秋天收获；海参已经捕捞，不久现于朋友餐桌。左手是海参，右手是美酒，一边是健康，一边是情怀。离别总是短暂的，杨梅时节，我们慈溪见！

忆荣成

距离上一次去荣成，已是半年有余。这些年，每年去荣成的次数，在减少。一个是因为事情比较多，另外一个是荣成比过去喧闹了。以往去的时候，住在物资大厦。整个荣成没有几幢高楼。我喜欢住在后面的单人房间。向北望去，是低矮的民房，民房之后是远山。说是山，其实也只是丘陵而已。冬天的时候，积雪覆盖着民房的屋顶，以及远处的丘陵。远远望去，白茫茫一片。近处"荣成民政"，四个大字，依然如我初去时一般。而曾经的车站，已经不复存在。记得，那时在这边下车，买一串葡萄，走过希望书店的门口，然后进去物资大厦。这条路，我走了多少回，当时也没有问过自己，何时可以走完，心中也是茫然。而时间，却早已凝固了那行走的姿态。上一次去荣成，没有住在这边。倪氏海泰的房间再豪华，窗子对着的大海再辽阔，没有记忆的成分，依然不能让我流连。对荣成最美的印象，是站在酒店的楼道口，看一轮红日，徐徐在东边升起。温暖的光芒照亮我青春的脸。而如今，这种感觉也不复存在。物资大厦的四周，已经矗立了许多高楼。旭阳从钢筋水泥的丛林中偶现，待我完全欣赏她的风姿时，已然是九点之后。九点之后，她也失去了可亲的一面，光芒晃得我无法睁眼。去荣成次数的减少，也许有一半是因为在物资大厦望雪与观日的不如意。风景的改变，或许是对记忆的最大伤害。

　　不过，好在还有金穗饺子，在新庄那边继续开着。虽然已不在过去我经过的路上，但荠菜饺子的味道还没有变。记得当时，我说来三两，老板不让，他说半斤起。荣成人的胃口就是那么好。后来，我总是付半斤的钱要三两饺子。饺子都是现包的，新鲜的荠菜与猪肉，与面粉合作，配上蒜瓣密集的老陈醋，那是老荣成的味道。德君美食的消失，至诚巷的没落，只不过是明月旁边的几抹浮云而已。一旦品到荠菜饺子，便有不负此行的意味。友谊的火锅，是新荣成的记忆，在我看来，只是一个后生。后生可畏，是因为食材的地道，清水一煮，海洋的味道，未带任何修饰，便是挚爱。荣成海域广阔，海水清澈，没有太多船来船往。附近工业污染很少。全国六个100分的海水牧场，有两个坐落于此。海鲜的鲜不在烹饪的高超，在于质地的纯真以及火候。这是我还有一半要来荣成的理由。

　　虽然次数在减少，但心中对她的喜爱不会减少。虽然荣成的变化，不是很符合自己的感官欣赏，但我依然觉得回忆难忘。如果有朋友要去荣成，我一定把这件事，看得比自己去还重要。去年冬天，与铁兄同行。在成山头的茫茫风雪中，我也是第一次体会了荣成的彻骨寒凉。每一次去，都有不同，或许就是我爱她的另一个理由。雪下在天地之间，如人行走，没有一个同伴，我想也是寂寞的。在呼啸的寒风中，我们的脚步陷在深深的积雪之中，手机也自动关机之时，铁兄递给我他的围脖，这一刻，反差让雪也变得温柔可亲。我时常想，很多的相交，因为没有经历寒凉，而让我们看不清楚。而某一刻心灵暖流的交汇，亦可以让友谊抵御未来的风浪。

　　我爱她，风平浪静；我爱她，暴雪纷飞；我爱她，清凉的夏季；我爱她，烈酒的柔肠。

　　我还是要去的。那里有我的朋友，有我的记忆。即使，再忙；即使，她变得再陌生。我还是要去的。

成山头

　　往年冬天，是必须前往成山头一趟。铁兄 2018 年去后，一直念念不忘。烟墩角的天鹅，雪中枯萎的玫瑰，还有停泊港湾里，红旗招展的渔船。这一切，像雪下过的天尽头，凝固在梦境里面。昨日，在余光中关于书法的评论中，欣喜见到成山头，赶忙发给我。我不懂书法，犹觉得余光中说得是。他说，书法一笔下去，不能修改，而诗可以。可见书法之难，李斯也好，康熙也好，他们在此落笔，就永远以当时形态落了下来。这是中国书法独有的魅力。而我每次去成山头，无论夏天，还是冬天，都能感觉生命与天地之契合，我用脚步书写了自己关于命运的记忆，同样也是当时形态永不更改。一程路，一时人，波涛汹涌，山岛竦峙，个人虽如沧海一粟，热情滚动时，虽天地而不能及。

　　2020 年以来，往日惯例的行走停滞。成山头，天鹅湖，那山那海那人，无时不在思念中。见面少了，隔阂化了，一味想起先前美好日子。帕斯捷尔纳克讲到，那些理想、目标，由此围绕的泛泛之谈，初听激励人心，细听乏味，仿佛是无话可说，拼凑出来，洋相百出。真正让人觉得永恒的，是那些寻常的小事，成长与老去的一些痕迹。当我们言语中，对一食一饭、今日的天气、外孙女的笑容充满关切时，这样的话题永远不会聊到没有朋友。尤其是聊到这些年那些失散的朋友的信息，我们的眼中就发出光芒。每个人的走向在时间里清晰，我们不要评价与总结，一味从丰富与快乐着手，我们便感觉到人生不虚。开放以来，这种感觉尤为明显，当你只有一个困难要去战胜时，你完全收心。你终将在这次劫难中，重新寻找到自己。

　　记得那年小胖与阿苗去的时候，中午在老兵饭店喝醉。晚上我带他们去德君美食吃熬花鱼。两人皆无食欲，使得这次推荐无果而终。他们损失，我更是。美好的食物与文章、风景一样，需要知音共赏。而他们唯一的一次德君美食之旅，就因为喝醉错失了。时间推移，德君美食也移址，消失。每每想到此事，我不无遗憾。徐哥问我，真的那么好吗？我从不怀疑。即便阅历加深，时间推移，人间风味一次次尝新，我依然肯定。这些年，我太过摇摆，关键就是行走停滞。唯有在海天一角，一切无可拥有与失去时，才能拥有真实的自己。

　　人间有疫，天鹅却不会迟到。往年此刻，我总是不断变换角度给天鹅拍照。我的手总是冻得通红。我记得那年芦苇中那朵枯萎的玫瑰，她在苍茫天地间、寒风中、冰雪里，已经变成一朵干花，却没有垂头丧气。

君　顶

　　昨天他们如愿以偿，屡次受疫情影响改期推迟的君顶之行终于成行。昨夜他们如愿以偿，一步一步从窖藏——飞腾——东方——尊悦——天悦……从陌生喝到今生不离。远处夕阳西沉，暮色包裹原野，待主陪副陪坐定，第一口酒下去，旅途辛劳荡然无存。逃离高温，去往气候宜人的酒庄；逃离琐碎，去往热情激扬的君顶，我只想说，你们真是一群幸福的人。

　　自去年生肖酒获得堂哥的首肯，初到君顶的欢喜又一次被唤醒。为什么、在酒庄喝的每一杯酒、甘甜清冽，而回来之后甚少有这种感觉？究其原因有三：一、酒庄品酒，总是倒四分之一，然后轻轻摇晃，慢慢啜饮。而慈溪总是倒满，一干而尽。二、酒庄宽大的包厢三面玻璃，落座时，暮色无边，飞鸟与还，酒到三巡，月色朗朗，星光熠熠。三、远离家乡的释放，山东朋友的好客。主陪副陪轮番上阵，宾主尽欢，全无身份等级之分。让人感怀，人生到了君顶，即是到了巅峰，内在的力量被唤醒，激情四射，醉了的不是你，而是在现实生活中被你无数次遗忘的那个人。

　　君顶地处全球七个葡萄黄金海岸，只是因为品牌时间短而不为一些人所知。其在国外屡获大奖，酿酒工艺已在国内领先。从种植、酿造、包装、储藏、出品，整个流程都在酒庄完成，产品质量放心可控。隆冬的一根枯藤，到金秋的一杯红酒，蕴含着君顶人辛勤、创新，以及对品质的无限追求。

当茅台越贵的时候，就越能喝到，这是国人的信仰与习惯。君顶品牌就像一只羽翼尚未丰满的孔雀，她一步步完善、成长，假以时日，你们便会被她真诚的美所震撼与感动。

一入君顶门，一世君顶人。今生今世，如果有什么可以偿还你为了追求付出的辛劳与痛苦，答案就在那一杯 2014 年的天悦里。

荣　成

　　这次回来，丁姐捎了无花果、喜饼、封装好的山苢楂与荠菜给我，里面还放了四个豆沫球。这是很胶东、很胶东的风味了。徐哥给我 12 个白馒头，这是我要求的。海鲜什么统统不要，我就要这些。

　　这些东西，可以拖长我对那个地方的记忆。

　　这次一直住在海边，借助无人机，终于看清了，倪氏海泰正对面那个孤岛的全貌。朋友说，多角度审视自己，想必也是如此。

　　徐哥老了，黝黑的脸更黑了。染白的鬓发，伛偻的背，眼色发黄，相对于外表，更为衰老的是他的记忆。唯一不变的，还是那个倔脾气。

　　这一次去，我说过不再和他较劲。两个人行走在海边，看着海鸥飞来飞去，没有过多交流。仿佛一切从大海中来，又随着浪潮回归大海。

　　那香海的车来车往，人山人海，让我失望。除了那一道与海面平行的晚霞。

　　喜宴中，朋友的发言坚强有力，对婚姻的祝福与要求并举。与无聊人说无聊话，呢呢喃喃两三小时犹勿知休，上正场必是钳口结舌，而他正好相反。他是为大场面而生的。

与安哥在樱花湖夜走一圈，大概 6.5 公里。说了认识 20 年以来加起来也没有那么多的话。彼此的人生因为对方而闪亮。

涛哥去年车祸，昏迷了很久。这次特意去看他。气色尚可，原先他说话有点不清楚，现在倒是字字明白。左手需要一段很长的康复时间，也是不幸中的大幸了。

晓波和楠楠陪我吃了一顿饭，在开海酒店。曾经喝下八两五粮液、两瓶君顶干白的地方。往事不堪回首，主要是如今的退化。

张哥还是那么忙，退休遥遥无期。要他们来一趟慈溪，或许比出国还难。

峰哥来了，酒是他喝的。然后说我不保护他。唉，以前我要保护的人，因为我的保护绝交了。

山海依旧，城市变得喧闹，琢磨此处除了感情，再无法令我神往之时，临回来的那次晚餐，又让我依稀有当年的感觉。

那是在俚岛，进去像住宅一样的房子里。我们掀开门帘，小院里点菜，一排是海鲜，一排是肉类与蔬菜。我想要个海鲜大全，点菜的白净丰腴的姑娘戴着个眼镜，对我说："海鲜大全没有全，只有扇贝。"我想要个现包的饺子，她说："没空给你包。"海鲜新鲜，做法地道，虽然地方小，但非常干净。与我心中期盼一致。

一些特殊的原因，原先两三个月去一次。如今已是近两年。物是人非，我惊觉他们的变化时，或许他们也是同我一样。这些朋友，我们没有任何生意上的往来（有些以前有，现在也没有了），但每次过来，他们都是热情招待我，让我倍感荣幸。

生意、买卖都不在了，我们只剩下了感情。青春、激情都不在了，我们只剩下了彼此。

爱上一座城，因为那里的人。

鹅

　　徐哥寄来了鹅。头天还在群里说，第二天鹅到了，因为是从廊坊寄来的，我还纳闷谁寄来的。然后，翻阅昨天的文字，看他煞有其事地写了一篇关于红烧鹅的文字，才知道是他寄的。他的烧法我看了，但我不能付诸实施，母亲也不会。所以只好隔屏闻香，吞咽唾沫，回味那久远的滋味。

　　那是六月，樱桃的季节。他带我去一个偏远的地方吃鹅。具体地址我已经忘了，车从崖头出发，走了半个多小时，经过一个村庄，到了一个空旷的地方。这里只有一间平房，后面养着鹅。房前有一株小樱桃，朱红的果实，缀满枝头。前面是一片麦地，麦浪滚滚。进来小道边的土丘上长满芒草，还夹杂一些不知名的野花。我溜达一圈，进屋时，鹅也烧好了。房子中间用砖头垒起的一层土灶，支起一口大铁锅。掀起锅盖，香气四溢，汤还在沸腾，洒上葱花，可谓是色香味俱全了。

　　他寄来了鹅，我想起了吃鹅的往事，才发现我已经很久没有去荣成了。疫情也有关系，更多是事务繁多抽不开身。看他喝酒，消沉，内心也有些戚戚。分开久了，一些不快渐已忘却，一味地想起他的好来。有时也想，自己虽然出于关心，但言辞或行动，是否超出他人能够理解的范畴？好在时间可以过滤一切，残雪消融，樱桃还会挂在那寂寞的山野。

　　"走出是与非的观念，有一片田野，我们在那里相见。"朋友之间，没有道理可讲，只有相互体谅。情感永远不是单向通道。对你一知半解的新交，那些分分合合的旧友，是你生命的温暖。

海边日出

　　六点钟的时候，海面与天空已经暗红淡黄。沙滩上覆盖着一层薄薄的白雪，走上去吱吱作响。栈桥最深处红旗飘扬，旗下有一个穿着军大衣戴着雷锋帽的人蹲着。我以为他也是与我一样守候日出。走近一看，他在钓鱼。一群天鹅排成人字形从我头顶飞过，北边城市高楼笼着一层薄薄的灰雾。下过雪后的清晨，不像雪前那么冷，不知是温和的色彩，还是期待，给我内心制造着暖意。偌大的海滨，天空、海洋、人工岛、礁石、伸入大海的栈桥、一艘缓缓划过海面的小船、垂钓的人与我，这样的画面，宛若梦境。

　　红日缓缓升起，我的内心为之一震。初跃海面的它，并不呈现圆形，下部被海面与天空之间一层薄薄的云雾侵染。像脱离母体的婴儿，被脐带缠绕。即便已经跃出海面，太阳还是不那么刺眼，像煎蛋里的生蛋黄。它温柔地打量着这个即将被它照耀的世界。海鸥自顾自飞着，垂钓的人盯着钓线，渔船在海面画出一道直线。高楼还没有醒来，沙滩与波浪嬉戏正酣。不久后，阳光开始刺眼，在海面与沙滩射下一道光线。它已是少年郎，元气满满，期待满满。初来此地，我也是这样的年纪，年少轻狂，壮志满怀。那样的时光，转瞬即逝。

　　当太阳跃过海边的礁石时，日出剧情已经落幕。寻常的一天开始了。踩着积雪，在雪白的沙滩留下孤独的脚印。一只灰雀在光秃的树干上咕咕地叫。随风说，树把叶子清空，为了等待新的生命的到来。春天固然好，却懵懂未知，不知珍重。冬天虽然冷，万木萧条，却唤起我们对生命的热爱。《1Q84》里说："你做过某些事，以后看到的世界就不一样了。生活只有一天天推进，绝没有后退的道理。"但如果这不是你要去的方向呢？

太阳挂在海面，已经不能直视。像这座小城，长满了狼牙一般的高楼，而我渴望的只是那张平坦温柔的羊皮。与其外表，可以闭眼视而不见，如果内心长满狼牙，那会看到一个多么恐怖的世界。一夜纷扬的飞雪，带来一个宁静的清晨。走出来吧，朋友，去看一场日出。

一个地方的美丽，靠异乡人的眼睛发现。一个人的幸福，靠另一个人定义。

悠悠鹿鸣

轻舟已过 QING ZHOU YI GUO

把心清空

最近喜欢上了日料，不是因为口感有多好，也不是喜欢那种格调，而是她的分量都较少，吃完，若觉得不够可以再点，不造成浪费。不像大的宴席讲排场，菜不多，给人一种不客气的感觉，太多了给肠胃造成负担。如喝茶一样，随着年龄与身体的变化，饮食习惯也在变化。从年轻时在四川的无辣不欢，到山东饿虎扑食，到应酬高峰期的搜奇选妙，到如今一盘寿司，应付一餐，个人感觉都是恰如其分。

自己喜欢上了，难免要邀请一些朋友一起品味。铁风默水，四个人，每天都要聊的，现实中聚首今年还是第一次。约日子，总是遥遥无期，选日不如撞日，下午起意，难得都有时间。也许是太久不见，格外思念，也许是日料彼此都不反感。于是，约者有心，众相呼应。兰亭归来，亦有许多感触，如此知音，当以叙衷怀。

四个人，四种出行方式。城北、城东、城西、城中。步行的最快，因为笨鸟总要先飞，才不至于拖后腿。依次到来，款款而坐。随风依然肤白如雪，气色上佳；孟圣装修劳累，略显沧桑；铁兄白衣染墨，乐中归来。现实与微信不一样，微信是信手拈来，现实是嘘寒问暖。一切平和温馨，酒虽然带了，但未饮也不显情怯。

当世之事，一言带过。个人感受，浓墨重彩。随风讲到家中事物，除了书，能扔的皆想扔掉。铁兄以为孟生还是旧职，而他已辗转漂浮多次。对他而言，身怀绝技，何患无容身之地。铁兄自己，亦是文章书法不辍，自娱亦悦人。个人有个人的洒脱，活出真滋味。而随风所言，令我沉思。

前些日子，村里整理公共地带的杂物。一些老年人把不用的东西都放在楼梯间，水缸、废弃门窗等等，这些事物余生都不会再用，但也舍不得丢弃。这固然有过去的情思，也有从一穷二白过来的珍贵品质，但如今确实需要丢弃了。放在这里发霉发臭，滋养虫蚁，对环境与健康都不利。公共地带如此，家中可想而知。前些日子读到一篇一位老人去老年院的故事，那边只有一居室，一生所藏，能带多少？几身换洗的衣裳，一只茶杯，几本闲书，一些必不可少的药，其他都可略去。

事物如此，食物如此，情绪更是。突然到了一个越少越好的年纪。每一样经手的事物都会带走你的一部分感情，而你的感情是有限的。朋友感慨说，事情一多，心就乱了。心乱然后疲惫，然后正事副事不分。北欧人崇尚极简主义，无可牵挂才最幸福。我只想对随风说，看不下去的书也扔了，放在那里，也是一种负担。

人之相与，俯仰一世。这短短的期间，不要填充太多的东西。无情的人，才有很多朋友，因为他克制了自己的感情。有心的人，做好自身，善待他人。天天在一起的未必知心，沦落天涯的遥遥呼应。把心清空，才能装进未来的风景。

有友如斯（一）

　　朋友写了一篇读书笔记，对自己以前对林语堂的定性，进行了批评。随风奉之若宝。不知他是对林先生怀有同样的好感，还是欣赏朋友的文笔，又或是文章对他看人看事有了启发？我只读过《苏东坡传》，他通过苏轼的三封信，肯定苏轼伟大的人文主义情怀。一、对黄州弑婴风气，给太守的信。信中对此进行调查，并且建议兴建育婴院予以安置。二、江浙水灾给太后的信，要求免除赋税，进行赈济。三、给章惇儿子的信。虽然被章惇迫害一贬再贬，但风云变幻，章惇被贬时，绝不会落井下石，加以迫害。一是对生命的敬畏与尊重，二是对黎民百姓的关怀，三是对仇敌的宽容。我想我们欣赏"人生如梦，一樽还酹江月"时，应该知道苏轼的这一面，他为世人所喜爱，不仅是美丽的诗词，对困苦人生展现出的豁达乐观，更是因为他伟大的人文主义情怀。林语堂或也是！只是时间的沙砾还未抹去那些细小的或不存在的瑕疵。

　　有些书一口气读完，有些则需要慢慢品。华文作家的一般是语境相同，读得快，译作则慢。同样日本作家，川端康成读得快，三岛由纪夫则慢。随风是一个适合慢品的朋友，一如正岩的大红袍，第三泡有些感觉，第五泡最有味，累计泡十多泡，依然没有水味。金如大哥说，岩茶如友，越陈越香。但多少能经得起一泡再泡？再者，人生是一个寻找沉淀的过程，当你觉得他快没有味道时，他突然抛出一饼上了书的 2006 年紫龙圆普洱熟茶，红亮的茶汤，再一次惊艳时光。

　　朋友说，把写过的文字整理成册，付梓出版。随风说他买十本。我是他风雅生活的倾慕者，他亦是我情绪波动的见证者。有一次，他为我暴露他的身份而怪我，说我不懂这种隐藏的神秘快乐；又有一次，他为我"李花谢了林红，太匆匆"，充满好奇地问我。怀民亦未寝，相与步于中庭。美好如斯，夫复何求！

　　我们对一个人的定性，往往充满偏见。可以对事执着，不可对人执念。岩茶如友，是因为我们经历了时间的洗礼，有了更多的了解，相互契合，找到了打开彼此的正确方式。那些消散于天涯的人，或许，我们并非同一种属，但依然祝愿，被时光温柔以待。

有友如斯（二）

　　十年前，通过朋友介绍与他相识，业务上有了交接。彼时初创，时有资金短缺。他总是忙到很晚，支付货款稍差一些，他说，兄弟能否这样，你这部分我明天给你。如此也就几次，最多不过两天，无一次违约。他总是羡慕我，说你的生活已经很好，我还没有落脚之处（房子）。如此，几年中时常联络，相互鼓励。功夫不负有心人，在我认识他两三年后，生意突飞猛进，月产值千万以上。他，还是很谦虚，说运气好。是运气吗？我认为是诚信+努力+机遇。他后来告诉我，这次创业之前因赌博输掉几百万，房子也没有了。一段时间，把自己关在一个小房子里沉思，难道人生真的就这样了？于是痛定思痛，规划好每一步。自助者天助，到2019年，事业达到高峰，城中置房数套，添置豪车若干。

　　我们合作十余年，没有吃过一顿饭。反而现在没有合作了，聚了几次。人之感情，并非推杯换盏。是对方的品格，是彼此的信任与欣赏。有一次，我资金不够，他二话不说，直接给我打了远超我身价的金额。我经营海参，未见他来购买，我做了葡萄酒，他说喝酒只喝君顶。后来，他解释说，那时创业没有资金，有个朋友无偿借他十万，他也做海参生意，这个我必须他那里拿。我对他，不说肃然起敬，只是觉得今生有幸与他交织。

　　前不久，也有一位朋友，交织了十多年，以前也欠我一些，过来说最近有些短缺。态度诚恳，言之凿凿，念多年情分，无偿助他。如今未有回应，听闻出了大事。无他，应有音讯相通，如今不知事情安排是否妥当，钱是小事，愿他无虞。

　　人世沉浮，年岁渐长，一切好像真如预想。一个人，包括自己，未来怎样，即在今日言行举止之中。无奈看自己总是不够全面，或带着先入为主的观念。人各有命，富贵在天，这个天，即你自己为自己创造的环境。

初　心

　　一杯紫笋茶在杯中舒展，沉落之际，想起去年的安吉长兴之旅。此刻，小强与莫姐都在忙碌中。山间的雾气还未消散，正是采茶的好时机。去年此际，客商不能前来，茶农损失较大。去年见小强，身材消瘦，脸色黝黑，除了茶园，还外出做焊工。FG 与我皆劝他不要太操劳。莫姐的茶园面积有几百亩，前年又在长兴与安吉交界处置了一块茶场，采用生态防治，茶树中间种植灌木，生养一些吃病虫的小动物。从她身上我看到一种对品质的执着。或许这一点我们有雷同，好当家成立八年多，无论潮汐洋流对海参个体生长的影响，还是店铺经营的实际困难，我都不屑去进那些低价的养殖海参。吃进去的东西，何况用来养生，怎么可以敷衍？望着青绿的茶园，与望着好当家的那片海，都可以让人感觉疗愈。

　　昨日与 FG 讨论，开饭店做自己的特色，还是迎合客户的口味？哲学的最高领悟，就是越坚持的时候，越漏洞百出。GS 的理论，比较符合实际，以规模来看。樊登讲到，在上海，即便你开一家格鲁吉亚餐馆，一样门庭若市。因为城市的容量不一样。做特色，需要勇气与坚持，成功了，就可以持续发展。如果一味迎合客户，最终做成四不像，也不会受人待见。做成别人家的厨房，还是自己家的餐馆？只做朋友，还是面向社会？关键还是初心，你开始想怎么做，如果初心一变再变，就没有可以依赖的东西了。

很多年前，听王立群讲《史记》，记住了两段话。王立群说，琢磨事，琢磨人，琢磨钱。琢磨事的人能把事做好，琢磨人的能处理好关系，琢磨钱的人能赚到钱。既琢磨事又琢磨人还琢磨钱的人，能干成一番大事。还有一个，你要成功，要自己行，别人说你行，说你行的人也行，还要身体行。多年后重温，对照以上人物与自己，别有一番滋味在心头。

人有不为也，而后可以有为。相对于拥有财富的人，我更欣赏拥有自由的人。那日，替朋友算账，每天用一万，即便如今开始一分不获，到一百岁也用不完。物质并不能决定幸福。人活在世界上，还是留下些个人印记明显，又给他人带来愉悦的东西，比如一首小诗，一杯好茶，一头值得放心的海参，还有轻轻的一句问候——早安，朋友。

黄山朋友

那是 2019 年夏天的一个中午，一阵细雨过后，我们来到了朋友位于屯溪的别墅。两套房子东西相邻，中间隔着一块草地。别墅后方是一条小溪，水流湍急，水草丰美。再过去就是山坡上几套宫殿似的别墅，因为太大，价格太高，一直无人问津，成为飞鸟与杂草的栖所。对朋友来说，使得自己的住所更为清幽。

我们是十点多到的车站，朋友亲自来接，待到家中，满满一桌饭菜已经备置妥当，都是黄山特色。主宾坐罢，斟上一杯满满的陈年习酒，酒色淡黄，酒香四溢。寒暄罢，忽然厨师中走出一枚壮男，身着浅绿中带黄的 T 恤，短发，额上满是汗滴，端着一碗炒豆腐出来。主人介绍，这是他的朋友，做食品生意，烧得一手好菜，知道我们要过来，特意请他掌勺。家中待客，已属至情，朋友烧菜，更是难得。招呼坐下，开始饮酒畅谈。峰哥对食材颇有研究，每每尝到菜中绝妙之味，评谈一番，与掌勺朋友年龄相仿，甚为投缘，两人不知不觉间，各饮了一瓶多习酒。情好，菜好，酒好，气氛好，不一醉方休，便是对良辰美酒的辜负。我酒量差，也喝了八两多。饭后，细雨绵绵，一只小鸟栖在檐上钢筋处，满是自由与满足的味道。

这样的交集，那些年不少。那种欢乐，总能时不时在落寞时想起。美好的过往，是未来的方向。但很多热烈的交织，也是仅有一次的碰撞，大多数淹没于时光。昨夜，带我们去黄山的朋友讲起，说他的朋友，每年都给他寄臭鳜鱼，口味甚美，吃得他周边的朋友都上瘾了。于是不能让朋友一直破费，再三要求，让他推荐做臭鳜鱼生意的人的微信。加好通过后，消息过去，对方不睬他。人家一天做几吨臭鳜鱼，小客户不放在眼里？加微信只是碍于朋友面子？不得而知，反正就是不回。另一个开饭店的朋友，尝了他的臭鳜鱼，也念念不忘，要了微信过去，加了，要大数量，也不回。峰哥前不久也开饭店了，不信邪，也加了微信，说老板，我是谁谁的朋友，你的臭鳜鱼天下第一，能否发点过来？对方竟然回复了。原来卖臭鳜鱼的是那位掌勺的朋友。一看峰哥的头像，二话不说，就寄了过来。大家甚为惊讶，都不知峰哥用了什么手段。峰哥只是笑笑，这个笑，依旧那么迷人。

记得那次夜晚，天晴了。我们游了屯溪老街。那日经过的古桥，桥墩前方为三角形，缓解水流的压力。不久后，一场暴雨，还是把桥冲垮了。去过一些地方，你就会留意那些地方的信息，就会想起那个地方的朋友。人生每一次交汇，都有它特别的意义。

我最忌于春节出行，人多车挤，物价飙升，服务质量下降。但大多数人，觉得孩子放假，自己也休息，是难得的亲子时光，于是即便每年春节到处人山人海，也是趋之若鹜，颇有明知山有虎，偏向虎山行的气势。问及大多数人，便回答，为了孩子，不是孩子谁愿遭那份罪？从都做如是想，所以今年尤甚。

台　历

　　前几年，他送我诗词与古画结合的台历，胶版印刷，质感一流。偶尔翻阅，总能从现世的紧凑跳跃到悠悠古意之中。不求看过的都记住，那时舒缓，就足够了。今年他送我的是敦煌壁画所做的台历，画中的猴子穿越千年，依旧活灵活现。菩萨慈眉善目，庄重典雅。还有一只奔跑的兔子，生动活泼。朋友说，远超当代工笔画大师的画意。即便如今有那么多可以借鉴与参照的东西，但那份专注，是永远寻不回了。他说，我每年买两本，一本给你，一本给自己。不知不觉，通过相同的台历，我们已划过很长的岁月，也积累了很多相似的感悟。知音难觅，他是在默默培养一个能与他共语的人呀。

　　我对石窟艺术也是非常喜欢。龙门去过，敦煌在计划中。张大千在敦煌临摹几年，或许是艺术上让自己质变飞跃的阶段。清朝壁画的后面，或许还有北魏的壁画，前人不知疲倦地不断涂抹。壁画的最早源头应该是岩画，世界各地都有发现。后来，因为颜料的增加，为了对色彩的保护，转到了洞窟之中。中国西北，干旱的环境，也造就了洞窟艺术的高峰。尽管很多壁画，年代已久，斑驳脱落，但相比其他艺术品，她没有经历偷盗、抢劫。余秋雨在莫高窟中，为王道士正名，在那个时代，王道士已经做了他能做的极限。我觉得这种角度很好，欣赏壁画，也应该具有这样的角度，而不是从你固有的艺术定位出发。朋友送的这本台历，又将伴随我，进入一种新的艺术体验，让每一页的翻动洋溢着美，流动着情感。

先前，他送的天目盏，不小心摔坏了。网上买过几个，总不能与之相比。一日偶尔聊起，说如今几个茶杯，都不如你送的天目盏。因为她带着友谊的光辉，渲染着你的风采。他笑着说，再送你一个。又悄悄对我说，你在暗处，用小手电直射杯底，流光溢彩，美轮美奂，才属佳品。我先前从未试过，只觉得她厚重古朴，散热快，不烫嘴。想起以前与天目盏日日亲密唇吻，那份时光也是异样美好。

那日与一位芳龄女子相谈，说，我长你几岁，知道人生太多别离，很多原先交织甚密，最终也会无声无息地离去。人生是此一程彼一程的际遇。以前也收到过杯子，杯子还在，人已不再联系。斯生有幸，他的台历一本接一本，杯子碎了，友谊还在延续。

让一切随风

　　2006 年，某个夜晚，浒城某服饰专卖。那夜没有风雨，回忆起来总是风雨交加。大概有七八人，有些相识，有些第一次见。他们聚在一起，为一个共同的欠款人。那个人，当时大概欠他们合计四五百万。他们之前大概了解了那人的经济状况，方案是如果还 50%，可以马上清偿，如果要多，个人有本事自己去要，不在集体讨论范围。大家七嘴八舌，意见难以统一。

　　那些人，现在回忆不起轮廓与模样。那家店，当时浒城赫赫有名。如果，某个人在社会上发了一笔横财，会带着小弟前往，给每个人发一套。一为品牌，二为当时老板在社会上的影响。一个已经离去的兄弟，因为个子较大，开玩笑地说，看来不能按我的尺寸挑选，只能我去适应这个尺寸。那晚，有一个与我年龄相仿的朋友，帅气英俊，说话掷地有声。大家侧目以待，那些原本咕哝着的人，也不再坚持己见。

　　如今的社会，抖音、直播、微视频泛滥。那时，浒城身份的标志，只有车子与传说。他，停在门口的百万 SUV 与连号车牌，那时繁华热闹之地，从不缺席。江湖也有他的传说，这是他，虽然年龄在那帮债主中偏小，却能统领的底气与能力。第二天，按照 50% 的计划，大家拿到了欠款。欠款人畏畏缩缩，再三赔不是，说若今后有发展，一定加倍偿还。那时，欠债人总低人一头，如今，这些已不可想象。

　　四五年前，在山东的一个饭店，我等待一起前往参加马拉松的朋友。门打开后，进来的一群人中，发现一张熟悉的面孔。十多年前，只见过一次，我依然一眼认出他。时光并未在他脸上留下任何痕迹。大家寒暄了一下，为这偶然奇妙的缘分干杯。接下去几天，我们一起出游，唱歌。他喜欢唱钟镇涛的那首"让一切随风"，旋律响起时，仿佛又看到他驾车在洢城的街道一驰而过。

　　回来后，我们并未过多联系，只是偶尔在微信运动中点赞。但如果听闻对方的事，总会在第一时间联系关怀。时光流逝，看似坚实的渐渐崩塌，我更为怀念这种云淡风轻的感觉。

唯见青峰立九霄

　　说好两点钟出发，马老一点半刚过，就与司机在停车场等我们。群里发了消息，我便匆匆赶去。等人齐了，他在车上就说开了。讲了企业原址现在因他人需求，出租了，现在自己租在环杭州湾智能园区。因园区大楼较多，他又只租了一层，停车要收费，等等，他怕大家麻烦就特意来接我们。他，年事已高，又是知名企业家，这样诚恳认真，实在令我辈汗颜。两点左右，我们抵达了园区，他又和我们在楼下等另外的车辆到来，说上面是人脸识别，等大家都到了一起上去，其实完全是出于对来访人员的尊敬。

　　在会议室坐定后，他先介绍了企业的具体负责人，然后打开笔记本讲起企业创办的经历。公司 2002 年创立，主要从事智能门禁系统。创立之初，他们参加展会，还没有专门的电子展览馆，借用的是农业展览馆。如今安防系统的霸主某公司，那时也是同样的起步。对方做了民用，而马老的公司是为一些有特殊需要的客户定制产品，要求比对方高，而面比他们窄。他丝毫没有后悔当初的选择，他的理念是做"专、特、精"，不断提高研发水平，在这个行业保持领先。他的理念，与社会上大多数企业不同，很多企业追求做大做强，后来都倒在了这条路上。他说当物质能够满足生活时，人要为推动社会进步而努力，而不是只追求利益。

　　关于企业负责人孙总，他用五个一形容他，"一辈子、一个妻子、一个老板、一个企业、一份事业"。孙总是湖北人，清华大学毕业，二十五岁就跟着他，两个人情同父子。孙总讲了三个"忠"，忠于企业，忠于老板，忠于自己。他与马老的默契可见一斑。孙总作为新慈溪人，作为创业者，他对慈溪这块创业的沃土，有着深深的热爱与肯定。他说如果其他地方也有这样的营商环境，我们的经济发展一定会超越德国。他也讲对企业的大小的看法，很多大企业，就像恐龙，但生物界活得最成功的物种，恰恰是蚂蚁。德国的经济发展，80%依靠中小企业。中小企业是经济活力之源，"专、特、精"，是立于不败之地的凭借。

　　然后，我们在孙总引领下穿上鞋套，参观了车间与仓储。每一台门禁系统像列兵一样等待检阅。这些是核电站专用，这些是供给某团、某讯的，这些是某国机场定制。某些集成块（芯片）安装前，需要恒温恒湿。整齐的货架，像一个企业挺直的骨架；一盏盏闪烁的小灯，像企业永不停止的心跳。宣传图册上，二十多年参展的照片，依次排列，一辈子专注一件事，从孙总平和的眼神中，我看到了执着与坚毅。

　　回来时，马老还是执意要送。坐在高大宽敞的奔驰房车里，我突然想到前些天火热的某辛某台合作的产品，它们带来的是什么，社会的进步，还是集体的精神沦丧？马老在会议室讲到"吃得越好，病得越早"，物质享受，不是摧残身体，就是消磨意志。每个人都被时代裹挟着，但总有人可以认清方向！

罗老师

在 1995 年的时候，有一位大专毕业、略带羞涩的女孩，执教了坎墩中学高二（3）班，这个班级，是经过挑选、属于不重点培养的、偏科严重，或各有天才的优生班。女孩子有一条很长的麻花辫，圆圆的脸，穿着一条连衣裙，说话的声音很温柔，最大的特征，是她比我大三岁，其实属于同一个年龄段。

这个时候，也许梦想还没有凋谢。她开创了一个像流星般短暂、又在某些人生命中留下重点回忆的文学社，社名叫"不老墩"。我不知道是谁想出来的，或许是她，也或许是我。我也不知道，这寄托了她什么样的情怀，也许青春本来就是一个不老的梦。

为什么我至今还记着这些事情，关于她与不老墩。中间有两个小故事。一个是"羽扇纶巾"，她在课堂上念来，我毫不知耻地打断，说"羽扇纶（LUN）巾"，还洋洋得意。她的脸一红，对突发情况准备不足，以至于好久才缓过劲来。下课的时候，她把我叫到办公室，对我说，以后上课不要打断她，有不对的地方，下课来找她。并告诉我那个字真正的读音。我不知道，她是受到惊吓，没有当众指责我的错误，还是她的本心就是仁慈，即使面对无端的挑衅，依然保持自己的大度。

还有一件事，对我人生启发很大，即便如今也没有任何成绩，也影响我对人生际遇的态度。是在 1995 年，文学社成立之初，我投了一篇小文章，名字应该叫《风铃》，讲了一个房间里，一串风铃，在午夜无端地响起来。将所有存在的情况梳理了一遍，依然找不到它响的原因，于是臆测是自己不安的心绪拨动了它。在那样一个年纪，我便是这样敏感，一根针掉在地上，都可能让我把来路与前程，一次次在脑海演练，从而找到如何让它不掉落下来的方法。

重要的不是这篇文章，或者这份心绪。而是，我投稿了，一直没有回音。1996 年，我也参加工作，先去了武汉，然后到成都、重庆。有一天，突然爸爸跟我在电话里说起，有个同学，拿来了 50 元稿费和一本杂志。爸爸很开心，说我虽然没有读书了，还赚了读书的钱。我没有特别的喜悦，因为在我等待的时候，她没有到来。但同时也验证了，等待的重要，任何时候我们都不要放弃希望，把等待的周期延长到我们的一生，那样就会坚持，就不会失望，就可能出点成绩。

也许，当我们争执的时候，正是两个生命的彼此存在最浓的印迹。年龄越大，心越平常，渐渐失去敏感与天真。人生只是桥梁，不是目的。一个良师益友，从不老墩走来，她许给你的岁月里的期待，让你至今仍保留对文学的那份热爱。不老的情谊，从不老墩飞出，经过世事磨砺，心灵洗礼，已化为不可缺少的相互依存。

感谢你，我的老师。

（关于"不老墩"还是"不老屯"，我还是喜欢前者。）

28 年后的同学会

2019 年 5 月 2 日下午，要举办小学同学会了。起初，我不太相信此事能够成行。毕竟过了 28 年，世事变迁，很多人都失去了联系。但是在茅同学与马同学等诸位热心同学的努力下，我们六（乙）班，在很短的时间里，找到了 50 位同学，其他 8 位同学，有些是不愿出席，有些是下落不明，不过 50 位能够联系到，已实属不易。

遵循同学会一贯的风格，我们必须要去拍摄一下我们的母校。但是，马同学说拆了。记得，去年我经过那一块的时候，那两座房子还在，没想到我们需要的时候，它已经拆了。同学会办在它拆之后，或许更有深意。现实中的建筑，有它的周期。而记忆里的母校，永远有它的温情。

学校的东边是一个操场，北面的大部分都是河，西面是学校。我们从北面的路进来，经过操场的西面，进入学校朝东的门。进门以后，是一块长方形的空地，空地的南面是一幢二层楼，楼后面是草地；空地的北面是一幢三层楼，楼前面是几个花坛。两幢楼，都是由中间进去，楼梯起始都是朝南的。三层楼后面，是乒乓台，那种水泥做的，还有厕所。二楼的前面是一条河，中间有阶梯可以下去，换到今天，一定会被隔离起来，而那时却是我们快乐的所在。河的前面，是农田。河上有时还会有船，当然是那种很小的简易的船。中间空地的最西边，种着几株桃树，它的南边与北边都有一排小房子，前面好像是老师的寝室，后面可能是堆放器材与教具的房间，再后面是食堂。

我是一年级下半年转校过来的。当时还有同村的几个小伙伴。我们的班主任，是数学老师史绍连。老师有点瘦，很帅，当时五十不到的样子。他对付不专心学习的学生，有他的一套方案。他让学生躺在讲台上，说老师要把你身上的懒虫抓走，然后就搔我们的腋窝，直到我们说，老师，懒虫已经抓走了。他就把我们抱起来，轻轻放下。而后一段时间，我们在上课的时候，注意力就会很集中，成绩也会有明显的上升。抓懒虫这个项目，只给顽皮的男同学享受，我受用了，如今依然受益匪浅。

我们最初在前面一楼最东首的教室读书。旁边就是老师的办公室。前面，还有一张水泥乒乓球台。我记得有一次，我把妹妹抱来，很多同学都争相抱她，就在乒乓球台旁边的桃树下。那时，港台电视剧刚刚开始流行，我们的文具盒上贴满了明星的贴纸。印象最深的是楚留香与许文强。科军抄满了一本笔记的电视歌曲，这很花工夫，因为你要看很多遍电视剧，才能抄完一首。不像现在，你可以百度一下。

如果一些人走远了，你百度也百度不回来。所以茅同学与马同学组织、筹备了这次同学会。感谢他们的付出与热情。也感谢他们的信任，让我担当主持人。回忆一幕幕，我就充当一下报幕员。在这美丽的初夏，我们曾经流逝的青春与激情，在君顶美酒里，再一次激扬心底。

单车少年

　　隐隐记得，在 1995 年的浒崇公路，三个骑着单车的少年。他们分属三个班级，却在回家的途中相识。如果把自行车挂在汽车的后面，应该是要花两三块，就可以到教场山，但不知是喜欢挥汗如雨，还是为了节俭，他们除了在去学校的时候，时间关系，偶尔会搭一下，回家的时候，如果天晴，从来就是骑车。林杰在石桥头那边左转，我和庆波继续骑行到锦纶三厂告别。1995 年的每个周五傍晚，我们在夕阳下，看着彼此湿透的汗衫，在那句匆匆的再见后，又期待下一次再见。

　　也是在 1995 年的某一天，林杰邀我在他家吃饭。那时，他父母在成都做服装生意，家里只有他爷爷和妹妹。爷爷个子不高，很瘦，但那时精神很好。那天，他爷爷给我倒了一碗啤酒。那是我第一次正式喝酒，喝下去是苦的。我很勉强喝完，心里想着为什么，酒那么苦，为什么还有那么多人喝，喝雪碧可乐不是更好？庆波，也在 1995 年的某个时候，在我家吃了一顿饭。他家是天元那边的。吃好饭，骑到家里，已经很晚了。

　　彼此熟络以后，我们就一起吃饭。那时我定了一个规矩，谁吃得最慢，谁洗饭盒。一般就是我最快，林杰最慢。如今我吃饭那么快，胃不好，也是拜自己当初这个规矩所赐。早上，因为庆波起来早，又最小，就由他来蒸饭。食堂在坎中的东边，自来水龙头，长长的一排，我总是吃完后，看林杰不紧不慢地洗着饭盒，心中有一种获胜的喜悦。

　　到高二的时候，我和林杰都分到成绩相对较差的三班。三班在三楼的最西边。既然，学校对我们都没有信心了，我们也只有完成任务了。那时北面的窗户外，是一片空旷地，临近的地方，种着桃树。春天的时候，桃花开的时候，我更多的目光，会投向细雨中的桃花。想着，自己也如这花儿一样，已经提前凋残了。每一天的学习，都心不在焉。沿着楼梯下来，往宿舍隔着一条煤渣路，两旁是高大的法国梧桐。再往西南一点，进去就是我们的宿舍了。一口水井在宿舍南面，我经常看见孟生穿着回力鞋，夹着一本书，在我面前飘过。

　　我和林杰没有读高三，庆波后来考上了重庆钢铁大学。我去四川那一年，在成都荷花池市场，看望了林杰的父母。在重庆，我也和庆波相遇了。后来林杰的父亲回浒山，开了四海歌舞厅。那时，林杰开了一辆雅马哈太子车，经常驰骋在浒山那时并不宽阔的街道上。不过，我始终认为，招摇不是他的性格，那时他只不过有一种激情，想做一个追梦的少年。

　　我们没有什么过密的关系，只是我们都不会忘记对方。一些大事情，我们都在走动来往。出发的时间越长，回归就愈难，但好在，每当记忆黯淡的时候，对方会在内心闪光。

蜕　变

　　晨雾慢慢散开，东方渐露微红。这个时刻，如果行走在森林公园，你的身边，会跑过一些慢跑的人，他们心无旁骛，只有心中默念的圈数。在这些人中，有一个个子不高，皮肤黝黑，永远有着最鲜艳打扮的微中年男子。这里的"微"，代表临近，却又有时光倒退的意味。他的举止与气质，比较独特，拥有很高的辨识度，如果认识我的朋友，想必已经知道他是谁了。

　　如果，大家觉得，这不过是跑步人群一个普通喜爱运动的人而已。那么，也许故事太过平凡，就不值得书写了。这个人，我曾经熟悉，熟悉他的生活，熟悉他的性格，甚至在他前两年刚开始跑步时，我也一次次熟悉他的半途而废。就像樊登讲的，刚练习跑步时，会有一个时间点，可以称之为瓶颈，一般人很难逾越。尤其是人到中年，事务繁忙，又有很多应酬交际的人。长跑不同于其他运动，枯燥无味，需要的不仅是毅力，更是与过去生活的决裂。

　　我知道，他不是轻而易举地做到的。我关注他的朋友圈，看他在荣马、舟马、汉马，最近的兰马中，一次次的出彩。那些轻松的姿态，与傲人的成绩，有时也令我怀疑，这是不是两年前，那个黑黑胖胖、油腻的中年男子。一个人完成了蜕变，付出再多也是值得的。

意义的本身比较宽泛，在我看来，人到中年，就是一次次不断的挑战。我们时常在自己认为的世界里，欢喜、悲伤、前进、沉沦，从未想过生命的另一种可能。熟悉的圈子，会给你一种稳定自满的情绪。我欣赏那些不断打破自我的人，让生命拥有多种形态。

天色微明的时候，想起那位奔跑在风中的朋友，心中充满了力量。

他的泰乡

　　那时，他刚去泰国不久，最为辛劳的时候。一切百废待兴，一切从零开始。买设备，安装设备，调试设备，马不停蹄，日夜兼程。即使这样，他还是邀我们过去。从冬天直接去往夏天的感觉，就像与世隔绝多年的人遇见了老朋友。从机场开始，他就一直讲述过来以后的种种经历，神情充满进步的喜悦。

　　入住酒店。酒店不大，但非常干净。旁边有一条河，除了下去的一个小平台，没有其他人工的痕迹。自然的就像 30 年前，家乡的河流。河流靠酒店这侧，有一个依附酒店的露天长廊，可以在长廊的玻璃桌上，品尝早餐。早餐每天都有换，我对三文鱼头情有独钟，可是只吃了一次。也可能，只有一次的经历，令人最为牵挂。一切在熟悉之后，变为平常，再也无法重觅最初的美好。长廊前面，是高大的椰树。椰树下面，是美艳的石斛花。另一侧是一个小的泳池。酒店离工厂有 10 多公里的距离，那时由于设备调试等原因，他安顿好我们后，回厂里睡地铺。

　　我们一起游玩了泰王宫、72 府，以及北榄那个海鸥翔集的长堤。在曼谷市中心的中餐馆，吃了一条八斤多的大王蛇。在泰王宫面前，付了 20 泰铢小费，收获了保安周到的服务与真诚的微笑。有一次，在他父亲与弟弟的陪同下，吃上了我心仪已久的咖喱蟹。菜的味道，有些小失望，这份感情却永远铭记在心。在泰国五六天，每天都换着口味。但最好吃的，不是回来时机场附近那次高档的豪宴，而是酒店附近的街市上，花了 1200 泰铢吃的地道的泰国菜。有鲜虾仁凉拌，既酸又甜，那种味道，过口不忘。

酒店那个黑黑小小的接待，眼睛特别明亮，箍着牙，笑起来很甜。那种亲切的微笑，在美国看不到，在俄罗斯看不到。我跟她讨价还价，竟然把房费打折了。每天早餐后，我会在酒店溜达一圈，温暖苍翠中，念起朔风吹起的北国。不知道这个季节，那边开的是什么花，也许是相思花，在他到来的时候，迎合着他的心情与需要。

友情是什么？是不远千里的探望，是搁置事业的陪伴，还是深夜里的惦记，以及失落时的安慰。他如今在那个酒店，刚刚用完早餐。我开玩笑说，冬天的时候，去住一礼拜。什么地方都不去，听木村好夫的"云雀的佐渡情话"，阅一卷余光中的散文。当然最重要的还是与他，喝着冰啤酒，就着那些看起来都差不多的烤罗非鱼。

她

　　很多年了，与她的交织只是文字。在这个匆忙流转、好奇心淹没的时代，彼此保留一份神秘。很多人，热烈过后消散了，再匆匆赶赴一场场未知的欢宴。杯盏之中的浮华，应酬之后的疲倦，相比这淡淡无定的交往，自己更喜欢哪个呢？或者热烈的掌声之后，一个人独对时间与空间的茫然，不可避免的寂寞之中，那一丝心灵的呼应，完成了生命版图的完整。

　　每一篇文字，她都看。然后轻轻点一个赞。多年下来，竟成了最了解自己的人。《漫步云端》藏着的一些东西，被她察觉。无言胜万语，理解胜赞誉。秋风起时，她的存在，时如美丽的庭院，晨光和煦，枫红菊黄。时如远山蒙蒙，秋云重重，令这漫步，有了踏实的铺垫。

　　昨天席间，讲到同频。同频一定不是一见钟情，是时光流逝中彼此沿着对方的脉络相互靠近。和其尘，同其光。峥嵘的棱角，在无数黑夜的自问中，磨出平整的光。内心世界的波澜，在如她这样的朋友那里，依然朝夕起伏。见与不见，终归落入俗套。落叶拨动情弦，天涯心声相传。

　　今天，她在我的记忆中跃出。在平行的时空，维系着友谊的文字，温暖了多少个清凉的秋天。相比那些烂熟的面孔，我更在意这心底的惊鸿。

杭湾旧事

　　那个叫张春野的朋友，不知道现在还在不在慈溪？他的钢琴弹得很好，在 2001 年的杭州湾钢琴吧。钢琴吧不大，只能容五六桌，每桌二三人。上面是万紫千红演艺吧，椭圆形的吧台，中间可以独唱。演艺吧那时的主管叫杨健，好像是宁波人。钢琴吧每一位只要十五元，你可以点歌，春野会给你伴奏。他瘦瘦的，脸白白的，说话和声细语，一点也不像东北的。我记得有一个朋友，经常唱许志安的"为什么你背着我爱别人"。这位朋友，理着平头，也很瘦，但是眼神犀利，两道剑眉英气十足。后来，犯事进去了。再出来时，我没有见过他。不过，他对我很和善，像今天的夜色。关于青春的回忆，总有些兵荒马乱。

　　春野后来在天地花苑碰到，他在大堂里弹钢琴。我们像老朋友一样，聊了很多。他说他白天教小孩子练钢琴，晚上在这里，为客人弹奏。钢琴前面是一个装饰用的水池，灯光在水面荡漾。他为什么来慈溪，向多少人讲述过他的故事，我不得而知。但是，那时我们真的无话不谈。那句"已经对坐了一夜。恐怕天色就要亮了"最后的"亮了"，我唱错多少回，他纠正了多少回。他从不发脾气，始终保持微笑。

　　至于杨健，还是很够意思。志军师父在慈溪大厦搞宴会，他出马做主持人，还带了几位歌星，一起吃了饭，分文不取。万紫千红演艺吧，那个贝斯手，东北大爷，告诉我，他的名字叫"坏蛋"。长得人高马大，一脸凶相。后来在文化广场公园东边和朋友开了一个蒙古包。我去过几次，歌声不断酒不断，让我醉了好几回。那些载歌载舞的女孩，现在都老了吧，一起喝马奶酒的朋友，走的走，散的散，激情永远地离我们而去了。

　　很多年以后，在影城对面一家很小的玉器店，我去穿貔貅吊坠。老板娘细心地帮我穿着，旁边一个大男人在吃晚饭。冷不防抬起头，这不是"坏蛋"吗？"你还记得我吗？""记得。"记不记得都没有关系。一辈子要见多少人，有多少在心里呢？

　　春野，你还在慈溪吗？现在有六十岁了吧？城市大了，你还那么瘦吗？也许，我的朋友中，会有你的一些学生。我找不到第二个人，帮我弹"一个人的天荒地老"。你告诉我的故事，我会永远给你保密。

　　今夜，鲤子湖的夜色很美。杭州湾大酒店倒映其中。如果水面之上是现实，水面之下就是记忆。记忆如水，一触手，便散溢开来。

一个电话

　　我们通了近一个小时的电话。从问候开始，聊目前的生活状态。聊到周边企业，聊到火龙果与龙眼，聊到首例病患辛苦的人生。生活是一张无形的网，每个人都在网中。也许他人的命运可以给我们带来更多的启示。聊到饭局，聊到这些年过往的朋友，聊到那些一味讨好别人的人背后的动机。聊到信息泛滥，交通便捷，我们碎片化的人生。一天只有二十四小时，一年只有十二个月，我们应该去关注什么？

　　我们聊到普京与拜登的彼此强硬，聊到独联体国家联合，应对乌克兰的问题。我们聊到君顶虎年酒的品质，甩某富几条街，从而了解人们的盲从心理。我们聊游戏与电影，对我们的年龄而言，游戏太消耗精力，不如阅读书籍或者观看电影，直接享受他人的劳动成果。我们聊到房价，通货膨胀对生活的影响。

　　我们聊孩子的学习，未来的走向。我们聊事业，理财，大有大的布局，小有小的安排。我们聊特斯拉这次的升级，以及人们对新事物的看法。我们聊长辈的固执，聊自己如何避免先入为主的思考。

　　最后，我们聊健康，聊压力对身体的影响。压力来自不快与对他人的期望。没有超出规则的付出，就不会有无休止的抱怨。我们聊精神状态好的人，对我们的借鉴意义。我们聊酒精与久坐，我们聊运动与食补。聊朋友的作用，在于让彼此更好发展，而不是相互消耗。

　　一个小时就这样过去了。我始终相信他山之石，可以攻玉。当我们沉溺于自我，一个富有建设性的朋友必不可少。这种影响是相互的。他会驱散眼前的迷雾，找到心的方向。

卖茶姑娘

　　朋友卖茶，来慈溪好多年，我们认识也有七八年。平常没什么往来，我搞活动，或者有其他事，她总是踊跃参加。有一次，我参观另一个朋友的茶园归来，建议她搞一个品牌。她说，她对现状比较满意，自种自采的茶园产量也不高，基本都是提前预订。很多朋友迟几天问，都没有办法供应他们。为什么不扩产？因为扩产品质得不到保障。我现在担心的是采茶人年龄过大，后继无人。孩子高中，再过几年，也许我就不卖茶了，专注养生了。从她真诚的脸上，我看不到世俗的功利与浮躁，或许这些都在她冬泳时，被清水洗涤干净。生活与事业被完美兼容，我给予的建议，她给了我最好的回答。

　　另一个朋友昨天跟我聊到，他的朋友前些年发展很好，每年大概能有20多亿的产值。今年情况特殊一点，年终有五个亿不能回收。5亿影响多少下游企业呀。但因为前些年积累的家底，他还是会想办法尽可能地支付一些，满足下游企业的基本运作。他们关系很好，朋友建议我，下次可以在他下面弄个小项目，他一句话的事。我突然想起卖茶的朋友。回答说，我很感谢你的照顾，但隔行如隔山，我不能胜任呀。如果盲目接受，然后做不好，给对方造成损失，给你俩的关系造成影响，那更是罪过。我还是把海参经营好，把君顶葡萄酒做好，即便没有太多收入，但心里安稳。

　　茶馆里的秦二爷，操劳一生，最后什么都没有。虽然时代不同，但性质是相同的。我见过很多成功的企业家，也见过这几年苦苦挣扎的创业者，还有一些已经破产的朋友，就幸福指数而言，还是那位坚持运动、小富即安的卖茶姑娘。

童岙三人行

那日登童岙，三人行，嘱两兄事毕作文以记之。孟兄翌日半夜成章，对童岙茶园描述甚妙。其述岙中茶园为碧玉盘，红树为绛珠草。又喻为荷叶，中间土道为主茎，茶树中间空隙为脉络。忽左忽右，上下参差，为的就是一睹茶园风貌。我第一次看见茶树花开，白花黄蕊，娇羞可爱。孟兄言，一树红叶如火燃烧，是山中花的早市。那么这小小的白花，便是花的晚场。此花开过，山中便萧索起来。然白红相接，生命之美不断接续，何必耿怀叹息。若写成文字，此番游历，不若小石潭记，也可为世所记。

铁兄写作，快板少而精酿久。昨晚，怀胎十月，临盆产出。其风格不似孟兄，详细记述三人从山脚，到观茶园，瞰梅湖，梨头岙水库上，杨梅林下。他对童岙前世今生，花草树名，知之甚详。当日我言茶园中塑料布大煞风景，他却觉得甚好。个人对美总有不同见解，他向来喜欢生活中真实纯朴的物事。而我，世俗之气太重，总觉得应该抑丑扬美，其实是不够自然与洒脱。山中风景，唯天机清妙之人识得，得两兄相伴同游，不负斯景与光阴。

崔灏有诗在上头，此中胜景皆已道。然途中出现的言谈令我难忘。孟兄一开始就从范蠡遣子救儿的故事，论证人各有别，很多人自以为是的热情与能力，其实要看用在什么事上。狡兔尽，猎狗烹，飞鸟尽，良弓藏。范蠡与文种，他们的区别又在哪里？一路从胡兰成到张爱玲，黄宾虹到林散之，李白到李贺，飞白到沈渊……这不是登山之路，是历史与文学之路。在这样路中迷途是正常而可以原谅的，日头落在茅草中间时，我从杨梅林毅然决然地下冲而去，开辟了一条新的道路。斜阳辉映，我们满载而归。

"山中何所有，岭上多白云。只可自愉悦，不堪持赠君。"得山水之乐，与得天下之乐，孰乐？返程遇高峰，穿梭车流中，那些忙忙碌碌的人，童岙等着你们。

童岙茶园

童岙茶树园是画里风景，虽出于人力，实是天成。

极目短松岗，偌大一个茶园，就是一个精雕细琢的青玉盘，荷叶其形。几条错落有致的黄色田间小径从盘口延伸到盘底，就是莲叶上分布的经脉。从任何一个角度看，其弧度曲致皆出于大匠之手，没有一丝一毫人为做作的匠气，浑然天成。刻刀起落，线条清劲可喜。面对斯景，你不禁要问这一路上来，松间小径忽上忽下，斗折蛇回，晦明变化，难道竟为此刻的豁然开朗？俄尔从"碧潭"深处冒出三五株着了火的红树，红叶萧萧，打破些许单调。红珠走翠盘，说她是树，毋宁说是落于青玉盘上的绛珠草。

虽已九秋，茶树花依旧鲜洁可爱，缟衣綦巾，像未出阁的处子，冰清玉洁，比水仙稳重，隐隐约约，比冰绡通透。树有千千棵，花有万万朵，全掩在叶的海洋里，若不细细寻觅，未免失之交臂。

附吴铁佶短文

立冬前一日的午后，屠兄开车，陆兄指路，过横河七星桥，去童岙。童岙停车场，童岙步行道。道已辟为水泥大道，攀登便，幽趣减，两边溪水唱歌而贯注，梅树参差，尚可慰。水泵口过一涵洞，其上草木所掩，野趣宵然。登梨头岙水库，水清浅，垂钓者如见井底。

陆兄试飞无人机。这玩意儿小得像只电子剃须刀，展如龟，飞行高度可达五百米，活动范围可达五公里。若失去信号会自动返航落地。山中信号差，飞不能太远，抬眼尽处，若一点尘。机返，收机。

所谓爬山，即从水库东侧入，计至山北通道下，走一个圈。春上有过一游。算春秋回访吧。方始，上坡陡峭，屠兄气急，即求憩息。陆兄递手杖。乃得继续。上得一坡，又见一坡。

"山果多琐细，罗生杂橡栗。或红如丹砂，或黑如点漆。"

唐至德二载，八月初一，也是秋天，杜甫北征从凤翔放归鄜州，也是山路。这一路和今天这一路或一样，或不一样吧，高高低低栎树最多，盐肤木婆娑扶苏，累累红果赤若丹砂。栎树已落果，游人山民践踏之下果皮和核已分离。

终得一峰，游人在竹亭憩，我们在山峰南望，山下就是余姚市区。曾经的姚北人面姚城留影。

忽见茶之花，白花黄穗玲珑面，抬首垂头皆有致，含苞独得风神。步入茶园，花皆放。春来还是明前谷前，茶叶尖新，今来花开，不同风情。茶园中巨树，当为檫木，伟丈夫气概。一高一低，一景。红叶招展，而春上来，檫木黄花始放，算得是山中早春最早著花。春山曾芳华，今已见秋霜。

远观塑料小棚略做点缀，更添一物一景致。陆兄嫌此非茅舍古朴，不可入镜，我以为谬，物像不以外形为拘束，形同虚设，脱形而得其神。异见无妨，和而不同，各现个性，我的观点何必强加于人？否则两人所拍雷同，还有什么意思？陆兄称道。屠兄半路讲起范蠡遣子救儿的故事，说到山中宰相陶弘景，为游助兴。

返路，但见梅湖在望，心喜洋洋。却听陆兄说走错路了，我倒不怕，即使错也不致过远，毕竟梅湖眼底。几次听到高铁轰鸣，震醒山道。这个河姆渡文明的地域，已开通隧道，跑起了高铁，这是几十年前都没有想到的吧。陆兄上山复下山，改走杨梅林，自信有杨梅林，必有出入。于是越杨梅林而下，虽说无路也是路。攀树而下，果然见山民妇人，杨梅树下除草培土施肥。梅林中见一巨樟。山鸟归林。终于下山，觉得也没多走绕路，从杨梅林跳下或是捷径也说不定。夕阳徘徊山中西下，余晖转瞬。

开车而出山，但见月出东山之上，我坐副驾，追月而狂拍。再过余慈铁路轨道。天幕始黑。未曾想已到了高轨时代。山间农舍惹人爱，山中巨龙惹人惊。听屠兄说学英语做外贸的过去和现在。荏苒时光，艰难时世也得机遇，跌摸滚打，造就了一个人和一个时代。

小饮新江路上。寻得一小海鲜店，实惠。四五个菜，本地河鲫鱼，葱煎带鱼，韭芽搨蛋，酒糟菜蕻，还有肥嫩鸡肉。可乐两听，啤酒一瓶。够了吧，店家说够了，不必多点。屠兄啤酒喝了杯底盖住而已，开车嘛。他几次喊腿疼，少登山的反应吧。但游兴尚足，谈性益浓。邻桌颇闹热，猜拳，男女混搭，插诨打科，女流吐烟，满满一圆桌。另桌三四人，好像做生意的。

童岙为慈溪横河西南隅，余慈通道。元末明初，由潘桐溪公从余姚丰山迁徙而来，定居岙里。故童岙姓潘，不姓童。又有一说，童岙之童始于五代十国，至今依然有童姓居住。

一个朋友

我应该有二十多年没有见到他，这次偶然遇见，还是一眼认出了他。他头有点秃，肤色更加黝黑，脸型比年轻时圆润一些。那两道剑眉，与犀利的眼神，还是并无二致。这也是我一眼就认出他的原因。他在那里，跟一个朋友聊天，简单叙述着二十多年来的情况，我的记忆却飘到了那些久远的从前。

那时的巷道，夜里笼着朦胧的光。我们把到浒山来玩，称作进城。进城的交通工具，有时是从时代广场站到玫瑰花园站的公交，有时是摩的，有时是 11 路车。我们总是一大帮人，游荡在城市的角角落落。没有钱，只有青春，没有烦恼，只有精力。那时的健健的士高女生免票，我们趋之若鹜。胖子师兄打头阵，矮个子师弟断后，我永远在中间，受他们的庇护。保安一般不敢拦，偶尔有新来的不知趣，彼此就扭在一起。最后老板收场，说算了算了，都是朋友。做生意求和气，我们除了没钱，也不闹其他的事。晚上我们吃夜宵，一般我请，因那时我已经工作了，有点工资，更多是他们帮了别人，别人请。帮了什么呢，无非是邻里之间造房子，产生纠纷，让他们去摆摆个子。还有就是什么赌债之类的。其他情况，我不甚了解。只是黑夜来临，我们就相约进城，把旺盛的荷尔蒙洒在城市的热闹之处。

　　前面提到的朋友，他不会记得我的名字。也许，我只能讲师兄或者师弟的名字，才能唤起他对我的印象。他在金山开舞厅，说话时充满自信。我记得那时，他就在做水果生意，说把海南的西瓜运到这边来卖。他很仗义，所以有段时间，我们进城，就在他这边玩，他免费提供包厢。他不是夸夸其谈的人，说话沉稳，说的时候，眼神注视对方，让人有种不明觉厉的感觉。很多年后的今天，我依然能感到他身上那种特有的气质。

　　我没有与他攀谈，很多场合，我只是配角。人随风过，几番起伏不能由我。他或许经历了很多，一张脸上写满故事。那些年抛头露面的人物，不是黯然收场，就是离我们而去。我的师兄与师弟，在2016年与2018年离世。虽然离世前的十余年，我们并无太多交集。但他们英年早逝，在我心中留下永远的创伤。那时我们常说："等年纪大了，晒日头时，讲讲往事。"年纪没有大，他们就成了往事，令人唏嘘。遇见过去相识的人，那些过往浮现，总有万语千言，无处诉说。

　　2018年，芽庄。潮水涌来，将生命中的疑问一遍遍冲刷。

谦

半生中遇人无数，称得上君子的不多，称得上谦谦君子的更是凤毛麟角。有些因为交集不多，单从礼貌的客套中，无法定位。有些则是诚信礼义具备，但为人骄傲；有些则是谦虚过头，有造作之嫌。谦谦君子如茶中不打药、不施化肥，靠人工除草、天然滋养的长兴紫笋茶，虽大小不一，错落有致，冲泡起来，清香袭人，叶瓣自然舒展，仿似山间云雾，聚散自如，浑然天成。

那一年，同期进公司。见此君高大魁梧，言谈温和，英气勃发。美女受人喜爱，帅哥亦受人欢迎。一次庆功会上，共席而饮，不知其酒量，贸然敬酒，说："共饮三杯。"其笑言，"酒量不济，还请慢饮。"后来逐渐熟络，方知酒量深不可测。当日饶过我，可见其大度。同期数人，发展数他最好，能力加上谦和的个性，不成功也难。企业中的业务渐无法满足他的追求，跳槽到其他企业主持大局，又到国外发展几年，后来自主创业，几起几浮，如今在疫情当下，企业依旧发展迅猛，着实替他高兴。

在讲结果的时代，人们放低了对品德的要求。若一人原先做得过分，后来成功了，他努力修补，一样会赢得人心，这也不失为一件美事。但是，我内心最为欣赏的人，还是无论自己经历怎样的困苦，都不会对他人造成障碍或者伤害的人。为了成功不惜牺牲他人，不择手段，或者卑躬屈膝，这样的成功不要也罢。也许，我的要求过高了，但我这位朋友无疑满足了我的所有要求。但凡来往过的人，无不对他称赞有加，赏识备至。

成功也非单指物质。如今的他，在企业发展稳定的情况下，每天运动，去年到今年已经瘦了二十多斤。他参加户外组织，去西藏，登武功山。因为离太湖近，他清晨四五点骑车去太湖看日出。一个人心境放松的时候，才是他最能施展能力的时候。他对我说："减掉不必要的，才能骑得轻松些。"仿佛看穿了我的思维迷雾，引导我继续前行。

谦，亨，君子有终。虽然此行探访的三位朋友，因为各自事业或者距离甚少往来，但一见面，没有任何时间与感情的隔阂。真正的朋友，不需要去灌溉，因为他们怀着同样的期许。他们就像那一片茶园的茶，不打药，不施肥，形态各异，完全无害，为彼此的生命带来一种美好。

卫山宴

漫步卫山，夕照寺墙。黄叶满径，翠竹掩映。知来日非永，而淡然物外者，吾友同宗。夜聚卫山会所，红菇炖鸡，火腿奉芋，皆有来历。南门菜市，海鲜黄鳝，锦上添花。白瓶醇酿，君顶美酒，不在话下。若佳景良辰，绝妙食材，人人用心皆可得之。然座中人物风华，几年中所未遇。

主人午酒未醒，客来不辞。谈笑风生，诙谐雅趣。三盏落肚，如开明窗，与客无隙。世事洞明，人情练达，俱不足赞。山外有山，人外有人，方可相比。客中亦有能人，三番交战，难分难解。剑拔弩张，电光火石，峰回路转，欢喜收场。同宗高人，含笑而坐，时而插语，精妙绝伦。更有佳人佐酒，见机行言，不失分寸，又得风雅。席上众人，山岳独耸，各有千秋；亦如海水连波，潮涌不断。

他山之石，可以攻玉。身处熟地，便无风景。夫不争，天下莫与之争。世上强人能人者众，一语不合，难免生灵涂炭。然同宗高人，谦和礼让，终成大业。幸得戒酒，得以记之。

天圆会

　　近年，与茅兄会面不多。凡是座谈，总是慰问近况，言语不多，充满关切。若能坐下来吃饭，必提及董事长写小纸条之事。那日，我与文陆两家 7 人，漫步苏堤，寻味知味观。我对小纸条之奖励，未敢想，不敢想，未曾想。所以，众业务员排队等候之时，我亦赴文陆之约，游冶西湖。茅兄打电话给我："阿群，你的小纸条写多少，280 万完不成的吧？"我说随便，反正完不成。于是定了三档，280、320、350，连写了三个月。后来第一个月，平安突然产量急增，使我看到希望。最后我问表姐借了 50 万，得以完成三个月的最高指标。当时的奖励，对我来说是一笔巨款，得以还债，并购置了一辆新车。

　　每每遇见茅兄，我对他总是很感激。他很多次描述当时的情景，他对董事长说："阿群，单位那么小，完不成的，写了也是白写。"诚然，毕竟很多年，正常也就销售额 150 万到 180 万一月。这次的成功，有产量增长的原因，更有茅兄的贵人相助。也是这位贵人，2007 年 7 月，在那场济南变成海的大暴雨中，整个齐鲁变成汪洋之时，从诸城冒险跑到胶南，来看因为车子进水淹留于此的我。并请我们吃饭，送来吹风机等物品。他待我，比待亲弟弟还好。昨夜，他将往事娓娓道来之时，过去的场景，一幕幕在眼前上演，内心充满感激。

当他说到，严兄抱怨说，以前他有些承兑与我联系，我们还经常见面，现在已经有近十年只见过零星几面。说我把他们忘了。唉，真是惭愧。我最小，理应我主动。内心常有这样的念头，付诸行动时，又被琐事困扰。自己常抱怨老朋友的遗忘，自己也做着同样的事。昨夜，达哥有心，旧同事小聚，骤然发现，时光与朋友一起老去，而情感却像陈年的老酒，开口便是扑鼻而来的芬芳。昨夜天圆，亦是当年青岛。时空转变，情怀依旧。

饭后，他们继续打牌，我和王总、永哥继续聊天。谈及房价、儿子的恋爱、白发的王总，由衷感叹，我们过时了。再看他，满头白发，眼目疲倦。但想昔日武汉，襁褓之中的小熊，去年来我处，青年俊赏，高大挺拔。我对王总说，斯儿如此，不负父勇。时光留下遗憾，时光亦有厚赠。

座中诸友，过往人生。一路走来，境遇不同，感慨万千。众人皆说，师父立其最潇洒。行万里路，交四方友。福气好，亦是能力强。斯宴未若兰亭雅集，其感之深，其情之厚，已远胜兰亭。

明月湖畔

那日成益在明月湖畔讲写作，事后我发一个朋友圈，说益兄讲到每种艺术形式都有她的欠缺。他及时更正，说难道我说的不够明白，我是说每种艺术形式都有她的局限，又有她的特长。诚然，我是曲解了。艺术形式一样，人也一样，不可能尽善尽美，他既看到局限，也看到特长，而在我这边就变成欠缺了。这不是文化造诣的上下，是我看待世界的方式有点过于挑剔了。

"不能受言者，不能轻与一言。此为善交法。"最近迷上《小窗幽记》，结合历年种种际遇，总能找到契合。成益也讲到，作品在读者这里是第二次创作，如果你能看进去，便会赋予作品新的意义。朋友之间也一样，有些朋友你只能说些客套话，其他便难以深入。有些朋友，可以坐在对面，听你讲一两个小时，而不烦腻。不是你讲得事情特别有趣，是他对你感兴趣而二次创作了。尤其是他愿意听的时候，你也会更加自信，就形成了一种良性循环。

明月湖畔，清风徐来。白鹭划水而过。高楼的排列，却令人有些压抑。人文与自然，总应该有些有机的组合。成益比较欣赏阎连科，他忘不了第一次见他的情景。他就在食堂的角落静静吃饭，像一个普通的职工一样。当然欣赏更多是作品本身。我以前也看过一本阎连科的书，情节好像是因为干旱，村民都搬走了，只剩一个孤老和一条狗。然后，就是他如何艰难的生存。那时的我，或许难以理解那样的作品。如今，看着城市忙碌奔走的人，我对"生存"两字有了更深的理解。

世上没有桃花源，但瓦尔登湖并非遥不可及。在海月寺西侧的小丘，读到阎连科的一篇小文。他说："我们现在不是缺少技巧，而是太惯用技巧。"我对此，深以为然。

铁风水默

Johnson 说："我还没有去过四明山，你就不去了。"

我不会不去，四明山那么大，总有一块地方可以盛放欲望与思念，只是想避开那些人工痕迹太浓的景点。就如同你想在交往中避开那些为了各种目的故意修饰自己的人。

君子之交淡如水，小人之交甘若醴。某一天清晨醒来，发现所有的浓烈都消失在四明的晨雾中，而蒙蒙雾气之末，总有些忘不了的人，忘不了的事，让梦境与现实无缝结合。最真实的感受，总是隐隐约约，似梦似真。当你极力寻找的时候，这一切都消失了。

随风说："怎么名字又改回来了？"事情的起因，是 Johnson 改了自己的头像，说自己拥有改头像的权利。我就改了头像，随后又改了名字，并觉得这是一种权利与自由。昨天一个朋友来电，说要买点海参，只是微信找不到你，只好打你电话。那么那些不知道号码的人呢？突然感觉，不光我的身体已经卖给工作，我的名字与头像也作为附赠，让我失去了擅自改动的权利。

铁兄的书法，渐入佳境。黄宾虹的书信，快已抄完。他越写越欢喜，越觉得与黄宾虹难分难舍。这种爱，也许只在二十岁的时候有过，这种激情却胜之更多。那天，他问我"黄"与"白"的差别，我其实也了解不多，但感觉铁兄是个纯粹的人，"黄"一定也是。于是答，"黄纯粹""白媚俗"。铁兄听后说好，铁兄一旦说"好"，你一定不要抗议，因为他拥有"铁"的权威。

四明山也开始媚俗了，真是生命不能承受之重。我记录了一棵树四季的变化，树下走过的我们呢？也许，只是如那薄雾一般吧。

千百度

一位名字很有诗意的朋友，讲了一句很有哲理的话，他说："晚上想了千条路，早上醒来还是走老路。"一条路，不管前程如何，一旦走上，便难脱离。

这位朋友，话语不多，近年相聚甚少。但彼此都知道，对方是那种在需要时能够施予援手的人。也知道，这种援手频率不高，也不会使对方为难。彼此都急切渴望帮到对方，却又希望他自己可以应付一切。

友谊在时光中积累，当频繁周转、过度透支以后，你会感觉，那些让你耗费太多心力的人，最终一定会离你而去。因为彼此太熟悉，模糊了规则，让双方都陷入迷茫与混乱。

"固不可彼此相仇，也不必过分情笃。"夫妻如此，朋友亦是。"君子之交淡如水，小人之交甘若醴。"唯有清淡，才能咀嚼真味。

有人说我变了，变才是对的。你不能在应该承担的年龄只顾自己。狂歌痛饮，只能少年为之。静心养神，专注一念，方有余生。

"众里寻他千百度，蓦然回首，那人却在灯火阑珊处。"那些热腾留下的不过一些空虚与寂寞。距离产生的美感，如涓涓溪水，长流心间。

我们仨

　　如果有一个朋友在席间，以比你熟练的速度背诵你写的关于这座城的记忆，你心中的潮涌胜过这世上所有的浪潮。城市高楼矗立，遮挡了回忆，模糊了距离，只有那些过去的文字，依稀可见三个人快乐的当年。那些奋斗的日子，终会在现实中体现各自的状态，磨难使人成长，无谓的周旋，只会让人陷入困境。

　　你记着每一个细节，我们第一次相逢，第一次去宁波。2005 年6 月 5 日，你初踏这块土地，双手空空，住在一个叫方正的旅馆，房间没有卫生间，有时还和别人拼房。很多年后，当你日进万金，依然住在锦江之类的快捷酒店，保持创业之初的勤俭。你在每年年底，梳理一年的得失，写下明年的计划。失败的苦痛也曾让你难眠，但那些不能击败你的终使你变得更强。

　　这些年，我们保持这一种淡然的交往。见面不多，心却相系。我参与了你每一次前进的设想，并看到它们付诸现实。你走得很顺，是因为你心无旁骛，是因为责任感。当朋友有难之时，你就给我一句话，我们两个人应该承担起来。这是你对我的信任，更是对感情的尊重。如果我们同时陷入一种混乱，你总能很快找到清晰的判断。而情绪化的我，离正途越来越远。

　　15 年或 18 年，对我们仨来说只是一个数字。我们在最初的时候，已经预定了一辈子，即使有些风雨，只能使友谊更为牢固。这些年，在这个地方，我们陪多少人喝过酒，有几个可以一起回首，有几个可以一起白头？你能看出真人假人，我只能凭感觉。那种虚假的呼应总令人喜悦，有时我也会徜徉在这种美好之中。巧言令色鲜仁矣，现实慢慢铺开的时候，那些美妙的言语，回味起来那么刺耳。一辈子有限，精力、时间、感情，都是越用越少。四十岁之后，应该是个收拢的过程，不能同行的人，就自然而然地渐行渐远吧。

　　每个人都是一座孤岛，那些珍藏彼此记忆的人不会寂寞。每个人都是一座孤岛，请温柔以待。

阿　强

　　昨天去剪发，阿强送我一本许纪霖的《脉动中国》。阿强是新江路上海街对面阿强形象设计的老板兼首席理发师。年龄与我相仿，个子不高，一双眼睛灵活有神。我与他相识，是因为小胖上次带我过来，小胖说阿强这边剪发实惠，不搞脑子，30元，充值还有赠送。那已经是几年之前的事了。然后自己去了几次，都是刷小胖的卡。其间两人攀谈起来，颇有些相见恨晚之感。熟络起来后，阿强对我说："帅哥，你的头发，要剪50元一个的，我从台湾学来的。""不是剪发30元吗？""你的气质，要油头剪。你看这边写着。"这时我才注意到前方镜子旁边，写着剪发50元，复古油头剪。我说："好的。"随后他又说："你可以包年1000元。"我算了一下，也不贵。相对于其他理发店，动不动就是劝你弄这个，弄那个，阿强这边还是简单，况且他剪头发已经20余年，手艺不错。于是就包了一年。由于包年，去得就频繁了，两个人也更加熟悉。

　　他来浒山开店，就在这里，是世纪之交的时候。那时，我也在浒山街上游荡。我们经常能讲到一些过往的人与事。他是余姚梁辉水库那边山上的人，具体他说过，我已经忘记了。因为那一块，我经常去，也是一个谈资。他一边专注剪发，一边给我讲我喜欢听的东西。从《红楼梦》，到鲁迅，莫言到余华。他的知识面很广，而且平常一停下来，就听音频。他对任正非很是欣赏，他说任正非有一次为了招揽人才，把自己的数据中心设在国外。因为那个专家不肯来中国。还有一次，有一个专家喜欢喝咖啡，他把世界上最好的咖啡师征集过来为他服务。任正非在华为大会上讲出了那句有名的口号："山不过来，我过去。"阿强讲起这些时，他的小眼睛会焕发神采。

昨天去，离上次包年结束已有月余。夏日炎炎，头发奔拉，修整一下，也是必要。前头有几个客人，稍微等了一下。待坐下后，阿强把一本《脉动中国》递给了我。这是他老早准备的，我一直没来，也许他心中也在想我是不是还会过来。这本书是个引子。然后剪发时，阿强给我讲日军突袭珍珠港。说日本人总是想在短时间把目标攻下。我想，日本是小国，它经不起消耗战。待快剪好时，我说："阿强，你说我充值 1000 好呢，还是继续包年？"他小眼睛一转，说："包年好，我希望你经常来。"他继续说，"我跟你聊得来，每一个客人，我跟他们聊的东西都不一样。"

相对于有些地方，充值送的很多，价格虚标，理发过程中，不厌其烦给你推销，我还是很喜欢阿强这个地方。地方不大，他的开销也少。诚心洗个头，剪个发，是个好去处。阿强在慈溪 20 余年，一直秉持着自己的理念，让剪发回归剪发。20 余年，他都在新江路。也许"山不过来，我们过去"，也成为我和他共同的祈愿与遗憾。但人生就是这样，待在一个小小角落，遇到一个赏识自己的人，也觉得很是圆满了。

山岛竦峙

　　作家在普通人眼里，是个隐秘部落。而作家本身，却认为自己也是个普通人。有普通人的哀乐，普通人的精致或素淡的妆容，有她职业赋予的焦虑与气质。

　　那日聚会，得以见飞白。感觉直爽率性。第一次见他，是在几年前慈溪大厦的一次诗歌研讨会上，当时评论的就是他和另一个诗人的诗。与会者邀请了荣荣老师与商略老师。她俩就诗歌要多写还是少写作着激烈的争辩。那时飞白很腼腆，虚心地听着双方的论述，不知道他内心站在哪一派？或许每个人都不同吧，成功之路因人而异。个人认为，诗歌需要一种灵气，没有灵气，再多操练也是徒劳。这就是以前写诗的人，后来为什么没有继续，或者从事其他文体写作的原因。诗歌是文学的桂冠，路漫漫其修远兮，飞白或已接近。聚餐后，他写了一首诗，其中写到与铁兄对视时，用了"山岛竦峙"一词，彼此对望，岁月峥嵘，尽在其中。我去过十次以上的成山头，对"山岛竦峙"，有着深刻而具体的印象。慈溪大厦那次，与菲乐这次，感觉飞白的形象与诗意经过风浪与时间的洗礼，愈发散发成熟的魅力。

　　作家也是普通人，她有素淡或者精致的妆容。她穿着旗袍，仿佛从秀气的江南走来。款款移步，只是身体微恙，这次敬的不是酒。

吴越的软语，在美女口中，有她独特的韵味。她是邻家浣衣的女孩，也是羞杀蕊珠宫女的王妃。我始终觉得，穿浅色旗袍的美女，有一种永恒古典的中国美。她在苏州园林的长廊走过，倚在可以赏荷观鱼的水榭前，又或正坐于客堂，弹一首琵琶，咿呀几句昆曲。我思绪走远了。她的小说，却在这些之外，藏有太多世事纷纭，暗含太多峰回路转。她在摩天轮上俯瞰世间苍生，用她的笔，描绘人间冷暖。

　　席间还有夫妻作家，久闻大名。他赠我的签名版小说，我等手中这本阅完再读。回来之后，闹了一个笑话。我因他的头像是一种白色的鸟，误以为是飞白，好在老师用微笑的表情掩饰我的尴尬。我的思想或许已经生锈，破除这些锈迹或许需要一次漫长的旅行或是遇到一个清新的人。两者皆是可遇不可求吧。

　　那晚，我们都很开心。两个孩子聪慧机灵，我和孟生、随风互相开涮，铁兄指挥全局。教场山渐渐与黑夜融为一体，彼此依依惜别，期待下次再聚。

云 柯

与云柯兄很是聊得来。起初他在我朋友圈留言，"恕我直言，这种文风很拗味"。我答，"谢谢直言"。现在这世界，除了迎合，就是反对，谁能真正客观指出你的缺点呢？这种朋友，不是酒桌上说自己很直的那种，而是一向为人处事的风格就如是。我想起前些日子，温老师说，看完《梵·高》，你要看看徐渭。铁兄又推荐想了解徐渭，你可以问问云柯。于是两人在微信里攀谈起来。

"了解徐渭，有什么书推荐？""《徐渭集》"看我发了京东的链接，云柯说，还是"孔夫子"那边便宜，然后推送了链接给我。他又推荐给我《徐渭书画全集》（8 开精装 全五册 原箱装），价格9800 元（原价 7600 元），让我习惯售价比原价便宜的普通人，感受到知识的价值。当然，我不会去买这一套，我只是循着梵·高—徐渭这样的线路，去了解艺术，让生活多一些调味而已。不像他，他是专业，而且领悟颇深。

因为我问徐渭，购完书后，他推给我一篇《当徐渭遇上天堂电影院》。他近期写的，马上要见刊。我算是先饱了眼福。朱塞佩的电影，我很喜欢。前两天重温了《海上钢琴师》，然后又看出不同的况味。迷惑于房子背后无尽的世界，他属于这艘船，出生在这里，成长在这里，我无法想象离开这艘船，他会是什么样子。《西西里的美丽传说》自然不用多说，莫妮卡的美貌倾国倾城，走在西西里的大街上，让众生颠倒。《最佳出价》里杰弗里·拉什，饰演的收藏家，最后被美色骗得一无所有。他最后的眼神，好像在说，我的一生就是为了这样一个完美的骗局。就像艺术难以定义，得失心一样不可衡量。至于《天堂电影院》，小男孩天真的眼神，人与人之间赤忱友谊，回首时那个屡次出现的镜头，随着影院的毁灭而迎来新的高潮。我好奇，云柯怎么将徐渭与《天堂电影院》连在了一起。或许，中外古今，艺术对人生的理解，都大同小异吧。

后来我们聊到庙山的肚皮嫂，他说肚皮嫂其实就是堕民嫂的谐音。年少时，经常听别人说，我们是肚皮嫂村，原来出典在此。我们这边的人有些原来是绍兴那边过来的贱民的一种，叫作堕民。从事红白吹打、剃头补锅、走街串巷的服务行业。因为堕民嫂难听，谐音肚皮嫂。让我生在这里、长在这里的人，感到惭愧。我对脚下的土地太缺乏了解了。

他说，绍兴最近有徐渭书画展，他已经去了两次，意犹未尽。而我对他意犹未尽。他正如他老师王安忆笔下的上海弄堂，弯弯曲曲，纵横交错，每一条都有它的历史，每一次接触，都感到一种文化的魅力扑屏而出。

认识一些让自己视界开阔的人，真好。

有女如斯

　　一位长者，回顾他的一生，以他百年左右的人生经验告诉我，富贵如浮云，金钱并不能买来快乐。一辈子勤恳，只要不发生战争，都能安逸度日。帝王将相，达官贵人，不过是此一时彼一时。世间最聪明的人，是写书的人。他没有再做延续，我也不知道他有没有看过《红楼梦》，只觉得他说的有理。

　　他说的写书，我琢磨应该是小说。虽然，我偏爱诗歌与散文，但我知道，诗歌与散文，不过是个人的情绪与感怀。不能感同身受的人，是没有办法理解的。小说则不同，它构筑了一个社会，人在里面经历各种各样的事，看的人便会在故事里沉沦，为人物的境遇产生悲悯与同情。如果你和朋友，一起看一部小说，你们之间便会多一个话题，也会不由得对照现实，对照自己。好的小说，不是让你沉溺情节的发展，而是让你在阅读完后有一种觉醒，感觉自己所处的一些困苦，实在太平常了，从而找到力量，更好地应对生活中的各种难题。潘石屹为路遥的家人送去十万元，就是为了感谢那部《平凡的世界》对他的启迪与帮助。

　　写小说的人，或许像路遥，蹲在西北的那块黄土上，去打量每一个路过的人。去年长的人那里，询问过去的故事。或者扎进图书馆，查阅那个时候的报纸。满身脏兮兮，头发应该是好久不理，抽着旱烟，除了写稿，就是沉思。也或许像曹雪芹，在北京西山，西风吹壁，寒灯一盏，奋笔疾书。人生境遇的巨大转变，让他洞察人性，写出不朽之作。又或许像金庸，随笔写写，突然之间得到好评，报刊日日催稿，天马行空，洋洋洒洒。或许这些，都是我的臆测，虽然写作环境各有不同，但文学基础、人生阅历都是满满当当。

因为老者的话，对作家有了一种由衷的敬仰。最近读到一部小说集《摩天轮》，写一些现代生活中的故事。跟以往不同，以前就是买书看书，这次是赠书，作者亲赠。而且更不同的，是先见了作者，然后再看书。这是另外一种体验。作者年纪不大，三十出头，容貌秀丽，举止优雅。脸上除了青春的光华，并无阅读人世沧桑之感。《摩天轮》讲述了很多当下正在发生的故事，婚恋、子女教育、外遇、大龄女青年，等等。每一个故事，都好像发生在身边，成熟的笔调，流畅的文字，独到的见解，让我不敢相信一个三十左右的女子，阅历之深，内心如此丰富。当我捧起这本书，便感觉人间美好，有女如斯。

她说，现在还有看书的人吗？如果没有，她为什么要写？写了当然有人看，哪怕只有一个人。我们常抱怨自己无人理解，自己又有多少了解他人呢？与其整日周旋在那些无谓的事情上，真不如静静看一本书，你要的东西，或许就在书里。

欲说还休

少年不识愁滋味，爱上层楼，爱上层楼，为赋新词强说愁。

如今识尽愁滋味，欲说还休，欲说还休，却道天凉好个秋！

随风说过，一个人看了一点书后，就觉得有无穷的话要说，也不管情绪是否值得记录，也不管他人怎样看，就不知好歹地，洋洋洒洒地写一堆牢骚满腹、自以为是的文字来。而随着他阅的人越来越多，看的书不胜枚举，他便再也写不出一个字。前人之述备矣，他能说什么呢？于是画面中，总是看见一把沸腾的茶壶，一支燃烧的雪茄，衬着神奈川冲浪里的背景，他一句话都没有说，我却觉得一切都已言尽。虽然没有听到音乐，我想一定有的，有的是一首无尽悠远的长歌，生命的起起落落，皆在其中了。

芽为银针，叶为牡丹。随风喝的是白茶。所以画面里，还有一些香气馥郁。由茶我会想到另一个朋友，他有着与年龄不符的年轻。在人群中他辨识度很高，总是穿着定做的黑色古装。不类唐装，也不类长衫，或介于其中，或在两者之外。那一次他去峰哥家，看见峰哥倒的滇红，眉头一皱。我说，但说无妨。于是，他轻轻倒出杯中的茶，慢慢地洒了一些在纸巾上。纸巾上留下一些褐色的粉状物，虽然极细小，却很明显。他说这个茶不能喝。然后他从车中取来他的武夷山茶，冲泡后与我们享用。汤色清亮，入口甘甜，确实不同凡响。

　　这个朋友，他的处事，总是一肚子学问，非到你逼他的时候，他就不使出来。你干着急没有用。他是这样解释的，大家都不熟的情况下，这样未免唐突。而熟的地方，又有碍主人面子。只有彼此知心，才可以但说无妨。显然，他是把我们当真朋友了。他的言语，也透露着一个真理，真话也不是人人喜欢。突然想起，某个人说话的三个要点：一、所言是否真实；二、为何要说；三、说了有什么意义。朋友自然不会这样去概括，但大概就是这个道理。

　　突然，感觉一阵幸福。因为有这样的朋友。他们的感情从不外露，每一次接触，都让你如沐春风。他们的品位卓尔不凡，他们的为人却如此谦逊有礼。他们并不认识，但同样秉持了少而精的生活方式。我也不打算让他们认识，因为世界大同的背景下，每个人都保持自己的特色，才是人生最美的风景。

　　近来看两本书《梵谷传》《第一次寒流》。梵·高刚到海牙学画，周志文正在捷克徘徊。我仿佛看见了，提恩大教堂上那颗闪闪的八角星与布拉格的春天。

那些消失的云

Chapter

07

▼

第七卷

轻舟已过 QING ZHOU YI GUO

那些消失的云

（一）

　　昨天，与朋友聊天，讲到他上次去桂林的见闻。说在桂林四天，都是去同一家酒店晚餐。第一次是偶然，第二次是重觅，后面两次都是不自觉地就去了。在第三次去的时候，店里的经理好奇地问他："为什么每天晚上都能遇见你呀？"他答："因为你长得漂亮呀。"说完，彼此都笑了。朋友平素是一个不苟言笑的人，那一刻我相信他打破了内心的僵硬，这是旅行的妙处。而漓江秀美的风光，两江四湖旖旎的夜色，在他看来也许都不值得一提。

　　这次去亚丁也一样。印象最为深刻的不是，雪山与湖泊，也不是一日有四季，而是我们的导游加司机金金。金金开车的时候，从未停止歌唱，无论是接到我们的那刻，还是送别我们的时候。他对我们讲沿途的风景，告诉我们，如果想停，就停下来，因为第一天，我们只需要从机场赶到香格里拉。途中，还热情地邀请我们去他家做客，喝他岳母亲手做的酥油茶。让我们旅途的疲劳，在如此亲切的招待中，一扫而光。我们在青稞酒里，结下深厚的友谊；在锅庄舞中，留下了难忘的回忆。我保留着他与建定在海子山巨石上的合影，我相信未来，在我失意或快乐的时候，他应该一直与我同在。

　　讲到旅行，不能不提我的老师。我形容她："坐地愁生千万里，他乡总遇好心情。"其实，很多时候，我们不是为了风景而去，而是让自己深处于一种陌生之中，感受不同的文化与不同的人生。就像建定在高山之巅，忘情地呼喊，挣脱了现实的束缚，让人生有了新的高度。归来并非空空如也，不去才是虚度光阴。时常想起，在大风口一片片吹倒的青草，金巴兰绚烂的日落，尼亚加拉那道美丽的彩虹，波罗的海浓云密布，以及那个伴随自己一起走过这些地方的朋友，平庸的生命就多了一份力量与慰藉。

　　在我二十岁的时候，在遂宁这个小城，一家再也找不到的小店里，吃过一份终生难忘的早餐。事情是这样的，我的对面坐着一个女孩，也在吃早餐，彼此在吃的过程中，没有任何交流。等她起身，我突然说："你帮我买单吧。"她说："好。"也没有多余的一个字，买好，她就走了。很多年以后，我吃了无数的早餐，都忘记了，只有那一次，在时光流逝中浮浮沉沉，始终没有沉没。我们需要朋友的关心，也需要陌生的感动。那些旅行中的点滴，就像涓涓细流，流过我们已经沧桑的岁月。

（二）

　　记忆总是随着 1996 年 12 月从洋山站出发的大巴，一路而来。穿过安徽，到了武汉。同行的老者，已不记得姓名与模样，像某个秋天凋落的一片银杏叶，与无数叶子一样，没有不同。对我而言，却是曾经走过千里路的交织，但也仅仅如此。到车子过金寨的时候，好像在深夜。内急，他拿出一个塑料袋让我解决，然后把塑料袋抛向茫茫夜幕。在两省交界的地方，我体会了人生的尴尬与无奈。途中，他多次拿出随带的食品与我分享。在寂寞的旅途，陌生的心容易接近；在车辆的颠簸里，你始终会找到一种相似的频率，让年龄都震荡得似有似无。

在汉口汽车站，我们匆匆道别。每一次道别，都可能是永别。面对的士与三轮（mamu），我选择了 mamu。在讲好 25 元送到目的的情况下，被加价到 50 元。后来接待我的姚松泉对我说，你打个的士，就是 22 元。我们去了公司对面的兄弟酒楼，他说他已吃过，我点了一个鱼，一个汤。端上来的时候，我惊诧了，两个盘子都像面盆那么大。很多时候，包括现在，我都停留在自己肤浅的认知中，打车一样，点菜也一样，你不要永远准备你惊诧的表情，而是准备你可能接受一切的心情。

在公司里，遇到了三帮人。一帮是宁波（慈溪）人，一帮是武汉人，一帮是荆州人。都有自己的凭借，都有自己的优越。我现在想来，幸好自己当时还年轻，否则可能会陷于这种团队的斗争而无法自拔。也因为我年龄小，他们都觉得我无害，都愿意与我接近。在 18 周岁生日那天，我邀请了一些同事，一起吃饭。那天下着雪，我们在汉口的一个比较不错的餐馆，在音乐声中吹熄了我那无忧无虑的少年时代。张旭送我的一个大熊，我保留了很多年，在搬家的时候，不慎弄丢了，就像这些永远不可能再遇到的朋友。

那时的我，不能体会"日暮乡关何处是"。在黄鹤楼上，我望着长江，更多是一种幸福。每个儿子心中，父亲永远是最高大的形象。我的父亲，走南闯北，去过很多地方，北至哈尔滨，南到海南。读书的时候，我最好的是地理。我那时的理想，就是每天醒在陌生的城市。一路走来，实现了一些，也改变了一些。幸好，如今，我依然在路上。这是第一次远行的一些记忆。我们都活在自己的世界里，偶有交集与共鸣，或许就是彼此的意义。

（三）

在武汉公司，第一次出省，是我主动要求的。当时建钦联系的一笔业务，我负责押送摩托车去山东长清。为什么我主动要去山东呢？因为，山东公司有我的好兄弟杭锋，回来我决定去铜山看望刚刚服役的阿苗。那时愿望很单纯，押车是一个比较辛苦的差事，也没有人跟我抢。等到领导确定的时候，我联了杭锋，他出来已经很久了，经验比较足。他告诉我，把钱放在鞋底，这样人家不知道，安全一点。我很感谢他的建议，憧憬着与兄弟会面的热烈场景，满怀喜悦地踏上了征程。

这次押送的是一辆军车，只有一个司机。军车不收费，他们干完公家的事，自己赚点外快。从武汉出发，一路向北，过孝感，然后到信阳、驻马店，再入山东境内。在西平的一个路边店，稍作休息。我穿着厚厚的大衣，在外面烤火。司机则在里面休息。在郑州的高速上，风雪交加，挡风玻璃突然坏了，司机给我一条被子，让我压着，不让玻璃倒下来。这样持续了三个小时，直到下高速。我浑身无力，但我内心丝毫没有后悔这次选择，当愿望很强烈的时候，一切困苦都不在话下。

到了济南，我看见黄色面包的海洋。山东公司的格局，与武汉不一样。基本是宁波（慈溪）人为主，其他一些只是零星的存在。但经理与两个副经理，也是互不买账。我看见过的第二个浓妆艳抹的女人，听杭锋说，她已经三十五岁了。那是一个很老、很遥远的年龄，虽然我现在已经超过她很多，却没有感觉。20世纪90年代的妆，跟现在不一样，看着就像演戏的一样。也因为当时的化妆品，没有什么保护的材质，我更多看到是松弛而粗糙的皮肤。

　　公司对面，有一家农行。为什么提到银行，因为我从鞋底取出钱来，发现都踩烂了。杭锋说，你怎么不套个塑料袋。我说，你没说呀。争论没有用，我把残币拿去银行，银行说 800 元只换 400。我感觉天塌下来，一路上我可只用了 20 元零钱，400 就这样没有了。我不甘心。杭锋说，我们去其他地方试试。试了很多家，最终在银座商城后面的建行，换了全额。天空重新撑了起来。我们一起游玩了千佛山与大明湖，留下了照片与回忆。只可惜，未曾合照。

　　济南回来，坐绿皮火车，在铜山站下。阿苗在半个多月的时间里，已经完全融入。我给他带了一本《菜根谭》，和一只德州扒鸡。扒鸡送给了他的连长，《菜根谭》他留给了自己。我在他的营房，吃了一顿饭。大锅饭，有海带、土豆之类的。在小炮前，我照了一个相。那张黑板前的合影，我也是去年才看到。总有人会保留与你的记忆，保留与你的友谊，让你在时光回溯中找到温暖的栖所。

　　我的旅程，就这样盲目而充满意外地开始了。如同其他人的一样。生命的个体，多数都是平凡的。时至今日，我之所以，可以对当初的细微记得如此清晰，是因为杭锋与阿苗，如今依然在身边。个体是平凡的，而交织几十年，中间或有分歧，包容理解，风雨不散，这就是不平凡之处。未来，或有意识上的差别，或经历更多的困苦，我相信我们依然会在一起！

（四）

　　在 20 岁左右的年纪，时间过得很慢，是以天来计算的。马长彪同志说，我们是三等工人，"等上班，等吃饭，等工资"。武汉公司的每一天，都是新的，在三股势力的暗自较劲下，日子过得既紧张，又让人对明天充满期待。爱情，每一天都在发生，至于真的假的，现在更不好说。我最看好的、颜值最高、年龄相当的一对，最后也失散在茫茫的人海与岁月之中。现在只记得他们的名字，曾经的如胶似漆。最离奇的莫过于这些在你身边发生的事，节奏起伏的跨度比电影还要快很多。

在1997年初的样子，公司挂起了恭贺董事长获得紫荆花奖的欢迎词，以等待董事长的到来。那个时候，还没有福布斯排行，如果有，我估计董事长应该排在前十位。因为在1999年的时候，第一届福布斯内地富豪排行，他以4600万元排了45位。公司上下，打扫除尘，除了外在的准备，我估计除了我之外，每个人也做好了心理准备，以便获得董事长的赏识，而有进一步的提升。整个公司的外在氛围，一团和气，每个人都保持微笑，等待一次改变命运的机会到来。

最终，董事长没有来。在从荆沙（名字已改为荆州，但公司那部分荆沙人还改不了口）到武汉的路上出了车祸。车祸很严重，司机夏太平当场死亡，司机后面的荆州"超人"的老板，脑部受损，后来听说动用了直升机。董事长在副驾驶，损失了四颗门牙。董事长后面是曾赤（这个记忆有点模糊，有待王建胜佐证。）安然无恙。这样，所有的准备与等待，以悲剧收场。董事长在仙桃的医院匆匆治疗后，赶到其他大城市继续治疗。公司负责善后，其他闲杂人等，如我，还是继续自己的生活。

与夏太平，我一起出过一趟差，应该是去大悟。他个子不高，长得一张像上海滩陈翰林一样的脸，那时只有二十多岁。在某个房间的窗口，外面的天光进来，我看着他抽烟的样子，淡定悠闲。他穿着一件很潮的夹克，气质很好，眼神敏锐，思路清晰。在出事之后，王永对我说，本来公司安排他去接，因为夏太平的自荐，他也没有坚持。命运的安排，有时真的不好说。我一直想，夏太平在避让的时候，一定考虑着董事长的安危。因为我阅读过他的眼神，他会这样做。

　　在武汉，我多次行走在龟山与蛇山之间的长江一桥上。望着大江茫茫，没有目的地来回穿梭。天气好的时候，感觉自己就如同落日与飞鸟。太阳落下，依然会升起；飞鸟归巢，依然要出来觅食。天气不好的时候，会在滚滚江流里，想起自己所处的时代与位置。那些消失的云，去了远方，还是已经化作了雨，像人的命运一样，不可揣摩与考证。只有黄鹤楼，不管晴雨，等待一波波青春的到来与逝去。

（五）

　　生命只有一次，没有重来的可能。所以有人积极进取，有人及时行乐。人到中年，恰如一叶轻舟，行至江中，风浪颠簸，难免瞻前顾后。积极与消极，都消失在压力与循环之中。好在，总会有些记忆，或好或坏，如影随形，伴随你走过快乐或忧愁的平淡日子。

　　在通往金顶的路上，挂满了同心锁。有的刻着名字，有的没有。这是我第一次看见，铁链上挂着锁。问了才知道，是情侣挂的，希望两个人永结同心，天长地久。爱情，是人生中最玄的东西，上一秒是天堂，下一秒是地狱。他们一起走了很长的路，爬了很高的山，这一边是绿意盎然，那一边是云蒸雾绕，现实与虚幻，人性与佛光，挂了一把锁，让彼此游离中，灵魂有一个共同的栖所。也许，下山以后，各有各的境遇，爱情变成未知数。但一旦想起，五味杂陈里，会有一丝丝温暖。

　　在金顶过了夜。那时房间都是论床卖的。在夏日，金顶的早上，还是需要披着大衣的。与同伴一起，找了一个比较不错的位置，等待太阳从东方升起。那天天气不错，一轮红日，从山峦之中微微露出之时，人头攒动。期待与心情，永远胜过风景。昨天就跟着我的摄影师，给我照了一些照片，有一张穿着大衣，手指红日。有一张，脱掉大衣，手握红日。这是我唯一一次，拍完一个胶卷的照片。我不知道，是被他怂恿的，还是那时的我，就是那么可爱。

从金顶下来，走天全、芦山，到泸定、康定。泸定桥，桥面是木板，用铁索相连。走在上面摇摇晃晃，下面江水奔流。在康定，我在穿城而过的溪流边，遇见一位穿着藏族服装的老年妇女，在哼唱康定情歌。感情真挚，歌声婉转，没有歌词，只有曲调。这是我听到最好听的康定情歌。在滚滚的水声中，昼夜交替，年华流逝。她，一定是在回忆里，遇见了当初。也许，也是在这溪流边，青春甜蜜的那一幕，永远在每一个寂寞的日子上演。

白天是短袖，晚上就要烤火。酒店的服务员，叫尼玛拉姆（藏语意为"太阳仙女"）。她嘱咐我，别着凉了。第二天，我们一起走在康定的街上，我看见了她褐色的眼睛。在我打量她的时候，对面走来了她带刀的男友。我们招呼了一下，轻轻擦肩。康巴汉子，高大威武，棱角分明，走路有风。她带我去买了一把藏刀，牦牛骨做的刀鞘，还买了一个小化妆盒，也是骨头做的，后来我送给了妹妹。这两样东西，现在都已经遗失了。

人生中，我最怀念在湖北与四川的日子。那时年龄小，没有世俗之气。再加上，每天就是游走，感受不同的空气与氛围。时间是一匹凭空而来的马，只会在梦中跑错方向。而每一次跑错，或许都可以让我感受生命的丰盈，从而更加珍惜当下。

（六）

当汽车疾驶在宽阔的柏油路上，而对面的车辆又很少的情况下，你会看见远处会有一摊巨大的水迹。在你驶近的时候，它突然不见，远处又出现类似大小的水迹，循环不断，直到你到了暂时的目的地。这是光影的虚像。初到山东的时候，师傅用他的桑塔纳 2000 载着我，放着莫文蔚的《盛夏的果实》，就这样恣意纵横在齐鲁大地。

我们住在大王的台联宾馆。那时的大王，到处弥漫着橡胶的气息。台联的豆浆很好喝，每一天的早餐就变成了期待。有时会有一盘驴肉，每一片都像牛肉的五花，中间夹着几条透明的筋，嚼劲很足，味道鲜美。在大王的街上，有一家"孤岛鲜鱼"，里面只有两个菜，炖鸡与鲫鱼汤。不知道为什么店家取了这样一个名字，不过生意很好，每一个来到大王的人，都必须要来。炖鸡量很足，口感细腻柔软。鲫鱼汤放了豆浆，吃一口鸡，兑一口鲫鱼汤，那种感觉，没有吃过的人永远不会知道。

那个时候，师傅就喜欢游山玩水。有一次我们去东平，在城里吃了一碗面。面很平常，关键是端面上来的"菇凉"，说了一句"哥"。"菇凉"也很平常，问题这个声音太好听了。这个好听不是在音上，而在于真挚、亲切。我们回味了很久。到水泊梁山的地方，已经有点晚了。我们跟着一个团队，听导游讲解，为什么两棵不同的柿树长在了一起？这边看来是大柿（事），那边看来是小柿（事），人生事原来只是角度的问题。梁山风景乏善可陈，东平湖湖光潋滟，给予齐鲁大地永恒的生机。我们在湖畔唯一的一个小餐馆吃了饭，店家的鱼都是从东平湖打来的。那份鲜味，可以排在我平生鱼宴的前五位。

跟了师傅一段时间，我有了自己的单位。一个人的行程，总是艰辛而又单调。好玩的个性，令我在事业上无法进取。记得，有一次在青岛工贸宾馆，输掉了出差的钱。师父给我花红，然后他又请大家吃饭，最后他也变成了输家。每一次，我从龙口去他那里，他总会买好很多的零食。我们友谊一直延续至今，相伴走过了很多地方。

记忆，是一个会筛选的程序，滤掉困苦，留下甜蜜。当别人开车的时候，我时常感觉，就像坐在他的车里。远处的水迹，或许是臆想的困难，当我们到的时候，它自己就消失了。

对未来，我们不必过分忧虑。

（七）

在武汉待了半年，因为王总调去成都，我跟徐建钦同志，要一起跟随。武汉那些同事，很多一辈子再没有遇见，只是在过了二十多年以后，突然有种怀念。那个会唱美声的王老师，那个帅得如同小版格里高利·派克的雍明伟，还有他那时的恋人、美丽动人的冯宝宝，还有易昌秀，那个胖胖的小童，以及后来还有交集的余勇。那时的岁月，已经镀上金黄色，在每一个黄昏，某处的一个反光，就可以映照出清晰而温暖的模样。随着去成都的列车，我再次踏上陌生的旅程，同行的有徐建钦带队的广告小分组。他们去四川做墙面广告，在公路附近的墙壁上漆上"金轮摩托，一本万利"。我第一次坐那么远的火车，而且还站到了湖北的某个地方。火车从湖北进入重庆，我们在重庆下车，他们去做广告，我和建钦坐高速大巴到成都。

建钦同志，人不坏，就是经常得理不饶人。看上去，就不太好相处。那时，刚做完墙面广告，口袋有钱，说话就更加硬气。这个"硬"，有时伤人，虽然他是无心的。有一天，我在公司接到他的电话，说他因为司机的态度，跟的士司机吵起来。对方是成都的，而他又是外地的。于是，被很多的士堵在一幢楼里了。我没有细思，只想着他情况危急，想着两个人挨打，一定比一个人挨打要好受，就急匆匆地赶了过去。公司的保安，小姚吧，跟我年龄相仿，也跟我一道。到了那里，双方聊了一下。对方气也慢慢消了，建钦同志，得以平安脱身。不过，这件事中，他并未吸取教训，此类事件后来还是屡有发生。

　　成都公司的前面是一片田野。田野过去就是簇桥的街道。街道人来人往，往街道的路上，是一个个度假村或者卡拉 OK。那一次，我和小朱，骑着摩托车追逐一个女孩子，从黄昏到夜晚，嘴里唱着，"人世间有百媚千红，我独爱，爱你那一种"。女孩拗不过我们，停下来，带我们去唱歌。在田野尽头，与市镇相接的地方，有一个大大的招牌，写着"月亮湾"。我们进去，里面比较大，有一个独立大堂，在池塘边，有一个个小小的茅草房。我们在大堂的茅草房坐定，互相问了姓名，我和小朱如实相告，女孩说，她姓常，叫开心。那时，我们还算比较青涩，而对方已经学会防备。我们唱了什么歌，都忘记了。但地点，在簇桥附近，这是不会错的。

　　成都的生活比较悠闲，一般十点左右吃早餐。公司隔壁就有一个早餐店，老太烧的排骨面，色香味俱全。公司里面还放了一张台球桌，我自己觉得枪法还可以，经常跟同事小赌。公司里以慈溪人为主，我的堂叔，还有堂姐夫也在。有一次，我跟同事 SQ 发生口角，杨晨军等来劝架。我狠狠地把拳头砸在公司的铁门上。现在想来，真是年少轻狂。不过，大多数时间，大家都很融洽。在成都公司的时候，我去了四川很多地方。那时，治安不是很好。在都江堰，遇到一个人一直跟着我，从总台到三楼，就因为我拎着一个密码箱。在内江，我是午夜下的车。叫了一个三轮，他载着我往城市相反的方向去了。后来，我用蹩脚的四川话，还有就是对内江的熟悉，让他在某个路口转弯，重新载我到城里。这样的事情很多，好在有惊无险。在成都，我出了最长的差，七个月。回来，不记得慈溪的路，也吃不惯慈溪的菜了。

今天的突然想起，是因为一个成都的朋友，刚才问我好。另外就是建钦同志，刚才有点事与我商量。我们都无法逃脱一些境遇，无论开始是不是你自己选择的。成都，后来也去了多次，但没有到过公司附近去走一走。如果我去，就怕只会抹去自己的记忆，还不如，远远地怀想。

（八）

朝天门的一声汽笛后，我们投入长江的怀抱。那是在午夜，山城灯光闪耀，像天空的群星。三等舱的被褥，有一种人世的味道，小朱嗤之以鼻，而我安之若素。船行不多时，周围就是无边的黑暗，黑暗里你的眼睛捕抓光感的能力增强。你可以看见浅浅的黑色是天空，深深的则是群山。群山起伏，而自己在群山之中的江流，听着轮船破浪的声音，又驶向未知的前方。

这一次，是和小朱扛着发动机去开县。不知道，那是怎么算的账。两个人从成都到重庆，住了一晚上，第二天去买船票，只有晚上的了。然后又坐船去万县，从万县再坐车到开县。这个行程的费用，超出了发动机的成本。不过，如果算作一次旅行，还是合算的。到了开县，S老板接待了我们。当时他三十岁左右，是城中的知名富豪。他从一个放牛娃，白手起家，历经磨难，终有现在的成就，令我感慨与唏嘘。他有一个合伙人，姓C，年纪比他大二十岁左右。他们那时共同合作了很多产业。两个人都不错，至少在四川的行程中，是我遇见的最好的老板。

我们完成任务后，原路回去。隔了不久后，我又来了一趟。这次走的是陆路，从达县坐车到开县。由于修路，本身路况就不佳，70多公里，走了十多个小时。我在那里，见到了YY。他是毛遂自荐，来到了四川公司。这个人有一句至理名言："见人说人话，见鬼说鬼话。"在襄樊，他用一张名片，摆平了来盘问卸货的警察。在这里，他不知道用什么方法拐走了老C的情人。很会分析形势，很会揣摩客户的心理。在眉山，他让客户的业绩，提升了两倍。在四川公司，他又怂恿宁波的同事，反映摩托公司负责人H的问题，想让自己上位。不过，最终还是因为只有他一人是湖北的，势单力薄，未能如愿。在公司里，他是一个先头兵，把业务落实后，然后再转给别人联系。在1998年，他来到慈溪，那时他已经为慈吉打工了。我接待了他，一起看了1998年的世界杯。我看了十多年的足球，是受他影响。如果不以道德考评，他绝对是一个非常不错的职业经理人。

之所以，对那次行程特别清晰，也许是因为，S老板的成长史，与YY的交织，还有长江奔流，及蜀道难行。那时重庆刚刚直辖，我遇到了在钢铁学校就读的卢庆波，他告诉了我一个消息，这个消息，改变了我的一生。

（九）

2015年冬天，因为徐哥要去临沂，我们在青岛的汇泉湾王朝住了一晚。距离上一次住在青岛，已经是五六年之前的事了。那夜，在这个熟悉的地方，我很兴奋，拉着他一定要去看看五四广场。到了以后，下去，风很大，而我衣着单薄，匆匆拍下黑夜里的火炬雕塑，又匆匆返还。这匆匆，犹如我在世纪之初的五六年时间，从青岛中转，去往其他地方，每一次停留的时间都很短，但这座城市，由于串联起来的回忆，再也熟悉不过。

　　从 2001 年，随着大部队，第一次来青岛，已恍然隔世。那次，我们住在海景花园。那边的环境好到不用说。往后每月穿梭，我们更多住在华阳路的工贸宾馆。宾馆旁的营口路，有最好吃的排骨米饭。再远一点的洮南路，有岛城第一汤。宾馆对面不知名的小餐馆，有两道特色菜，炒嘎啦（蛤蜊）与芸豆土豆炖排骨。炒嘎啦（蛤蜊），岛城必点，自然美味。而芸豆土豆炖排骨，那个是需要火候的，不过店家始终不会让你失望。华阳路打车到中山路，那时我经常去逛百盛，再沿路下去，就到栈桥。夏天的时候，远远望去，栈桥上站满了人，一直到回澜阁。冬天过去，我会往更深处走，在涛声中享受宁静与寂寞。

　　在五四广场背后就是市府大楼。大楼后面，是闽江路美食城。我几乎在每一家都吃过饭。但最喜欢的是微山湖鱼馆、王记排骨。王记排骨，有一道凉拌的大白菜，口感爽脆，至今可以记得嚼咬时那碎碎的声音。在微山湖鱼馆，有一次我和张军点了四个鱼，那时没有节食的概念，我们狼吞虎咽，一扫而光。在台东利群商厦前面的步行街，有一家手机贴膜的小店。老板留着小胡子，很有艺术气息，在那里，给我的 N70、N82 贴了膜。那时智能手机刚刚开始，走在路上，没有多少低头看手机的人。所以，我记住了很多青岛的细节。

　　在青岛，与张军交织的时间最多。在我加入清欠部之后，我们又共同走了很多地方。在南昌，他让我在别人动筷之前不要动筷。在北京，他带我去天安门广场转了一圈。在郑州，他送给我一件衬衣。在新建县，我们接受朋友的邀请，一起出席县委组织的招商活动。在燕莎商场，他让我去见识一些昂贵的东西，说这样可以激发创业的欲望。那一两年，我们几乎形影不离。在 2011 年 7 月，他邀我去南宁，我来不及准备，次月就传来噩耗。

很多时候，我们都在奔波，以为所有的努力，可以换来幸福的明天。时间过去，我们会发现回忆更为美好。在汇泉王朝顶层的旋转餐厅，红日在东边升起，海面一片平静，半个青岛，在我视野之中。我来过，终是来过，不管城市已然陌生。我来过，也像没有来过，毕竟谁会记得我……

（十）

纵然有无数的构思，最后落笔，只有一种可能。再好的橡皮也无法擦掉曾经。记忆最大的特点，就是她以不变的形态，告诉我们人生的种种变化。如果，不是那一次偶然谈到桂林，以上所有一切，怕永远是内心的封存，永没有跳出来的一天。

2002 年 10 月，第一次去桂林。住在火车站对面的新凯悦大酒店。从酒店出门，右转，走下去，就是繁华的市区。早上起来，在酒店旁边吃一碗米粉，当时只有 1.5 元，我喜欢加上几颗黄豆，让米粉与黄豆在嘴里同时嚼咬，追求那种软硬适中的感觉。中午或晚上，我们会在桃花江边的小饭店去吃漓江竹鱼，和店家讨价还价。晚上，我会独自在江边行走。那时，桂林的夜晚就已经很美丽。远处高楼有霓虹闪烁，近处江边公园的植被都有灯光照耀，绿色的叶子，在灯光下有一种迷人而虚幻的美。

没过几天，我的两位堂伯携夫人来到桂林。第一站，游玩象鼻山公园。象鼻山在漓江的一侧，是桂林的一个象征。公园除了象鼻山，其他都很平常。在象鼻山公园，我接到朋友求助的电话，说他出事了，现在需要 6000 元保释。我顿时游兴全无，当时自己也没有钱。后来，我思虑再三，想办法给他打了一半，另一半让他向家人求助。人在外地，这也是我能尽到的最大努力了。

　　第二站，我们游漓江。船行不久，堂伯说风光不怎样，我们进去打牌吧。我很不情愿，但是随行的人，连声附和。这样我也无法推辞。三个人，三角地主。其他人继续看风景。打牌的中途，堂伯接到一个电话，神情凝重起来。原来我们青岛的同事出了事。同行的人，行程上也做了更改。我的第一次桂林游，也被这些突发而来的事，而变得意兴阑珊。

　　所有的遗憾，都会得到成全。如同意外的不可预测，幸福也会不期而至。2012 年，立锋带我和平博畅游桂林山水。在阳朔街上吃到了最好吃的竹鱼。流浪歌手，为我们演唱了《怒放的生命》。2002年我帮助过的朋友，我们在 2017 年一起游玩了象鼻山公园。我没有跟他说，我在这里接到了他的电话以及那时我的感受。一切，就像那终日流淌的漓江水，每一次触及，都已不同往日。

　　散发弄扁舟，江海寄余生。更多是中年受困世事的一种牢骚。也许，人总是喜欢一种变换的感觉，流浪天涯的盼望归家，按部就班的渴望出离。在世纪交替的那几年，我行了万里路，沿途所遇，构成了青春最靓丽的画卷。

伤
逝

轻舟已过 QING ZHOU YI GUO

伤　春

　　李花谢了林红，太匆匆。公园的李花，待我注意到时，已谢大半，零落成泥碾作尘，地上尽是斑斑花痕。玉兰更早，而因种属不同，白色的落尽，白中带紫的正逢盛开。连翘报春，在树高林密的西坡涧边，如佩环月夜归来，化作此花幽独。春行已半，垂丝海棠点缀行道，双喜的樱花纷飞成雪。昨日黄昏散步，草丛中蓬蘽，一片连着一片。突然下起雨来，本来就冷的天气，让人无由地担心起，它们能否安然无恙？忧愁风雨，将春缓缓推进。

　　三年疫情，渐对草木花鸟有了兴趣。尤其是封闭之时，看李花谢了海棠红，杨柳吐绿春笋长，便觉得信心满满。一切来时猝不及防，走时更为突然，不是像这春天的花朵吗？不由想起，2021 年春天的一次晚宴，一位陌生的朋友说，"大疫三年"。我还以为遥遥无期了。昨日下午，看见两只灰喜鹊，从还未发芽的树枝上跳跃，灰蒙阴郁的天色，终挡不住人间的喜悦与希望。

　　啜着朋友送的新茶，看完一本厚厚的书。翻滚的茶叶，书中人的命运，渐渐舒展，徐徐褪去青绿，慢慢沉入杯底。朋友从重庆发来照片，解放碑还是解放碑，朝天门已经不是朝天门。记忆里的傍晚，沿着台阶一步步走下去，寻找长江与嘉陵江的分界。汽笛响起，三等舱的被子散发人间味道。19 岁的少年可以彻夜不眠，迎着江风，在浓浓夜幕中，寻找山间点点灯火。那时，偶尔打电话问候的师弟，如今阴阳相隔。惜春伤落花，清明也渐渐近了。

长江上的航船还走着，一夜风雨，樱花怕是留不住了。人到中年，也曾失落迷茫，世事风雨，令人心意沉浮。离去的便是最好？最好的或许未到？幸福的本源在于自身，也许不是失去了热情，只不过，怕热情错付。一遇到那陌生的土地，那真心待你的人，便又沉浸于那无尽轮回的春色里了。

继续走，继续寻。

写在清明

　　五年前九月某日，他母亲到我这边，告诉我他已故去。我原先也听到了消息，那是他故去后几天了。而后行程安排，我去了远方。望着城市的点点星光，泪水模糊了眼眶。他母亲过来，讲述了那天的情景。那日，他也照例出去喝酒，但很少有人陪他了。因为知道他病重，不忍。他也不知哪里喝的酒，回来时踉踉跄跄，在门卫处就跌了一跤。然后有人看见上楼梯又跌了一跤。回家后，他躺在床上，照例呼唤女儿来玩耍。他们经常玩憋气的游戏，女儿捏住他的鼻子，他不出气，一段时间后，他就笑起来，女儿也跟着笑。但是这次，很长时间了，他还是没有反应。六岁的女儿不知道怎么了，去另一个房间叫奶奶。奶奶起初以为儿子在吓孙女，就走过来摇晃儿子，还是没有反应，就用手探到鼻子下，已经没有呼吸了。他母亲在我面前，平静地叙述着，每一个镜头，都让我感到悲凉。

　　那年正月，在一家小面馆，我见了他最后一面。那时他很瘦，完全换了一副样子。记忆中的他，总是虎虎生威。年轻时经常在一起，自结婚后，便渐渐疏离。他生命的最后十年，一年也见不了一次。电话有时在通，因为他号码经常换，只有他打给我。也或许，是我不够主动关心。二十岁在四川时，他问我那边怎么样，还适不适应？他要去北京了。有一次，大概二十年前了，他打电话问我在哪里，我说在内蒙古，他说帮他带件羊绒衫。在他故去前的一个月，他给我打电话，说："师兄，海参是个好东西。人生健康最重要。"我让他去店里拿海参。也许，他打了很多电话，这三个我总是能够想起，尤其最后一个，因为他的离去，一直烙印在心。

在他母亲来之前，我已经知道他走了。但也是几天之后了。再往前见面时，我也知道，他在上海治疗的事。但不知怎的，只有他联系我，或者我见到他，我才想起送他海参以及让他注意身体。再往前推一年多的时间，另一个师兄弟过世时，是他一个个通知了所有人。待他过世，没有人通知我，我也没能送行。虽然年轻的朋友一而再猝逝，但那日听到他的噩耗，我一度在樟树底下挪不开步。他母亲来过后，六岁女孩当时的神情总是不经意隐现。

前几天读《兰亭序》，"固知一死生为虚诞，齐彭殇为妄作。悲也"，王羲之在美好的聚会时，也生出这样的悲凉来。一日朋友饮茶，讲亲戚故去，才长他几岁而已。一个正值妙龄的美貌女子，突然觉得最终归宿如此，不由花容惊颤。"哀吾生之须臾，羡长江之无穷"，若以变者观之，天地曾不能以一瞬。回首时，那几十年的相识、交织、龃龉，难道不是一瞬间的事吗？待人故去，只留下深深的怀念。

母亲说今年闰二月，有说法不能去扫墓。面对亡友，我想这世间，除了他的至亲，也唯有我最为记得他。扫不扫墓，清不清明，又有何干系！愿天国无病痛，君爽朗依旧。

放　下

　　去年还是前年，我见他跌倒过一次。就在村委西侧的道路上。好像是一个穿两件衣服的季节。正好，那日我跟小陈在路上走着，也没有人碰他，他就俯倒在地上了。我们把他扶起来，见他极为衰弱，说话哆嗦，头上、手上都有些擦伤。给他女儿打了电话，然后女儿送他去了医院。

　　后来有一两次，我在路上遇见他。他精神还好。直到昨天的饭局，席间师傅给我说，某老师走了，已经一个星期了。我居然不知道。这两年，我坐在楼上单独办公室，陷于村民建房那些矛盾龃龉，对村里一些婚丧嫁娶，都有些置若罔闻了。师傅也很惊讶，他是你们村的呀，你居然不知道。说着把别人发给他的微信给我看，时间就在 5 天前，说×××已到火葬场。师傅说，他是老婆出去了，他一个人在吃饭，吃好饭摔倒了，待发现的时候，他已经没有气了。时年 75 虚岁。

　　师傅与我，是在公司与他熟悉的，师傅早几年，我在 2001 年。那时，公司每个月开销售会议，布置工作。等销售老总布置好，照例会让几个元老补充发言。当时第一个是许总，许总一般就讲两三句鼓励的话。许总之后是陆庭长，陆庭长一般就说我没有补充了，第三就是他，他总是会根据销售的发言分析，然后长篇累牍。一般都是中午吃饭时间，他一补充，食堂吃饭我们销售部最迟，菜都凉了。有些同事，给他取了一个外号，"补充先生"。虽然我在销售部也就几年时间，会议一月一次，他也有出差不在的时候，但对于会议发言，我固执地认为，必须言简意赅，最好一两句话就能说清楚、说完，不要让人埋汰。

　　就在六七年前，他频繁地与我联系。是他老父亲身后，与弟媳的股份分配问题。他弟弟走得早，弟媳早已改嫁。在侄女读书时，他当时经济条件好，也予以帮助。后来，料理老父亲，也是他为主。父亲过世后，把遗产给了他，弟媳也没说什么。他来找我，就是希望村里把老父亲的股份也给他。弟媳坚决不肯，她认为你料理，遗产已经归你，父亲的股份，理应一人一半。他不同意，所以村里只好先搁置。后来，他找所有亲戚签字，又找司法所调解，弟媳还是不肯让步。他为此心力交瘁。我劝他，你不要过分在意此事，这样下去，你身体也不好了。他还是觉得自己付出那么多，一人一半实在不合理。他儿子在外面做生意，后来了解到这个情况，跟村里说，一人一半好了，都是自家人。他还是不同意。又说能不能三七开。直到那次遇见他摔倒，之后他未找过我，好像事情也在登记处办好。我看见他那几年身体每况愈下，真的有点心酸。但任谁也劝不了，直到他自己摔倒。

　　一位领导，也是长辈，就这样迅疾地烟消云散。我记得有一次在火葬场与他碰见，是张军的葬礼。那时，他连说可惜可惜，那么年轻就走了。离现在正好 12 年。我往往能看到他人陷在一些事中，消磨、绝望，甚至毁灭，那么我自己是不是也会在别人眼中如此呢？那么，什么事能够困扰我们呢？放下，两字很简单，做起来，却那么难！如果能意识到未来成本巨大，是不是该认真审视一下自己？愿天堂没有太多有形的财产与固执的理念，愿他一路走好！

放 弃

几年前，一位债务缠身的朋友，在某种压力的逼迫下，对我说，要是 14 岁那年溺水后，那个老者不救他，他现在就不用承受那么多困苦了。这个当然是消极的话，困苦之前的风光呢？妻子孩子，天伦之乐，四时风景呢？虽然我知道这不过是重压之下的消极想法而已，但这依然不可取。生命的存在，有他的意义，不是你说放弃就可以放弃！

前不久，真的有人因为某种压力跳桥轻生了。才 31 岁，刚买了房，送完妻子后，从桥上跳了下来。一个万念俱灰的人，会这样失去理智吗？也许他在送妻子的时候，还没有轻生之念。而在回来的途中，突然被一些事情困扰，一时想不明白，就投入了茫茫水波之中。还是预谋已久，选择了这一天，完成为人夫的职责，从容地奔赴死亡？我认为是前者，如果如此冷静，一定不会做出那么极端的事情。再前些日子，某地一家三口因为投资比特币失败，父母带着幼小的孩子寻死，我为那个孩子痛心。他做错了什么，要承担父母失败的苦果？随着他们去天堂，他们真的能照顾好他吗？任何放弃生命的行为都不可取，即使已经濒临绝境。

谁是压垮骆驼的最后一根稻草？生命在重压之下**变形**。**樊登**说，我们在外界承受了压力，然后对家人勃然大怒。身边的朋友也是，他们被他人伤害，然后把怨气撒在亲近他们的朋友身上。他们抱怨别人不理解，而忽视了没有人应该为他负责。可怜之人必有可恨之处。月光使者说得好："你的抱怨，让那些真正关心你的人远离你。"很多人的失败，不是因为债务，而是你身处迷雾。

　　某些失败，并不致命，致命的是你总是寄托于奇迹，幻想一日翻身。这种日子遥遥无期时，你开始怀疑人生。如果成功那么容易，当初也不会一败涂地。身处困境时，不要盯着眼前的事，保持乐观与耐心。

中途退场

七月裹挟着太多的记忆，在一枚绯红的木槿之中。一切尘埃落定悄无声息。眼看他起高楼，眼看他楼塌了。人生就像一个剧本，贯穿着相似的轨迹，我们以为它波澜壮阔，它却承受不了太多的冀望。这些年，就在这些消息中暗自神伤，就在记忆里游荡，感受到一种虚无的气息。原本忧郁的本质，愈加沉重。人事纷杂，有时躲进一部电影，无奈放不下手机；有时逃进一场旅行，却放不下牵挂。思绪游离。身体某些指标渐渐脱离正轨。

那日行走在满是樟树的人行道中，风急欲雨。想起鲜活的生命，想起他最后时刻的跟跟跄跄，欲哭无泪。他最后在电话中说："师兄，身体第一。"言之晚矣。我从草原过来，即将踏上南国的热海，而中间这样的停顿，令我思绪已经飞越整个宇宙。茫然行走，不知何往。我们曾说好，年老时一起晒日头，讲曾经的糗事。无奈，游戏未完，有人中途退场。关于他所有不堪的记忆，已如落叶逝去，在心里满是他的好。

在壮年，失却幼时玩伴。曾经形影不离，最后不得相送。而自己在追求中也失去了太多乐趣。我们匆匆赶路，并非只为目的而去。沿途的风景，看风景的心情，却往往被忽视。我记得某些人的最后一面。而那时我总感觉我们可以重逢。如果不能重逢，当时我是不是该多说几句话，多看他几眼，或者在分别后，多输送一些慰藉。一切只是如果。我记得另一个朋友，在柳州给我电话，说："阿群，这里都好，你过来玩。"半月之后，收到他的噩耗。后来我在南宁某个窗口，望着灯火中的城市，陷入了某种无望的沉思。

为什么中年之后，会慢慢开始笃信佛学？因为它对于因果轮回、无常，有一种开解。生命是什么？也许我们都讲不清楚。在追求目标时，我们心无旁骛，在身体有恙时，我们仿佛看空一切。我现在终于不用再向某人说，"你少喝一点，注意身体"，而使他厌烦。毕竟，他不会明白我卖海参的初衷与目的。然而，一切在经营中，又失去初心，偏离方向。昨夜，挚友说，"你也老大不小了"。突然间，时光的痕迹，在群山之上。

朋友的女儿，听说甚为聪慧。虽然我没有见过，仍然可以想象。我总是想起我们的过往，想起一顿饭局四人只余我一人。那些击不倒你的，必使你更坚强。我抬望那朵木槿，仿佛找到无穷的信心。

我的大姨夫

　　我记得那时灯光昏暗的堂前，一张竹榻自东向西摆着，南北各坐四五个中年妇女。每个人拿着一把剔刀，剔牛骨头上的肉，以便第二天去市场上卖。我大概五六岁的样子，如果去大姨父家，就在竹榻旁边转遛。那些妇女，有些是大姨父的姐妹，她们见我馋，就偷偷塞点给我吃。如果被大姨夫看见，他就瞪着眼睛，挥舞刀子，一副凶神恶煞的样子，嘴里说着："再偷吃，看我不宰了你。"我心里很恐惧，以致等我长大成人，对他还是有点怕惧。

　　有一次过年，家里拮据，妈妈带我上他家。在他家后门，两姐妹互相坐着打草帽。那时日头从后面照进来，妈妈始终没有抬头。后来，大妈说："这二十块，你拿着。"妈妈接过来。家里后来炸油豆腐，那高平屋里，才洋溢出新年的喜气。

　　其实这些事情，大姨父都是知道的。他那时也年轻、刚强，杀牛是一把好手。也许，他每天看着牛流泪，血流满地，他内心无法宁静，所以始终一副凶神恶煞的样子。再年长点，他开始变得粗眉善目起来，像游本昌扮演的济公。

　　他特别勤劳，一辈子没怎么歇过，不杀牛了就种地。自己吃了，还捎给我们吃，还到街上卖。他变得慈祥，但心中的血性还有，电动三轮车骑得特别快。表姐劝他好几次，让他不要种地，清闲养生，他不听。让他不要开快车，他也不听。后来，终于出事了，摔得很严重。

他出院后，身体大不如前。还始终念叨着地里的作物。表姐带他去检查，说身体里面都不好了。我也不知道，到底哪里的毛病。我最后一次见他，他躺在自家的床上，他姐姐抱着他，给他清洗身体。他的眼神，很虚弱。我说："你认得我吗?"他点点头。他姐姐擦拭他的脚，说："你看，你的脚好白。"看了回来第二天，他就与世长辞了。

那晚，我们都去了。他的房子，还是三十多年前的房子。堂前还是那个堂前，只是此刻摆上了供桌与香烛。恍惚间，我看见他，拿着刀子，瞪着眼睛，却没有说一句话。

第二天出殡，我们送他上山。我回忆起，他坐在自家东边空地上露天吃饭的样子。那时他对我说了什么，我全然遗忘。墓地前狗尾巴草长得很高。周巷的表姐夫采过来，绕成一个圆圈。透过这个圆圈，我看到大姨父，把牛拴在铁环上，然后用尖刀，不偏不倚地刺向牛头中间。

那个过年，他家后面日头很亮，空气中飘着一些浮尘。我知道，那二十元，不仅让我们过了一个快乐的年，更是我们生活中最依赖的亲情与温暖。

珍惜当下

　　表姐昨天来电，说龙哥走了。龙哥我并不熟，只是去年年底见过两次。白白的，头发略长，很帅气。为人热心，善良。时常说的一句话："现在日子都好过了，要珍惜当下。"没想到这么精干的一个人，前天出车祸，抢救无效就故去了。表姐很是悲痛，说前两天别人还跟她说，约了龙哥过几天来她家看装修。一切太突然了，手机里还留着龙哥的语音，还想着这些天忙好，一起约着看戏，没想到龙哥就这样走了。表姐挂断电话，我也是一阵茫然，想起龙哥意气风发的模样，久久回不过神来。

　　悲莫悲生离别，喜莫喜新相识。人生的际遇，便是如此。龙哥算是新相识，旋即便是生离别。人生来时充满期待，走时却毫无觉察。前些日，听到一位朋友，每年清明为他的朋友扫墓，已经连续20年。一年两年，也许是做做样子。10年、20年，这份情意实属不易。联想自己，也有些故友离世，却不知葬于何处。虽然时有怀念，与这位朋友相比，仍然难及十分之一。

　　有人问孔子，人死后是不是会有另外一个世界？孔子回答，不知。若人死后，没有另一个世界，那么没有人会对死者尊重了。若人死后，有另外一个世界，那么轻生的人是否会增多？很多事情都是无解的，有一点是确定的，就是珍惜当下。

　　龙哥，还有很多场戏要听的，还有很多愿望没有实现。他，却在前夜，离开了。人间万事，毫发常重泰山轻。珍惜当下，尽量不要留下遗憾。